曼陀罗悬疑馆

给您最好看的原创悬疑小说

第三只眼

智绪彪／著

贵州出版集团
贵州人民出版社

图书在版编目（CIP）数据

第三只眼 / 智绪彪　著 .-- 贵阳：贵州人民出版社，2020.6
ISBN 978-7-221-16018-8

Ⅰ . ①第… Ⅱ . ①智… Ⅲ . ①长篇小说 - 中国 - 当代
Ⅳ . ① I247.5

中国版本图书馆 CIP 数据核字（2020）第 094945 号

第三只眼
DISANZHIYAN

智绪彪／著

总 策 划	陈继光
责任编辑	陈继光
特约编辑	Echo
封面设计	源画设计
出版发行	贵州人民出版社有限公司（贵阳市观山湖区会展东路 SOHO 办公区 A 座）
印　　刷	长沙鸿发印务实业有限公司（长沙市黄花工业园 3 号）
版　　次	2020 年 6 月第 1 版
印　　次	2020 年 6 月第 1 次
印　　张	20
字　　数	260 千字
开　　本	710mm × 1000mm　1/16
书　　号	ISBN 978-7-221-16018-8
定　　价	44.00 元

CONTENTS

目　录

第一章　奇怪的梦 [redacted]

一九七五年，我虚岁十六岁，正在读高一。这一年春上，接连发生了两件稀奇古怪的事情，让我好不困惑。

这天吃罢早饭，阳光明媚，风儿吹在脸上身上，暖暖的，痒痒的，很舒服。

我正在院子里尽情地享受着上天赐予我们的无限美感，大门被推开了，只见邻居丁大哥满脸忧伤地走了进来。

丁大哥长我两岁，是个沉默寡言的人，不到万不得已，不会找人说话。不难想象，此刻他亲自登门，肯定有急事找我帮忙。

所以，不等他开口，我就抢先问道：“是不是出啥事儿了？”

“没……没有。”他苦笑道，“就是……”

“就是什么？说呀。”我是个爽快人，最烦有人跟我说话支支吾吾。

然而我越是催，他就越是羞于开口，还左顾右盼，就跟偷了人家的东西似的。

我又好气又好笑，就把他拉到我的房间，关上门，拉上窗帘，告诉他：“说吧，这里不会有人偷听。”

“其实也没什么……”他还在犹豫。

我急了：“没什么你拉着脸干吗？有病啊？”

他看我说急就急，只好吞吞吐吐道：“昨晚我做了个梦，梦见一个姑娘……”

没听他说完，我乐了：“大哥不是想媳妇想疯了吧？梦里见到的姑娘你也当真？”

“晓军，求……求你别闹好不好？”他尴尬道。

我后悔不该打趣他，连忙收起笑容。

他接下来说道：“那姑娘太好看了，我长这么大就没见过那么好看的。她穿的那件线呢褂子，就跟白天看见的一样。当时，我正在公路上开着生产队的拖拉机，你也知道，我开得不孬，也没走神儿，咋就把她轧着了？偏偏我就把她轧在车底下了……”

我越听越迷糊，忍不住打断他：“说了半天，不还是那个梦吗？还惦记着？”

“不是我老惦记着，那场面实在太惨了！”

“再惨也是个梦呀！大哥，你还没睡醒吧？”

“怎么会？我清醒得很哪。”他认真道。

我看他滑稽的样子，实在不知道说他什么好。过了一会儿，我劝道：“大哥，你这几天太疲劳了，回去好好睡一觉吧，反正今天也没出车任务。”

“谁说没有？刚刚队长还叫我马上去供销社拉化肥呢。”

“那你就去呗。”我不想听他解释。

“晓军，这个……”他好像话里有话。

“别这个那个了，快去快回吧。”我拍拍他的肩膀，再次催道。

他急了，但又显得非常胆怯：“实话跟你说吧，晓军，我总觉着今天要出事儿。”

“没那么严重吧？”我不以为然道，“做梦通常是因为休息不好，咋就跟出事儿扯到一起了呢？”

“我……咋说呢？要不，你陪我走一趟吧。”

“不行，我自留地里的活儿还没干完。陪你去了，谁替我干？”

“没事，我帮你。”

既然他都这么说了，我也只好答应了他。

槐树村离供销社有二十五里路，开拖拉机大约需要一个小时。去时十分顺利，我们俩一路上有说有笑，好不开心。然而在回来的路上，怪事出现了。

大约走了一半路程的时候，我们看到在道路北面芦苇丛的边沿上，有个姑娘在小解。从姑娘所处的位置到道路的垂直距离大约十米。一般来说，姑娘在这种地方小解，会把身体隐藏得严严实实的，丝毫都不能让别人看见，哪怕是一根头发。坏就坏在我们这一带刚刚下了一场大雨，芦苇丛里的水积得满满的，根本进不去，姑娘只能蹲在芦苇丛的边沿上小解。

也不知道这姑娘是脑子进水了，还是她觉得脸面比屁股更需要隐藏，居然把白白的屁股裸露在外面，而把整个脸藏进了芦苇丛里。这情景但凡被男人看到了，估计谁都不会把眼睛捂上，充什么正人君子呀？因为不看白不看，看了也是白看，即便是像我这种不太爱占女孩子便宜的人也忍不住多看了几眼。

毕竟我们是开着车打这儿经过的，匆匆的几眼虽然占了不少便宜，但总觉得不过瘾。所以我就傻想，要是拖拉机能在这里出点儿故障多好啊！

你说怪不怪，就在我胡思乱想的时候，拖拉机还真的出了故障。

按说这是千载难逢的好事，可我心里反倒不踏实起来。你想，四下里无人，就在彼此离得这么近的地方，两个大男人直眉瞪眼地盯着一个姑娘的大白屁股在看，这算个啥事儿？

然而，还有比这更让我心里不踏实的事情呢。

原来，车根本就没有出现故障，是丁大哥特意把车停下来的。而且我还发现，丁大哥专注的程度要远远超过我。好在我还拿眼睛看了他几眼呢，可他愣是看都没看我一眼。这个时候，我最害怕的事情就是丁大哥犯浑，那样我非得跟着栽跟头不可。

当害怕跟占便宜发生矛盾时，我想聪明的选择就是放弃占便宜。

于是我用力晃了下丁大哥的手臂，并且提醒他说："看过瘾了吧？我们快走吧，队里还等着化肥用呢。"

谁知丁大哥根本不搭茬儿，依旧两眼死盯着那姑娘在看。

不得已，我只好放出狠话："你走不走？不走，我可一个人走了。不过我有言在先，今天无论发生什么事情，都跟我没有关系。"

丁大哥好像没听懂我的话："你看，她的褂子。"

褂子？我真是哭笑不得。如此顶着道德败坏的罪名，就只看她的褂子却没看别的？这骗术也太不高明了吧。

不过，总是盯着人家姑娘的褂子看也不对！等姑娘转过脸来，不骂你才怪。

正想着，那姑娘已经站起身来，开始提裤子。

不管丁大哥还犯不犯傻，我迅速跳下车去，顺手拿了把钳子，这里拧一下，那里敲打敲打，装作在修车，只是不敢回头再看那姑娘半眼。

丁大哥看我装得挺像，也开始磨蹭起来。毕竟他才是真正的车把式，一旦伪装起来，比谁都更像修车的。

不一会儿，只听背后轻轻咳嗽了一声，想是那姑娘要从这儿上路了。我不由得转过脸去，想看看她长什么模样。

说句实在话，她长得还真有几分姿色。看上去也就是十六七岁的样子，一张瓜子小脸又白又嫩，还微微泛着红晕；眼睛黑而且亮，骨子里透出一种情窦初开的羞涩；两条又粗又长的黑辫子垂在胸前，正好把两个小山峰遮住，很容易让人想入非非。

那姑娘肯定不会想到刚才我们专注的样子，要不然羞也能把她羞死。这阵子，她从我们身边经过，或许是想搭车，但看看我们正在修车，就没有言语，也没有停止脚步。

不过，只看了她一眼，我就对她产生了一种极不寻常的感觉，而这种感觉我今生今世都不会忘记：她虽然长得美，但骨子里有一种让我说不清道不明的怪异。

我下意识地看了眼丁大哥，只见他直勾勾地望着那女孩的背影出神。我不明白丁大哥为什么还对她这么关注。

我刚要开口，丁大哥突然说话了："姑娘别走。"

那姑娘离开我们四五步远，听到背后有人叫她，想是以为我们要做好事捎带她一段，因此很自觉地走了回来。

"师傅有事儿吗？"姑娘问。

眼瞅着一个如花似玉的姑娘站在自己面前，丁大哥反倒犹豫起来。

我不知道丁大哥因何叫住她，又不好当面询问，只好满腹狐疑地望着他。

丁大哥犹豫了大半天，然后说了一句让我想破天都想不到的话："姑娘，能不能把你的衣服脱了？"

姑娘顿时脸就白了："你……你想干什么？"

我看要出事，连忙替姑娘挡了过去："姐姐别怕，这有我呢，他不会对你怎么着。"一边又冲丁大哥要挟道，"你要敢胡来，小心我现在就跟你翻脸。"

姑娘看这情形，一时胆大起来，但又委屈道："弟弟，这你都看见了，我可没招他惹他呀。"

丁大哥见我们俩瞬间成了一个战壕的战友，一改往日说话吞吞吐吐的毛病，非常流利地说道："你们都想歪了。我跟姑娘商量把衣服脱了，只是想让她把外面的褂子脱下来，没啥别的意思。要不这么着吧，我把你的褂子买过来。只要你说个数儿，我出两倍的价儿。这买卖能做不能？"

听了这番话，我心里纳罕：丁大哥今儿个是咋了？既不是大财主，又不是生意人，怎么出手这么大方？再说了，平白无故的，你买她的褂子干吗？

忽然，我想起了离家之前他说的那个梦，他要那个线呢褂子？

事情怎么会这么巧？！

我虽然解除了对丁大哥的误会，但还是不明白他花这么大价钱买一件褂子干什么。

再说那姑娘，一听是这么回事儿，又瞅一眼丁大哥，好像确认他不像是坏人，于是就放松了警惕。按说有人出大价钱要买她身上穿的褂子，她至少该问一句为啥，可她并没有，毕竟这么好的事情一百年都遇不到一回，她生怕错过了再不会有，所以，她连问都没问一句就答应了。

丁大哥看她答应得这么爽快，非常高兴，连忙问："那你说，你是花多少钱买的？"

"十五块。"姑娘咬着牙说道。其实在我看来，这衣服顶多也就是七八块钱。不过当时的七八块钱远比今天的七八百块钱都管用。

"我给你三十块钱，这够你的吧？"说时，丁大哥毫不犹豫地从兜里掏出三张崭新的十元钞票。

这里我要跟读者交代一下丁大哥的家底，他手里不可能有现成的三十元钱，他之所以一把就能拿出，是因为这都是他今天购买化肥后剩下的钱，回家后就得马上把这钱补上。

那姑娘哪儿见过这么多钱？一时欣喜若狂，转眼就把褂子脱下来了，然后一手交钱一手交货。

买卖成交之后，两人都很高兴，只有我高兴不起来。我倒不是嫉妒这桩买卖，就是搞不懂这桩买卖背后到底有什么玄机。

"你还愣着干什么？还不快上车？"丁大哥冲着还在犯傻的我说道。

我马上爬到车上。

然而，丁大哥却不开车，反倒犹豫起来。

我问："你又怎么了？"

丁大哥不理我，只是拿着那件褂子翻来覆去地看。

我想，他八成是后悔了，正要说"趁姑娘还没走，不如把钱换回来"，这时，丁大哥却做了一个非常古怪的举动。

他把褂子放在车底下，要轧它。

这下，我终于弄明白了。原来丁大哥这是想用轧褂子的举动把夜里做的那个不吉利的梦破掉——迷信的人管这叫破解。我虽然不承认这有什么科学道理，但我得承认，从古到今，在中国广大的农村普遍流行着这样的做法。

毕竟今天的事情太离奇了，我一时也说不清丁大哥这样做到底是对还是不对，因此也没有阻拦他。

正想着，车已经发动了。可是刚动了不到一步远，就听见车底下“啊”的一声惨叫。

丁大哥急忙刹车，可是晚了——不偏不倚，正好把姑娘大半个身子轧在了轮胎底下。

此时丁大哥又惊又恐，已经不知道是该往前开还是往后倒了。

而被轧在车底下的姑娘无法言语，也不能表达自己的意思，刚才的那声惨叫只是遭到剧痛时的本能反应。

我也一时不知所措起来。毕竟我不是肇事者，所以我很快定了定神儿，让丁大哥把车往前开一点。

这虽然是一种最明智的举措，可是最终也没能挽救姑娘的命运。姑娘被抬出来时，连轧带撞，已经变得面目全非了，脸上身上全是血，整个一血人，真是惨不忍睹。据丁大哥后来回忆说，这跟他梦中看到的情景一模一样。

尽管到了这种程度，我还是没有忘记看看姑娘还有救没救。让我失望的是，她已经完全没救了。

根据我的推断，正当丁大哥要把衣服轧过去的时候，姑娘很可能觉得好好的一件衣服被糟蹋了怪可惜的，想从车底下拿走，结果车开动了。这就叫：人算不如天算。

第二章 神秘的红衣少女

出了车祸，我当即陪丁大哥找到了苦主的家人，紧接着又跟他一起去派出所投案自首。鉴于丁大哥的行为既不属于故意伤人，也算不上过失伤人，最多只能算是意外事故，再加上他态度诚恳、为人本分，所以，司法部门让他拿了一部分钱，又让生产队负担了一部分经济损失给受害人家属，这事儿算是打发过去了。

不过，打那以后，丁大哥就跟变了个人似的，目光痴呆，行动缓慢，常常所答非所问，而且幻听幻视，总觉得那姑娘要找他索命。不到一年，丁大哥整个就疯了。不过，这是后话。

现在我要讲的是，丁大哥把车转交给另外一个人后发生的一件事，更加离奇。

接管车辆的是一位姓仝的年轻人，也比我长两岁，论辈分我应该管他叫二哥。

仝二哥一米八零的个子，皮肤黢黑，腱子肉疙疙瘩瘩，就像糊了一团团泥块似的，站在那儿不像是人，倒像是一尊雕塑。此人头脑简单，为人仗义，凭借着一身蛮力，在俺们村素有“天不怕地不怕”的美誉。

一日，我们队里的五保老人去世了，大家做完了向遗体告别仪式后，决定拉他到城里火化。护送任务经研究由我承担，理由是，我有文化，做事细致，善于跟人打交道，不像仝二哥那样冒冒失失，再说此番要去的地方是火葬场，比不得其他地方，万一找错了门儿那可不是闹着玩儿的。

送人去火葬场火化可不是什么好活儿。不过话说回来，再孬的活儿也总得有人干，好歹五保老人这辈子也为集体出了不少力，走的时候怎能没人相送呢？所以，我没有理由推辞。

我们是吃中午饭的时候离开的村子，等火化完了再办好手续差不多也到下午六点多了，这时太阳还没有落山。

那个年代还不兴大吃大喝，即使办公差也是如此。社员有外出任务，吃喝拉撒什么的都得自己掏钱，队里给你的报酬除了工分再不会有别的。如果大家普遍认为你这一天实在是太辛苦，最多也就是在你的基础工分上再增加个三分五分，折合成人民币也就是一毛到一毛五左右，仅能买到一到两个馒头。

由于中午饭我们吃得马马虎虎，到了现在这个点儿我们都觉得肚子饿了。于是我们就商量着，到了城里没钱进馆子，哪怕能买个馒头填填，也比饿着肚子赶路强。

全二哥是爽快人，他一拍肚皮，牛气地说："今儿这顿饭咱哥俩吃定了。"

一想到马上要吃到嘴的美味，我就忍不住地咽唾沫。我越想越觉得饿得慌。

火葬场在县城的东面，离县城有六七里路，这中间没有人家，路两旁全是绿油油的麦田。

也不知道是老天爷有意在捉弄我，还是因为我一贯不讲究饮食卫生，当我们离城里只剩一半路程的时候，我的肚子突然剧烈地疼痛起来，大有下不了车就拉到裤裆里的架势。于是我连忙叫全二哥停车。

全二哥很听话地把车停下。

我一边解腰带，一边急匆匆地往麦田里赶。

到了麦田，我就像大年三十的鞭炮似的噼里啪啦好一阵子通泻，整个下来差不多用了十五六分钟。说句不好听的，平时我吃一顿饭，大概也就需要这么个时间。

我想，全二哥一定会等得很着急，完事后，我一定先说好话，谁知一眼望去，空荡荡的，哪儿有个人影儿啊。

我几步蹿到路上，看完前面转头看后面，真是什么都没有，连人带车全不见了。

从县城到火葬场这段路虽然修得很好，却很少走车，偶尔有车辆来往，也是匆匆而来匆匆而去，而且都是办理火化的事的。这就是说，仝二哥和车绝不是被什么给挡住了，我才看不见。

这就奇了怪了，一个大活人外加一个庞然大物，怎么说没就没了？

不一会儿，我转悲为喜，仝二哥兴致不错，还跟我捉迷藏呢。不对，就算仝二哥要跟我捉迷藏，他也没办法带着拖拉机一块儿藏啊！

他是不是提前去了县城？

这绝不可能。他再着急也不会把我一个人丢在这里的。退一步讲，如果他实在等得不耐烦，一赌气开车走了，那我也应该能听到拖拉机的声音，要知道拖拉机发动时“咚咚咚咚”的欢快奏鸣曲四五里地开外都听得清楚，而我当时离车最多也就十来步远，况且我耳朵又不聋，怎么会听不到呢？

我越想越觉得不可思议，便放开喉咙，叫魂似的大喊大叫起来：“二哥，你在哪儿啊？快回来呀……”

我当过戏曲演员，还学过美声，嗓音宽厚响亮。估计我这一嗓子喊过去，城头和火葬场都能听见。可是喊了大半天，嗓子都喊哑了，居然没人搭茬儿。这时候，我才算真正知道了什么叫“叫天天不应，叫地地不灵”。

眼瞅着太阳已经落山了，可是仝二哥就像人间蒸发了似的没了。我急得如同热锅上的蚂蚁，就像《沙家浜》里的阿庆嫂唱的那样：“我出不去，走不开。”

为什么说我走不开呢？因为我当时在想，我要是走开了，仝二哥再回来找我怎么办？那不是乱上添乱了吗？

所以，我必须在这里原地不动地耗着，直到仝二哥重新来找我为止。我坚信，仝二哥一定会回来的，一定会。

由于事情发生得如此让人捉摸不定，所以我也完全忘记肚子饿了，心里除了焦急还是焦急。

月亮从云层里闪出了半张脸，像是在取笑我，又像是在陪伴我。不过，今晚的月光并不是太明亮，因为它周围聚集了很多的云彩。只要它一露面，云彩就马上把它遮住。看到这种景象，我反而觉得它出来还不如不出来的好。

起风了。入夜的风吹在身上，凉飕飕的，我不由得打了个寒战。听到白杨树的叶子在风中哗啦啦作响，就像《聊斋志异》里孤魂野鬼将要出没的前奏。

这情景如果发生在一个月前，我一点都不会害怕，因为那时的我根本就不相信鬼神之说，仅仅因为上次遇到了那么凄惨的一幕，才使得我突然变得害怕起来。而且，我越是害怕就越是有意无意地想到那个姑娘血淋淋的样子。要知道，从我现在所站的地方到火葬场只有两三里路。火葬场的房子，特别是那个高大的烟囱，我一眼就能望见。

那么，在火葬场里是不是每天都有怪事儿发生呢？

我越是不敢想这个问题，它就越像是跟我较劲儿似的让我不得不想。

就这样，我一边抗拒着冷飕飕的风，一边压制来自肚子的叽里咕噜的抗议，还得挣扎着去想那些不敢想却偏偏会去想的鬼事，真是苦不堪言。这阵子，假如全二哥开车回来，我非得一把撕了他不可。

也不知过了多久，我忽然发现从火葬场方向晃晃悠悠过来两个黑影，也不知道是人是鬼，我赶忙躲到白杨树的另一侧去。不过刚躲过去我就在嘲笑自己了：就算来者是鬼，你能躲得了吗？慢慢地，我听到了自行车轮子滚动的声音，知道这一定是火葬场的人下班回家打这里经过，于是就从树后面走出来，麻烦人家帮忙捎个话儿，要是在城里某个地方看见一位开拖拉机的黑大汉，让他马上到这里来，他的同伴还在等他呢。

谁知还没等我张口说话，那两个骑自行车的人“妈呀”一声大叫，丢掉自行车，就一路连滚带爬地跑了。看来他们俩不是把我当成了鬼就是当成了贼。

我又觉得非常可笑，想跟他们解释一下，可是喊了好几声，他们早已跑远了。

既然这样，我只好把他们的自行车推到路边先替他们看着。

我刚干完了这件事，就听到了拖拉机的声音。不用问，这肯定是火葬场的人，听说半路上遇到了拦路的，回来找自行车了。于是我就想着怎样才能把事情解释清楚。

然而，让我做梦也没有想到的是，来的人居然是仝二哥。

一看见仝二哥我气就不打一处来，心里只想把普天之下所有难听的话全罗列起来，痛痛快快地臭骂他一通。

于是我骂道："好啊仝老二，仝小子，你死哪儿去了？白让老子我一个人在这里忍饥挨饿、担惊受怕，我容易吗？你鼻子下面没长嘴吗？那是拉屎用的茅坑吗？干什么伤天害理谋财害命的事儿吓得连个屁都不敢放一个……"我越骂越觉得不解气，简直成了骂街的婆娘。

仝二哥不仅头脑简单，而且嘴巴也笨拙，面对我连珠炮似的骂话他连解释的机会都没有。直到我骂得喘不过气来，他才像受了极大冤枉似的咆哮道："王八蛋才一声招呼不打就走了呢！"

"你说什么？"我仿佛不相信自己的耳朵，"照你这话的意思，你走的时候给我打招呼了？"

"怎么？我使那么大嗓门，你敢说没听见？"他反而质问我。

我知道仝二哥从来不说瞎话，此时却说出这种话，便觉得事情蹊跷，于是把声音做了最大幅度的调整，小得只有我们两人才能听见："你慢点儿说，你到底跟我招呼什么了？我怎么啥都没听见？"

他看我情绪稳定下来，越发显得受冤极重："你是真没听见？还是故意装糊涂？"

"屁话！我要是听见了还会发这么大火吗？"

他看我又想动气，便不依不饶道："就算你没听见，也不该发这么大火。我跑这一趟图的是什么呢？还不是为了咱们俩能在城里吃上这顿饭？"

我越听越糊涂，赶紧问："你把话说清楚，你跑哪儿去了？咋又扯上吃饭了？"

"不都告诉你了吗？我送人去了，我要把送人赚来的钱全花在咱俩这顿饭上。"

这话又是胡说，这个地方方圆几里杳无人烟，哪儿来的乘客？我继续问："你送的谁？送到哪儿去了？他（她）给了你多少钱？"

仝二哥看我终于问到点子上了，一时高兴，便忘乎所以道："三块钱，三块钱哪！兄弟，咱哥俩在地里拼死拼活干上十天半个月也就赚这么点儿钱，我这一下就赚这么多，这不是天上掉馅饼吗？"

我简直被他气糊涂了："真有这样的好事吗？那我倒要听听，你到底送的是什么人？"

"谁知道她是什么人，反正是一女的。"

"女的？"我表示怀疑。

"就是女的嘛。"他肯定道。

"那我再问你，你把她送到哪儿了？"

"火葬场。"

"什么？"仿佛一阵凉气从我头顶直入脚跟，"这地方四面不靠村，哪儿来的女的？还有，打这里离火葬场不过几步路，走路也早走一百个来回了，你怎么才回来？还有，那女的去火葬场干什么？这么近的路还用得着你送吗？还给这么多钱！"这一连串的问题我都很急于知道答案，而我最担心的还是这三块钱来历不明，万一是他从什么地方偷来的，我的名声岂不也让他给毁了？

"是啊！"经我这么一问，他好像也觉得不能自圆其说，但是还是一口咬定，"确实是个女的。"

既然他这么肯定自己确实拉了一个女的，我就不得不这样怀疑：也许真有一个女的正在麦田里或者路边割草被他看上了。他于是就不管三七二十一地把人家拖到车上，然后拉到很远的地方给糟蹋了。事后他怕事情暴露出来没人替他掩盖，所以才咬牙拿出三块钱来把我的嘴堵上。

我越想越觉得自己的推测正确，甚至认为这是唯一能解释得通的推测。

我不由得意识到事情的严重性，便声色俱厉道：“仝老二，你是不是把那女的给糟蹋了？”

“没有没有，我咋会干那种事儿！”仝二哥赌咒发誓道。

我不听他解释，继续用我的判断向他展开攻势：“仝老二，我劝你还是尽快到公安局去投案自首，争取宽大处理。不过你要觉得自己嘴巴功夫不强，说不清问题的话，大不了你现在一五一十地向我坦白了，到时候我帮你向公安局说。但不管怎么说，心存侥幸的想法都不能要，知道吗？”

仝二哥看我把问题归结到犯罪上，气得哇哇怪叫，就像古装戏里的铜锤花脸被人侮辱气得“呀呀呀呀……”那样。但这一切都丝毫动摇不了我对他的怀疑。

仝二哥看怎么解释都不能把自己澄清，只好心一横，一把将我扔到车上。

我又气又恼，连忙问：“你想干啥？”

“我拉你去火葬场找那女的去，让她亲口说是咋回事儿！”他不容我再多说什么，马上发动起了拖拉机，以最快的速度赶往火葬场。

我想这样也好，把事情弄明白了，多花点时间也值。

当我们来到火葬场门口时，正好有一辆大汽车从里面开出来，还拉了满满的一车人，而且人人手里都拿着棍棒。我一想就明白，火葬场里的工作人员为了追回那两辆自行车，看来是倾巢出动了。我不禁暗叹道：好险哪！假如这会子我还站在那儿，这帮人肯定会不问青红皂白地先臭揍我一顿再说。到那时，我即便浑身是嘴，也得好汉先吃眼前亏了。这样一想，倒觉得是仝二哥救了我，心里不禁对他感激起来。

仝二哥把车停到院子里，不等我下车，就连拉带扯地把我从车上拽下来。他甚至怕我半路上溜了，还特意用他的手抓住我的手走。他的手就像一把老虎钳子，抓得我好痛。

然而，令他失望的是，我们满院子里找了个遍，甚至连停尸房里都找过了，可就是没看到那女人的身影。幸亏这个时候火葬场的工作人员基本都出去了，不然非得惹出大麻烦不可。

如此一来，仝二哥就更是有理说不清了。他本来的样子就不是多么好看，此时一气，整个脸都变了形了。说句不中听的话，就连死尸的脸都比他好看。

人找不到怎么办?

仝二哥于是就站在院子里吆喝起来，就跟在村子里吆喝农具一样:“那个穿红衣服的女的，你躲哪儿去了？你给我出来。你再不出来，我可就冤死了。”院子里本来是很静的，经他这么一吆喝，就跟死人将要出殡似的，恐怖极了。

“你咋呼啥呢？”一位上了岁数的门卫走上来喝止仝二哥。

“你看没看见一个穿红衣服的女孩来玩儿？”仝二哥一看有人来了，马上就问。

“神经病吗你，也不看看这是啥地方，这是火葬场，不是公园，你要是有妹妹会来这儿逛？”门卫张口就给了仝二哥一个大难堪。

然而，仝二哥一点儿都不死心，大有不撞南墙不回头的架势（而事实上他已经撞了南墙了）：“我送她的，错不了！”

“你送她来的？”门卫表示怀疑，“你为啥要把她送到这地方来呢？”

“是她让我送的。”

“她为啥要让你送？”

"这我哪儿知道？"仝二哥不好回答，就把那少女的长相特征很详细地描述了一遍。

我在旁边一言不发，只是心中暗笑：本来没影儿的事儿，二哥却说得跟真的似的，怎么平时没发现他有这方面的特长啊。

我正要看看仝二哥接下来还有哪些精彩的表演，只见一辆摩托三轮拉着一具尸体开进了院子。坐在车厢里陪同尸体而来的是一位三十岁不到的男人。那男人好像是死者的近亲属，满脸都是被风吹干了的泪痕，纵横交错。车厢很小，一具尸体加上那个男的把车厢塞得满满的，连一点缝隙都没有。赶巧的是，这个时候搬尸工人都不在，所以尸体只能暂时存放在车里。

门卫一看进来一辆车，便不再跟仝二哥磨牙，忙走过去跟拉尸体的司机去解释，无非就是"先等一会儿，搬尸工人马上就来"之类的话。

看仝二哥那意思，好像才刚找到一个能听他讲话的人，自己没说完人家就走了，实在有些不甘心。于是他就拽着我又走到那门卫跟前，希望把话说完。然而就在这时，一件非常意外的事情发生了。

突然，从院子外头刮来一阵旋风。那旋风来势凶猛，连院子里晾晒的衣服都给卷了起来。我们当然会尽量躲一躲了，可是那摩托三轮躲不开，就被卷在了里面。

由于风势过分凶猛，所以那遮盖尸体的白布轻而易举地就给掀开了。

白布没了，那尸体便整个裸露在外头。原来那是具女尸，死者也就是十五六岁的样子。她穿着一身大红色的衣服，在灯光的照射下，宛如一团燃烧的火焰。她白皙的脸庞依然保持着死前的状态。

我看得有些揪心，很想找块别的布给她盖上，甚至想把我的上衣献给她。

这时仝二哥却大叫起来："就是她。"

"谁呀？"我看他一惊一乍的，很不高兴地问。

仝二哥用另一只手指着那女尸说："就是她。"

车里的男人当场就火了："你算什么东西？你干吗指着我妹妹？

她人都没了！”

全二哥不依不饶：“我敢肯定，是她，刚才就是我用拖拉机把她拉来的。”

听了全二哥的话，在场的人无不讶异。车上明明是个女尸，又不是一个活生生的人。他怎么会拉她到这里来过呢？再说了，他拉人来这里的时候，没准儿人家的家人正围着她哭丧呢。

首先那男的就表现出一副与全二哥不共戴天的样子：“我妹妹是今儿中午死的，她咋会坐过你的车？”

拉尸体的司机听了这话，也证实道：“是啊，我们离这儿有四十多里路，她来这儿干啥呢？”

门卫不想在自己的地盘上惹麻烦，就吓唬全二哥说：“年轻人，不要再胡闹了，真要闹到派出所里，没你的好果子吃。”

见门卫也这么说，我赶忙劝道：“二哥，求你了，咱们走吧，今天这事儿我保证不说。”

可是全二哥一口咬定：“是她，绝对是她。”

死者的哥哥看全二哥还在胡言乱语，眼看着就要动家伙。

就在这时，全二哥发现了一个惊天秘密。

他指着死者的手说：“你们看，她手里是不是拿着啥东西？”

大家看时，死者手里是拿着什么东西的，可这又能说明什么呢？

然而，全二哥却解释说：“我记得清清楚楚，当时她给了我十块钱，我找她七块，可她把那七块钱一直拿在手里，一直没往兜里放。我就纳闷，她怎么不把钱往兜里放呢？她手里拿的肯定是我找她的那七块钱。”

死者的哥哥半信半疑地将妹妹的手指掰开。你说这怪不怪，他妹妹的手里真的就攥着七块钱。

全二哥本想拿出那十块钱的钞票来证实一下自己的说法，谁料他掏出来的根本就不是什么钞票，分明是一把纸灰……

第三章　请教大师

关于红衣少女台前幕后的故事，大师后来是这样解释的：

那女孩跟村里的一个男孩相好，于是两人就私订了终身。

不料女孩的父母得知以后极力反对，而且把女孩许配给了邻村一个比她大十岁的男人。

女孩自然是又哭又闹、寻死觅活，死也不同意。无奈在中国的农村，多半是胳膊拧不过大腿，最终还得听父母之命媒妁之言，即使是在“文革”时期也同样如此。

男孩看结局已定，一下心灰意冷，又怕女孩因为自己而有个好歹，就一个人投河了。

男孩一死，女孩也不想再活了。女孩得知男孩的死讯是当天上午，就在当天上午，她在男孩被打捞的地方跳河了。

比男孩稍微幸运的是，她被打捞上来之后，并没有马上就死，而是又活了几个小时。而在她被医生极力抢救的时候，男孩已经被送进了火葬场。

而在此之前，男孩跟女孩有过生死约定：不求同年同月同日生，但求同年同月同日死。既然男孩已经被送进了火葬场，女孩也理应在同一时间里跟他结伴而去，免得他黄泉路上太孤单。

就这样，虽然女孩还没有断气，但她的阴魂已经走在了追赶男孩的路上。毕竟女孩年少体弱，体力不支，赶到离火葬场还有一段路程的时候，实在是吃不消了。这时，她仿佛听到男孩在叹气说：“赶不上就别赶了，反正咱们又要见了，哪在乎这一分一秒呢？”

然而女孩生性倔强，凡事必须弄得钉是钉铆是铆，何况这是生死大事，于是咬牙说道：“说好的，咱们俩要死一块儿死，要投生一块儿投生，你先走一步了，我为什么就不能紧跟一步？”

男孩不禁皱眉道：“话是这么说，可是排队马上就排到我了，就你这赶路的速度，还得走十几分钟啊！”

女孩正着急上火，忽见一辆拖拉机正停在路上，便出了三块钱的天价央求那位师傅把自己送到火葬场，于是就上演了前一章描述的那扣人心弦的一幕。

显然，这又是一个荒诞不经的解释，可是细想起来，又觉得合情合理，至少它非常具有人情味。所以很多人宁可信其有，也不信其无。

那么，到底是什么样的大师给了上面的解释呢？

这正是这一章我要向大家介绍的一个重量级的人物——至少在我看来是个重量级人物。她叫白如丽，二十六岁，十年前死了丈夫，守寡至今。白如丽生得婀娜多姿，娇俏迷人，却为人古怪，古怪到让人只能远观而无法接近的程度。

不过在失去丈夫以前，她一点都不古怪，并且跟左邻右舍还挺合得来。只是丈夫一死，她整个就变了。先是差点随丈夫而去，后来就是疯疯癫癫。她的丈夫是在修水坝的工程中死去的，所以从某种程度上来说，也算是个烈士。既然丈夫是烈士，那么她也就是烈属了；既然她是烈属，那么在生活等方面就理应受到特殊的照顾。所以，这十多年来，尽管没人去亲近她，但也从未有人敢欺负她。

按说这么一个年轻漂亮的媳妇死了丈夫，重新找个合适的人家很容易，可就因为她太古怪了，所以很多人对这种事儿想都不敢去想。

你知道她一年到头都是怎么生活的吗？说出来吓人。

她的饮食起居全集中在一栋房子里。房子里又脏又乱，还散发着浓浓的霉味，根本就不像人住的地方，却从不打扫，即使过年过节也同样如此。谁要是好心提出为她打扫打扫，她轻则不理不睬，重则跟人拼命。而整天陪伴在她身边的是一只花猫。她逢人便说，这花猫就是她唯一的亲人。她可以不要这个家，但不能不要这个花猫。每当吃饭的时候，她都让花猫先吃，然后自己才吃。花猫不吃，她宁可饿肚子。说来也怪，那花猫还真是对她不离不弃，哪怕家里一时断粮连一口吃的都没有，也绝不会到别处寻觅食物。毕竟猫类动物的寿命年限比人类短暂得多。那么花猫死了怎么办？花猫死了，她会三天三夜不睡觉也不吃饭，从早晨哭到晚上，再从晚上哭到早晨，弄得街坊四邻都不得安宁。这时候，谁要是把一只同样颜色的花猫送给她，她会一辈子记住这个人的恩德，并且愿意拿出家里最值钱的东西作为谢礼送给这个人。当然了，没人会接受她的谢礼。

白如丽虽然古怪，却能治疗很多病症，最拿手的绝活儿就是正骨。一旦谁的胳膊腿拧了，她只要伸手一捏，保管手到病除，而且病人连一点痛苦的感觉都没有。更让人叹服的是，她每次下手都是一下，从未捏过第二下。我说这话绝不是在做艺术性的夸张，我可是有过亲身经历的。小时候我没少找她捏过胳膊腿，所以对她的这种独门绝活是发自内心地钦佩。不过我至今都不知道，她这手功夫到底打哪儿学来的。

正因为她有这手绝活，所以平时找她捏胳膊腿的人没少给她送东西。不管是吃的还是用的她一样都不缺。不过，她给人治病，从未向人家索取过什么。你找她治病，即使什么东西都不拿，她照治不误。同样，你给她拿再多的东西，她也一概不予退还，而且连一句好听的话都不说。要不怎么说她古怪呢。

其实，这还不是最古怪的，最古怪的是，她生就了一双阴阳眼，能看到灵界发生的任何事情。据说，就因她生了这双阴阳眼，所以经常帮助灵界的什么人处理一些阳间的是是非非。

当然了，在那个年代，很多人并不相信这种说法，特别是像我这种人。不过话又说回来，你可以不相信这种说法，但你却无法解释发生在身边的许多怪异现象。比如说，某天她正在跟人说话，在毫无征兆的情况下，突然躺在地上不省人事。这要按照迷信的说法就是，她准是接到了灵界什么人的指令，处理人间的是非去了。而恰恰在这个时候，槐树村也好，邻近村也罢，准会有一个人要么离奇地死亡，要么遇上倒霉的事情，总之不会太平静了。一次两次可以说是巧合，次数多了就不能简单地用“巧合”二字来解释了。于是一来二往，在我们村子里，“白如丽”这个名字就很少有人叫了，取而代之的是“阴阳女人”。

说了这么多有关她的事情，你千万不要以为她是一个蓬头垢面、衣着不整的女人。其实，就外表来看，她给人的印象一点都不差，甚至还很整齐、很抢眼。庸俗地说，不是没有男人想占她的便宜，只是想占她便宜的男人缺乏那份儿胆量。你想，在阴阳两界都行得通的女人是那么好占便宜的吗?

如果不是因为发生前面那两档子事情，打死我我都不会跟这种女人有半点瓜葛,除非我腿脚拧着了找她捏一捏。可是现在我越来越觉得,除了白如丽，这世上再没有其他任何人能解除我心头之惑。

一来我跟她的性格反差实在太大，恐怕一时半会儿很难沟通；二来当时的环境也不允许像我这样追求进步的热血青年去跟一个疯婆娘有过分亲密的来往。

我想，要达到目的，必须求助两个人，一个是爱兵，一个是秀秀。他们俩都是我的发小,又都是我的粉丝。秀秀除了是我的发小和粉丝外,还跟我有更深一层的关系，说得通俗一点，她是我女朋友。

爱兵最大的优点、同时也是最大的缺点就是脸皮厚而且油嘴滑舌，一旦我遭受白如丽的冷眼，他会千方百计为我周旋，绝不会让我很没面子的。秀秀最大的优点就是嘴巴严，很多事宁可烂在肚子里也绝不外扬; 再有,她是个女孩，女孩跟女人接触要比男孩跟女人接触方便些;

另外一点也很重要，万一我去白如丽家里这事儿走漏了风声，中间有秀秀在，就不可能引起别人的闲话。

想好了这些，我首先去通知爱兵。爱兵没什么好推辞的，别说去白如丽家里，就是去女魔王家里，只要是我的决定，他也愿意舍命陪君子，只是对我的决定多少有点惊讶。

然后我又找到了秀秀。秀秀可没有爱兵那么爽快。她直眉瞪眼地看了我好一阵子，才低下头去，用两只手拈弄着胸前两条又粗又长的大辫子，却一句话都不说。这让我一下就想起了那个被丁大哥碾在车下的漂亮女孩，由此更增强了我要去白如丽家的决心。

“怎么，不敢?”我问。

“谁说不敢了？”她虽然否定了我的怀疑，但还是犹犹豫豫，不肯说出一句响亮的话来。

“既然敢，为什么意意思思的？”

“我……你……”她支支吾吾，最终还是没能说出一句囫囵话来。

我又不傻，怎么看不出她心中的猫儿腻，她是担心我跟白如丽这种女人接触太危险。我心说，这不正是我请你出山的原因吗?

因此我对她说：“有你在，我什么都不怕。”

她看我说得这么斩钉截铁，也不好再反对。

于是这事儿就敲定了。

在一个没有月亮的傍晚，我们三个悄悄来到白如丽的大门前。

白如丽家的大门白天黑夜都是敞开着的，因为她从来就不担心有人偷她家的东西。

既然门是开着的，那我们就无须敲门了，这无形之中就给我们提供了很大的方便。

那个年代，农村大都还没有使用电。家家户户用的是早在新中国成立前就有的小煤油灯。小煤油灯的光线很暗，稍微有一点风，就忽明忽灭的。

我们悄无声息地来到白如丽家的院子里。院子里很静，也很黑。越是这样，我们就越是提心吊胆，不敢弄出一点声音来。

我跟爱兵倒还不觉得有什么可怕，只是秀秀有些吃不消。我能清楚地听到她的心跳动的声音。我很想小声说她一句：“这又不是去偷东西，你怕什么呀？”但是一想，还是不说的好，其实我们所干的事情比偷东西还见不得人。

院子里很乱，无非都是些柴草之类的东西。

由于白如丽的卧室是关着门的，又没有窗户，所以屋里点没点灯我们根本不知道。我们很小心地蹭过去，想透过门缝看一看里面点没点灯。倘若没点灯，这说明她在睡觉，我们宁可无功而返。

然而门缝的缝隙实在是小得什么也看不到，这跟大门的风格完全两样。

爱兵冲我摇了下头，又摆了下手，意思分明是：看来她没有亮灯。接下来他便等待我的指令：敲门？还是回去？

我不置可否，忽然衣襟一动，只见秀秀一副可怜巴巴的样子，像是要打退堂鼓。

我们好不容易避开那么多眼睛，做贼似的来到这里，哪能不见“真佛”就走，我觉得真有点可惜。再说了，谁又能保证明儿个白如丽就不睡觉呢？

我正在进退两难，突然房间里传来一阵哈哈大笑声，笑得非常瘆人。

我们三个都惊呆了。

秀秀有些站立不稳，一把将我抱住，丝毫不敢松手。

我很快就镇定下来，暗暗安慰自己：白如丽半人半鬼，一天到晚除了哭就是笑，有什么大惊小怪的。

但接下来的声音，又让我寒毛直竖。

原来，白如丽笑过之后，马上就说：“好啊，你终于来找我了。”

门都没开，她怎么知道我要找她？我的心“怦怦”直跳，心想：难道白如丽除了能沟通阴阳两界之外，还会穿墙术？

秀秀“啊”的一声大叫，拉住我的手就往外跑。

我不敢出声，按住她，拍了下她的肩膀，叫她不要害怕，挺住。可是她死活都不肯再待下去。

我正不知道用什么办法才能把她留住，忽听里面又传出话来：“想走是吧？怕是没那么容易。要知道我白如丽是有手段的女人，我让你来得了，走不了。”之后又是一阵狂笑。

听了这话，岂止是秀秀害怕，连我都要被吓晕了……

第四章　荒唐的决定

爱兵看我也这么胆小，便嘲笑说：“你呀你，一点儿都不像个男人。早知这样，我压根儿就不该跟你来。”

话音刚落，就听白如丽在里面冷冷地问道：“谁在外面大喊大叫？”

还没容我回答，爱兵就替我做了回答：“婶儿，是我和晓军，另外还有秀秀。”

“啥事一惊一乍的？还不进屋说话？”话虽冷淡，但骨子里让我有一种亲近的感觉，我甚至怀疑她平时疯癫的样子是故意装出来的。

于是我们推门进去。

秀秀经过了刚才的惊吓，本能地跟我贴得很近，这让我感到特别别扭。

白如丽的卧室总共三间，中间是通着的，连个布帘什么的都没有。大床摆在西面，南面靠床的位置是一张两抽桌，北面是几个柜子。除了这些东西摆放得还算合理外，其余都乱七八糟地堆着。

我本以为白如丽此时会像神像一样端坐在堂屋的当门等待着向我们问话，谁知我一眼看到她时，她正胡乱地坐在大床上，背对着我们，怀抱着那只心爱的小花猫在戏耍。我们的到来，丝毫没有动摇她的兴致。

我虽然看不到她的正面，但完全能够想象得出她此时的面孔一定很古怪。

“我就说嘛，你是跑不了的，怎么样？我的话没说错吧？”她冲着小花猫讲。为了证实自己的说法，她还故意把它放掉，紧跟着又把它抱起来，然后又是一阵疯笑，跟刚才的笑法一模一样。

至此，我才明白过来，刚才她所谓的先知先觉其实是对小花猫的一番亲昵而已，根本就不是冲我来的，想想刚刚我们被吓得魂飞魄散的样子，实在有些可笑。

爱兵冲我伸了下舌头，又做了个鬼脸，嘲笑我刚才不该疑神疑鬼。

我不好意思地笑笑，随即使眼色让他放老实点儿。

爱兵看白如丽老不转脸，又不能轻易去打扰她，就跟在自己家里一样，随便地在柴草堆里坐了下来。

我和秀秀跟他不一样，不管到了谁家，只要主人不发话，绝不会随便去坐。

这样的情景大概持续了一支烟的工夫，爱兵有些撑不住了，也不管我同不同意，直接向白如丽嚷嚷道：“我说婶儿，我们都来了这么久了，可是您还是逗着您的小花猫玩儿，您还有完没完？”

白如丽理都不理，依旧逗着猫在玩儿。

我马上厉声说道：“爱兵，这是怎么跟婶儿说话呢？”

爱兵不仅没有收敛，反而抬高了嗓门：“婶儿，我的话你听见没？你倒是说句话呀！实话告诉你，晓军和秀秀是我拉他们来的。他们俩有问题问到我，可我答不上来，一下就想到了你，这才来的。他们俩的为人你还不知道？不是随便就能拉过来的。既然他们来了，这就说明他们还看得起你，你就得对人家好点儿。你倒好，人都站了大半天了，你连个座位都不让，你这叫什么德行？”

平心而论，这种话做侄儿的说给婶子听，没什么不可。错就错在白如丽不是一般的婶子，她说翻脸就翻脸，倘若她一怒之下把我们赶出门去，只怕我们这辈子也别想再见她。

于是我好生赔礼道：“婶儿，别听他胡说，是我们主动找您来的，不是他拉来的。”又冲爱兵批评道，“爱兵，不许这么跟婶儿说话。婶儿是有修行的人，她不说话有她的道理。”

“这话我爱听。”白如丽慢悠悠地转过脸来，把小花猫丢在一边，饶有兴趣地问我道，“那你说说，我到底怎么个有修行法儿？”

我真不知道如何回答，后悔不该随口说出“修行”这两个敏感字。

好在她没有纠缠这句话，很快就转移了话题：“站在你旁边的这个女娃娃是谁家的闺女？怎么长这么俊？”

秀秀的确长得很漂亮，凡是见过她的人都这么说，不然我也不会跟她好。不过这话出自白如丽的口中，多少让我有点摸不着头脑，因为看她此时的样子，很难断定“长得俊”到底是褒义还是贬义。

再说秀秀本来就胆小，加上刚才又受了惊吓，如此被夸，更不知道如何应对。

倒是我突然找到了切入点：“婶儿怎么不认识她呀？她叫秀秀，跟我一块儿长大，从小不爱说话，见人就脸红。她这几天老做噩梦，醒来就吓出一身冷汗，想问问您是不是招惹谁了，就缠着我和爱兵陪她到您这儿坐坐，哪怕只见见您的大驾呢，回去也能睡个好觉了。”

听了我这番解释，爱兵很满意地点点头。

秀秀也用赞叹的目光望了我一眼。

我很得意，觉得自己的话总算说到点子上了。

谁知白如丽听了，“扑哧”一笑，接下来的话让所有人都目瞪口呆。

“好个会说话的小乖乖！做噩梦的是秀秀还是你啊？你这几天梦里都在想着我，又怕一个人找我叫人说闲话，所以才缠着他们俩跟你一块儿来。有什么话你就直说吧，别跟我拐弯抹角的，我可不喜欢那样的人。”

这一番话让我觉得一股凉气直逼心头，我忍不住看了她一眼，只见她面目清秀，朱唇皓齿，头发一丝都不乱，一件粉红色的上衣把她衬托得比实际年龄年轻了四五岁。我敢说，如果此时的她站在众人中间，要说她是个疯女人，肯定没人相信。

她看我不说话，就追问道："我说得不对？"

我不敢点头说对，也不敢摇头说不对，因为哪一种回答都会让我很难堪。

可是，她不容许我就这样沉默下去，让我必须面对现实："不说话是吧？那我可就要送客了。"

"别，婶儿……"我很想说一句"您说得对"，可是我不能这么说，因为我要是这么说了，就等于亲口承认我对一个比我大十岁的女人想入非非过，秀秀一辈子都不会原谅我的。再说我也并没有对她想入非非，读者做证，我找她是想请教鬼神方面的事情；可是我要不这样回答又怕惹恼了她。所以，我一时陷入两难的境地。

白如丽好像看懂了我的意思，便不再为难我，但接下来为我选择了一条比这更难走的道。

她对爱兵和秀秀说："你们俩没啥事儿就回去吧，反正该做的都做了。"

爱兵头脑简单，巴不得她这么说。可是秀秀不干，秀秀怎么放心我们这对孤男寡女单独在一起呢？再说我叫她来就是为了避免这种事情。

所以，甭管爱兵怎么催她一块儿回去，她就是不肯。

白如丽看她这么不听话，说出话来也越发难听："怕我跟你抢男人是吧？我白如丽要模样有模样，要身段有身段，一点儿都不比你差，想跟我好的男人数都数不过来，哪个进得了我的眼？"

秀秀本来脸皮就薄，况且又是姑娘家家的，哪经得住这么刺激？一听这话，"哇"的一声就哭了。

我别无办法，只有一边好生劝她甭哭，一边又恳求白如丽别跟小孩子一般见识。

好不容易才把事情摆平，我便用商量的口气说："婶儿，要不明儿我再过来吧。"

这回白如丽的回答更让我无法接受："不行，你不能走，今儿个晚上就睡在我这儿。"

“疯了吧你？”爱兵不等我拒绝，就抢先替我做了回应，“晓军是响当当的高中生，过几年要保送上大学的。你让他睡你这儿，这传出去他往后不就毁了吗。不行！我不同意。”

要搁往常，白如丽听了这样不客气的话，不把爱兵撕了才怪，可是这回她非但不急，反而很平静地告诉他：“你错怪我了，我不是想毁了他，而是想救他。”

“救他？”爱兵和秀秀同时问道，“他不好好的？”

“看来你们都不相信。那好，你们都走吧。不过我得把话撂在前头，晓军要是现在从我这门儿里走出去，我敢保证，等不到明天太阳出来，他就会死于非命。”白如丽说完这话，重新把小花猫抱在怀里，又开始跟它亲昵起来。

实实在在地讲，这话要是出自别人之口，兴许就是玩笑，可是白如丽说出来就像是预言。

爱兵听了这话，半天没有言语，眼珠儿翻了又翻，最后胆怯地说：“婶儿，您可别吓唬我！”

白如丽不冷不热道：“爱信不信。”

“婶儿……”爱兵还想说什么，却被白如丽打断：“你们走吧，我可不想担个吓唬人的罪名。”

我和爱兵正不知道何去何从，突然秀秀做出一个破天荒的决定：“晓军，我同意你晚上睡在这儿，不过我有个请求——必须让我也陪着你。”

“用不着。”白如丽毫不客气地拒绝。

秀秀又想哭，努力忍了下没有哭出来。过了一会儿，她赌气走了。

秀秀一走，我和爱兵更没了主意。看看实在是没辙儿，爱兵也不得不离开这里。临走他很无奈地对我说：“还是听婶儿这一回吧。”

第五章 门外有人

本以为当屋里只剩下我们两个人的时候，她会向我问这问那，也早已做好了回答她的准备，然而当这一刻真正到来时，她反而一句话都不跟我说，只管逗她的猫，就好像屋里根本没我这个人似的。

我很纳闷，她动那么大感情把爱兵和秀秀撵出去为什么却不跟我说话呢？我很想主动跟她说话，又害怕太主动了她会有出格的举动，因此我只好一言不发，胡乱坐在柴草堆里。

有道是夜长梦多，漫漫长夜才刚刚开始，天知道是不是我一言不发就一夜无事？我想想就浑身直起鸡皮疙瘩。

就这样，一边是我耷拉着脑袋坐在那里卖傻，一边是她和小花猫像一对恋人似的没完没了地戏耍。我们相距至少有五六米远，彼此井水不犯河水。这情景大概持续到午夜时分，才被她一句极其简短却韵味十足的话打破：“睡觉。”

睡觉？一听到这两个字，我的脑袋轰的一下就大了：敢不是让我陪她睡觉吧？这事儿我可做不来。那个年代尽管还没有“旱鸭子”这个叫法，可是同样内容的职业早在几千年以前就已经产生了。

我坐着一动不动，而且打定了主意，即便是她让我立即去死，我也绝不会干那种下三烂的事情。

“说你呢，怎么不吱声？是聋子还是哑巴？”她见我不理她，便没好声气起来。

我依然无动于衷。

“也好，你要觉得坐着舒服，那就一直坐下去，坐累了想迷糊一会儿也行，柜子上有被子，自己拿。”说完，她一口气吹灭油灯，紧接着就响起了脱衣服的声音。

如此看来，她并没有我想象的那么下流。我后悔不该对她胡乱猜疑，并且想跟她解释几句，但想想她已经睡下，怕引起不必要的麻烦，也就打消了解释的念头。

不过，没过多久，我又开始烦躁起来。

开章我就说了，我已经是十六岁的人了，考虑问题再不像小孩子那样昏头昏脑了。黑灯瞎火的，一个精力正旺的女人跟一个最容易冲动的男孩待在一个房屋里，不发生点儿花里胡哨的事情似乎也太不正常了。就算我能控制自己不轻易走火，可是她呢？她能控制住自己吗？别听她说得冠冕堂皇，但她毕竟是个疯女人，疯女人什么事都干得出来。

这样一想，我立马觉得自己做了一件天底下最愚蠢的事情。大晚上我不好好待在家里，干吗跑到她这里来？这不是给打瞌睡的人送枕头吗？

不行，我得马上离开这里。可是正当我决定要走的时候，忽然她刚才的话又像紧箍咒似的把我的脑袋禁锢起来了。她说得清清楚楚、明明白白，今晚我要是离开这个房门，等不到天亮就会死于非命。这太可怕了，我还不想这么早就离开人世，所以她的话我还不能不信。

她打呼的声音很大，足足赶上牛叫的声音。黑暗之中我无法看到她睡觉的姿势，但完全能想象得出她一定是四仰八叉，没准早已将被子踢开，赤身裸体地仰卧在床上。

想到这些，我浑身一阵发热，但马上告诫自己，千万不要再胡思乱想了，免得亵渎了神灵。在我的意念中，她已经成了神灵的化身，而我的一举一动都在她的掌控之中。

渐渐地，我也有了一些困意。

正当我要合上眼睛美美地睡上一觉时，忽然门外发出一阵窸窸窣窣的声音。

起初我怀疑是老鼠爬动的声音，但很快就否定了这种推测，因为家里有猫在，老鼠不会在门口晃荡。

那么，除了老鼠，会是什么东西呢?

我不由得紧张起来。

突然，一个念头在我的脑海里一闪动，随之就明朗起来了：是不是哪个不知廉耻的男人趁夜深人静，偷偷潜入白如丽的房子里要占她便宜?

我觉得极有这种可能。因为有这么一个成语—“色胆包天”。人一旦迷上了色，是不会把命当回事儿的。白如丽长得如花似玉、野味十足，能够把男人迷住再正常不过。尽管她神通广大，但对于一个不怕死的人来说，神通再大也没什么可怕的。如此看来，那些死于非命的男人多半是因为冒犯了她的神威。我越想越觉得自己的推理正确。

有了这样的结论，紧跟着的问题就是：我要么挺身而出把那家伙赶出家门，要么假装睡着把身子藏在柴草堆里，剩下的事情让白如丽看着去办。

前一种选择固然最符合我的做事风格，可是细想起来风险太大，因为被赶之人一旦看清了我的脸面，必然会问：“深更半夜的，你躲在这里干什么？”我怎么回答?

可是，我躲起来装作什么都没看见就能撇开自己吗？再说白如丽既然让我睡在这里，肯定是在这之前意识到什么了。假如她早就知道晚上会有人来骚扰她，那很可能她在借此机会考验我对她是否忠诚。退一万步讲，就算我经不住考验，一旦她跟那男人搏斗起来，叫我当个帮手，我也不能袖手旁观啊。

这样一想，我觉得自己必须得有所作为。

可是，怎么个有所作为法?

要说我脑子转得还是挺快的。我马上就想到了一个万全之策。反正此时伸手不见五指，我要是冷不丁地用棍棒什么的朝门外那人非要害处砸过去，只要自己不发出声音，是不会被认出来的。或许那人以为是白如丽早有防备，而白如丽也不至于说我很无能。

我不禁对自己的想法沾沾自喜起来。但事不宜迟，我马上就得行动。

毕竟这屋里太乱，我好几年都来不了一回，屋里的东西摆放在什么位置也全然不知。所以，我只能摸索着找找了。

我蹑手蹑脚地在这个四面不透风的黑屋子里瞎摸，还怕弄出一丁点儿的声音来。

我摸索了大半天，别说没找到我所需要的东西，甚至连自己站的位置都一无所知。正着急上火，我忽然触到了一种软乎乎的东西，还热乎乎的，暗叫："不好！"急忙把手缩回来，可是晚了。只见一束强烈的手电筒的光刺在了我的脸上。与此同时，白如丽"霍"地坐起来，用被子裹紧自己的玉体。原来我不知不觉间摸到白如丽的肚皮上去了。她果然是一丝不挂地睡在床上的。

还没等我向她道歉，她就像被蝎子蜇了似的叫道："你摸我的肚皮干什么？"

"我……我……"由于事情发生得太出乎意料，我一时吞吞吐吐起来。

"我什么呀我？刚才说得好好的，我让你睡在这儿，不是让你深更半夜来调戏我的。你怎么这么不知好歹？滚！滚出去！"

读者做证，我哪是在调戏她呢，我分明也是想救她呀。我不能不对她做些解释，但这得有个大前提：我的声音不能过大，一来我不想让外面的人知道我是谁；二来趁外面的人还没有离开院子，我得让白如丽知道我并没有骗她。

所以，我压低声音说："婶儿，刚才外面有动静。为了不惊动您，我想找个棍棒什么的把他赶走，没想到找来找去，就找到您这儿来了，真是该死。"

"真是这样吗？"白如丽根本不相信，"我白如丽守寡这么多年，还从来没遇见过想占我便宜的男人。”

看来把事情说清唯一的办法就是让她亲自出门看一看门外是否有人。至于这样做会对我产生什么后果，我已经没工夫考虑了。

谁知她一口咬定门外绝对不会有人。

就在我们俩对这事儿争论不定的时候，门外突然有人说话了：“你们别吵了，是我。”

第六章　起死回生

我做梦也没想到，门外那人居然是秀秀。

我急忙把门打开，惊奇地问：“秀秀，怎么是你？”

秀秀沉默不语。

“快说话呀，你怎么到这儿来了？”我又问了一遍。

“你说呢？”她好像很不高兴。

我想想刚才白如丽惊叫时说的那些话，顿时有一种钻地缝的尴尬。

“刚才……”她只说了两个字，就卡住了，看得出她对我很不放心。

我只好说：“我没事儿。你赶快走吧，要不我送你回去。”一边说，我一边拉着她的手就要走。

她死活不走，也不说为什么不走。

这时，白如丽已经点燃了灯盏，穿好了衣服，并且走到我们俩跟前，用一种难以捉摸的语气说道：“晓军，在跟谁说话呢？”

我知道她这是明知故问，但还是很耐心地告诉她：“婶儿，是秀秀。”

白如丽没好气地说：“我不管她是谁，深更半夜偷偷跑到我家里来，不是强盗就是小偷。让她说句话，是她自己去派出所投案，还是我把左邻右舍张罗起来送她去？”

“婶儿……”我知道白如丽阴阳不定，说得出就做得到，于是赶快为秀秀求情，然而还没等我把话说出来，她就打断我：“你给我趴一边去。”

“婶儿，秀秀是小孩子，您怎么生她的气？”我极力为秀秀辩解。

“这不关你的事儿，你怎么就这么不长记性？滚，给我滚一边去。”这回白如丽不光是话语更难听，连行动也跟着粗暴起来。我真是想不明白，一个看似手无缚鸡之力的女人怎么出手这么狠。我一个大老爷们儿，愣是被她一把推了足足有一丈多远。看来她神通广大的说法决非谣传。我不禁为秀秀捏了一把汗。

然而面对此情此景，秀秀一点儿胆怯的意思都没有，反而比刚才多了几分怒气：“晓军，别理她，看她能把我怎么着？一个整天装神弄鬼的寡妇，把个爷们儿藏屋里，说出去丢不丢人？”

这话未免有几分过激。明明自己冒犯了人家的神威，还满嘴都是人家的不是，我不知道秀秀怎么变得这么苛刻起来。再说了，白如丽是那么好惹的吗？

我怕秀秀吃亏，赶快跑到她们中间，用自己的身体建起了一道屏障。

然而白如丽并没有对她挥动拳脚的意思，只是把我推到一边，而满嘴带刺地对她说:“说我装神弄鬼？那得有人相信。不是我瞧不起你，只怕你要装神弄鬼，连你自己都不信。爷们儿我见的可比你多多了，晓军，你说是你自己找上门的不是？再说了，我窝藏不窝藏爷们儿，关你屁事？丢人的不是我，而是你。我都徐娘半老了，人家还看着我的面色说话，可是你呢？一个黄花闺女，愣是管不住自己以后的男人。换了我，早一头撞死了。”

“你……”秀秀本来就不善言辞，此时更是气得发疯，“白如丽，你不要脸！”

“是我不要脸，还是你不要脸？”白如丽不依不饶道。

“秀秀，婶儿，你们都少说两句吧，我求你们啦！”

秀秀被如此羞辱，如何甘心，可是打架又打不过，只好拿我当唯一的筹码：“晓军，你要还打算跟我好，就赶快跟我走。”

见秀秀如此改变战术，白如丽也马上向我施加压力：“晓军，咱可是有言在先，今晚你必须睡在我这儿，哪儿都不准去，你迈出我的家门，就是死路一条。”

“晓军，她吓唬人呢。”

“我白如丽从来说话做事都是钉是钉铆是铆，绝不会拿人命当儿戏。”

两人各说各的理由，我真不知道该听谁的。

正当我摇摆不定的时候，从不远处的房顶上传来恐怖的叫喊声：“家来了——振国。”紧跟着便是笤帚把敲打簸箕的声音。

读者不知，这是叫魂的声音。在我们这一带流行着这样的说法：人上吊死了，短时间内他（她）的阴魂是不会走远的。这个时候，找个声音洪亮的人站在房顶上用笤帚把敲打着簸箕，同时朝着四面八方呼喊着他（她）的名字，他（她）有可能会死而复生。至于这个法子是否灵验，据我所知，怕是一百次都灵验不了一次。

如今这个被喊的人是我的发小，也是我最要好的哥们儿之一。听到叫魂人在呼喊他的名字，我的脑袋轰的一下就响了。晚饭前我遇到他时，他还有说有笑跟正常人一样，怎么这么快就寻短见了呢？

我什么都顾不得了，以十二分快的速度往振国的家里跑。倘若有万分之一的希望，也得尽百分之百的努力去救他。大不了我代替那个叫魂人呼喊他两个时辰，反正我嗓门大。

此时振国的家里已经挤满了人，还点燃了很多火把。哭号声、哀叹声、叫魂声交织在一起，使得安静祥和的一个农家小院霎时变成了屠宰场。我费了九牛二虎之力才挤进去。

振国躺在堂屋专门为他安置的小床上，身上覆盖着一条破旧的床单。围绕在他周围的除了他五十多岁的父亲，就是我们这一代的几个人。只见他脸色苍白，鼻孔之下黑红不清，想是从鼻子里流出的污秽被擦过之后留下的痕迹，舌头伸出来老长。看这光景，他根本就没救了。

他的母亲已经哭死过去好几回了。

他的父亲是一位老实巴交的庄稼汉，虽然不像他的母亲那样哭死过去，但随时都有倒地的可能。

老两口活了大半辈子就养了这么一个儿子，眼瞅着儿子就要成家立业了，偏偏撒手西归，白发人送黑发人，谁能承受得了。

看看老两口悲痛欲绝的样子，我恨不得替振国去死。

振国的父亲一向沉默寡言，此时面对儿子即将僵硬的身体，翻来覆去就说一句话：“刚刚你还说马上就有好日子过了，怎么一支烟的工夫不到你就寻了短见呢？你说这到底是为啥呀？”

我觉得老汉话里有话，忍不住问道：“大爷，振国说什么来着？”

有道是病急乱投医，想是老汉悲痛之下也错把我当成医生了，便直言不讳地告诉我：“他说，他马上就要成亲了，他的事不用我操心，他会把天底下最好的媳妇领到家里来的。可是这话说了还不到一支烟的工夫，他就上吊死了。你是有学问的人，你说这是咋回事啊？”

这话让我好生困惑，因为不久之前振国的父母还在为儿子找不到媳妇发愁呢。再说有好日子过更不该去死啊，因此我问道：“大爷，寻短见之前，他是不是跟谁一块儿喝酒了？”

“没有，绝对没有。”老汉非常肯定地说。

“那么，他在跟您说这话时，是不是刚刚睡醒，或者正在做梦？”自从遇上那次车祸，我觉得做梦这种事儿非常邪乎，没准儿它能改变人的命运。

“那会儿呢。”老汉说，“吃过晚饭，他就到外头玩去了，进门不大一会儿就跟我说了这话。正儿八经说的。”

按照振国父亲的说法，振国在说这话时思维是很正常的。这就奇了怪了，好好的一个人在毫无征兆的情况下，怎么会说出这么离谱的话来？难不成有人在捉弄他？

此时我就像个破案专家，问大家：“今晚他都跟谁在一起了？”

这事儿没法儿隐瞒，于是就有四五个同龄人勇敢地站出来承认。

我问：“你们议论过讨媳妇的事儿吗？”

他们都说没有。

“那你们都聊了些什么？”

这时，人群里一阵骚乱，有那粗嗓门的大声吆喝着：“快闪开，快闪开，大师来了！”

我不由得循声望去，只见白如丽弱柳拂风般朝这边走来。

我的第一反应就是，她这是冲我来的。今天晚上她不止一遍地对我讲，夜里我一旦离开她的家门，就必然是死路一条。她不想让我死，所以才追到这里。我想想振国离奇死亡，而我又赶巧来到了这种是非之地，禁不住浑身直打冷战，不知道该随她而去，还是继续在这儿陪伴要好的哥们儿。

然而让我没有想到的是，她进门后看都没看我一眼，只是将目光死死地盯在振国的脸上，似乎在他的脸上看出了什么。

振国的母亲一听说救星来了，马上在人们的搀扶下，哭喊着从里屋走出，一见面就“扑通”一声跪倒在地上，连声哀求：“大妹子，你一定要救救我儿子呀！我就这么一个儿子。你要是把我儿子救活了，我这辈子都给你烧香。”

振国父亲一看老伴跪倒在地上，也跪下来一个接一个地给白如丽磕头。

白如丽挥手让身边的人把他们架到一边去。

立即有人小声劝阻两位老人道：“别再哭了，大师要作法了。”

一听说要作法，两位老人马上变得像很听话的孩子一样老实起来。

其他人更是连大气都不敢喘。于是整个房间里连同院子里都变得死一般地寂静。

要说作法，别看白如丽一向被人们传得云山雾罩，但还从来没人见她为谁家作过法，再说那个年代也不兴搞这一套。即便是谁家死了人，也从未见她像今天这样主动光顾过。有人之所以说她要作法，也只是因为希望她借此机会露一手，让大家开开眼界。

然而白如丽还真的就作起了法。不过她作法的样子绝不像我们在电影中看到的巫婆那样，摇头晃脑地念上一阵子“天灵灵地灵灵”之类的咒语——她什么都不说，只是来回不停地围绕着振国所躺的那张床转悠。足足转了二十几圈，她突然停住。

大家看振国跟刚才相比没什么变化，以为白如丽只是做做样子罢了，禁不住有些泄气。这时一件让所有人都意想不到的事情发生了。

短暂的停顿过后，白如丽突然在振国的身上一顿猛打猛踢，就像摔打泥块似的。

这下人们都傻眼了。

首先做出反应的就是振国的母亲。她指着白如丽的脸骂：“你这个没天理的疯女人，你干啥呢！”接着便扑向白如丽。

在场的人急忙拉住振国的母亲，有人责怪白如丽：“人家刚刚死了儿子难受还难受不过来呢，怎么能当着人家的面这么下狠劲儿打一个死人，没见过这样作法的，又糊弄人了。”

白如丽冷冷一笑：“你们懂什么！他现在是邪气缠身，我要是不狠狠打他一顿，他就别想活过来了。”

听了这话，大家又都半信半疑地安静了。恰在这时，振国突然大叫一声：“哎哟，疼死我了。”所有人凝神屏息，目光一下子都聚拢到了振国身上，紧接着一阵骚乱。

有七嘴八舌夸赞白如丽是活神仙的；有感到不可思议拍巴掌的；有挤着看振国是死是活的；有和旁边的人议论事情蹊跷、白如丽手段如何的；也有那平时仰慕白如丽不敢表露，这时乱喊“白妹子好”的……当然最惊喜的还是振国的父母。老母亲只管搂着振国哭，老父亲坐在旁边笑一阵哭一阵地给白如丽磕头，又向着乡亲们磕头。乡亲们都劝说先顾着振国吧，有的是时候谢白神仙的恩。

这时，白如丽要大家都不要声张，她要问振国话。

大家又都变成了哑巴。

白如丽问：“振国，你知不知道刚才你都干了啥？”

振国勉强支撑起身子来，四下里看了一眼，目光呆滞地说：“我也不知道，咋回事儿？”

“我在问你呢，你怎么反问起我来了？”

振国仔细回忆了下，一时面红耳赤，可就是不肯说出之前发生了什么事儿。

白如丽看他不肯说，加重了语气：“实话跟你说吧，我全都知道，只是得你自己说出来。你要是不说，过不了几天还有这样的事儿。这就好比一个毒瘤长在你的肚子里，一天不把它掏出来，它就一天在你的肚子里倒腾。这次我帮你捡回了一条小命，下次你就不一定有这样的运气了。”

振国的母亲看她说得这么严重，连忙推振国道：“你快说啊，你这条命是你婶给的，她让你说你还瞒啥啊！”

老父亲也在一边帮腔：“儿啊，有你婶子在，你啥都不用怕，别犯糊涂，有啥说啥。”

大伙都纷纷劝振国快说。

架不住这阵势，再加上白如丽那双眼睛就像刀子一样刺在他的脸上，振国终于红着脸说出了实情……

第七章　替罪羊

那天晚饭后，振国像往常一样，在家里待着无聊，就跟几个哥们儿聚在一起，天南海北地闲聊上了。二十世纪七十年代的农村孩子，可不像今天的八零后九零后这么幸运，要电视有电视，要网络有网络，酒吧、夜总会时刻欢迎无所事事的青年们来挥霍大把的时间。而振国他们解闷的手段除了打牌就是聊天。

约莫聊到三更时分，大伙都有些困了，于是散伙了。

振国回家的那条路就他一个人。前面说过，这是一个月黑之夜，况且现在都已经是三更天了，所以更显得黑暗。村头的柳树枝上时不时还响起几声猫头鹰的怪叫，真让人有些毛骨悚然。好在振国已经习惯了这些，所以也不觉得害怕，只有到了坑坑洼洼的地方，才用手电筒照亮一下。

村子不大，没几步路要走。不到半支烟的工夫，振国就来到了自己的家门口。他正要推门进去，突然觉得身后有个人影晃动了一下，他以为是小偷，就大声问道："谁？"

"说了你也不认识。"说话的是一女孩，听声音也就是十六七岁的光景。

振国有些好奇：这是谁家的姑娘，都这么晚了还一个人在外面游荡？于是就用手电筒照了她一下。只见她身材苗条，两条又粗又长的大辫子垂在胸前，小脸蛋儿粉嫩粉嫩的，让人看一眼就还想再看第二眼。

振国不禁有些着迷，一时忘记把手电的光束从她的脸上移开。

那女孩责怪道："照什么呀？深更半夜的，真没礼貌。"

振国赶快把手电关掉，却没话找话道"你是谁？我怎么不认识你？"

那女孩一点儿都不羞怯："不是告诉过你了吗？说了你也不认识。还问什么？"

振国于是就想，这一定是谁家的亲戚，晚上串门儿找不到亲戚家了，所以才跑到这儿来，便打趣说："深更半夜的你一个人就不害怕？"

"你不也一样吗？"

"可我是男孩呀！"

"男孩又怎么了？男孩难道就比女孩多长一个脑袋吗？"

振国觉得这女孩挺有意思，越发想跟她套套近乎，倘若她对自己也产生一些好感，那一定是一笔不小的收获。

振国越想越觉得机不可失，忍不住问道："你能告诉我你是谁家的亲戚吗？我可以送你回亲戚家去。在槐树村我可比你熟。不是我吹，就算蒙上我的眼睛，我也能找到每一家每一户。"

谁知女孩根本就不认这把壶："我看就不用了！早晚我能找到他的。"

振国一心想做回好事儿，没想到她这么不给面子，心里有点泄气，可是又一回味，觉得女孩的话似乎有点儿不大对劲，于是问："他（她）是谁呀？男的还是女的？他（她）是你什么人？"

"我跟你一没亲二没故的，凭啥跟你说那么多？"女孩不屑道。

按说振国被如此疏远，该善罢甘休了。可是他实在觉得那女孩可爱，不问出个青红皂白来恐怕回家都睡不好觉。因此他说："我这还不是为你好吗？你也不想想，半夜里一个女孩子家家的一个人在街上走，谁能放心？"

不知道那女孩是被感动了，还是觉得他的话有道理，便实话告诉振国："我在找晓军。"

振国非常纳闷：这么晚了她找晓军干什么？况且她又不是这个村的。

他不禁对晓军嫉妒起来：晓军这小子也太有福了吧，一个如花似玉的秀秀还嫌不够，又偷偷挂了一个。这天底下的好事儿怎么全让他占去了？对不起了哥们儿，这姑娘既然让我给遇上了，那就说明我俩有缘，我就索性跟她做一对鸳鸯。

很快，一个完美的计划在振国的脑子里酝酿成熟。

"姑娘，"他努力控制住内心的激动，"今儿你幸亏遇上我了，要不然就算你折腾一宿，那也是白忙活。"

"为什么呀？"女孩问。

"因为晓军他出远门了，是下午才走的，估计三五天都不一定回来。"

"怎么这么不凑巧？"女孩叹了口气，紧接着问道，"那你知道他去哪儿了吗？"

"这我可说不准。"

"那既然这样，我就不找他了。"女孩一边说，一边转身要走。

振国一看机会来了，便见缝插针道："姑娘还是别回去了。你深更半夜跑来跑去多危险啊，要是遇上坏人就麻烦了。这样吧，你在我家委屈一晚上，反正我家有的是住的地儿，等明儿天一亮，你爱去哪儿就去哪儿。"

女孩本想拒绝，但看到他这么热心，便犹豫起来。

振国看她正一步步进入自己设下的圈套，心中高兴，说起话来就更加底气十足："姑娘还信不过我是吧？放心，我是晓军最好的哥们儿，他的亲戚就是我的亲戚，我要有半点歹意，天打雷劈。"

"哥，"女孩激动之下居然叫了他一声哥，"既然你都这么说了，那我只好恭敬不如从命了。"

"这就对了嘛！"

回到家里，振国本应该把女孩安排在自己屋里然后自己找别的地方去住，然而他不会轻易就离开，他得好好跟女孩聊聊。如果聊得投机，指不定今天夜里就能成为夫妻，那样就会省了许多繁文缛节。

要说振国聊天那还真是一绝，两人没说几句，那女孩就真的对他有好感了。

振国越发蹬鼻子上脸："反正这儿也没外人，那你说说看，我跟晓军相比，到底哪个你更中意？"

"当然是你了！"说时，女孩特意抛给他一个媚眼。

"此话当真？"

"骗你是小狗。"

振国的心里顿时就像三伏天喝了一口凉水似的舒服，再看看女孩含情脉脉的样子，真不知道自己是在做梦，还是天上真的掉馅饼了。

趁着这股子热乎劲儿，振国索性把私订终身的话也跟女孩说了，没想到女孩很痛快就答应了。

正当他头脑发热如在云端时，窗户外头老爹说话了："振国，都这么晚了怎么还没睡？"

"不忙，再坐会儿。"他很随便地回答。

"有啥好坐的？明天还得早起干活。"

"没事儿，爹。"

"都啥时候了，还亮着灯，这多费油！"老人家一辈子省吃俭用惯了，很计较那一点可怜的灯油。说话这会儿，他迈动着沉重的脚步，决定亲自过去替儿子把灯吹了。

振国怕老爹一脚踏进来让女孩尴尬，便提前一步走出了房门。

"爹，您这又是干啥呢？"振国埋怨老爹多事儿。

老人家不认为自己多事儿，反倒觉得儿子不懂得生计之道。

"都老大不小了，还这么不知道节俭。你也不想想，咱就这么一点家底，还不知道省着给你讨媳妇。"

振国本想把刚刚发生的事情跟老爹说透，但是一想，还是先留个悬念吧，于是就减头去尾地说道："爹，我的事不用您操心，我会把天底下最好的媳妇娶到咱家里来的。”（这句话没过多久老人家就派上了用场，不过现在他还被蒙在鼓里。）

老人家听了这话，苦笑道：“这我做梦都没想过。”

“爹，明天你就知道了。”

老人家有些疑惑，于是换了一种说法：“要不就是你想好事儿了。”

“爹，我跟你说，咱可有好日子过了。”

老人家又问：“那你说，哪家的闺女不用我操心就能娶到咱家里来呢？”

振国见老爹越说越起劲儿，便就此打住：“爹，别问那么多了，到时候您就等着见儿媳妇吧。”说着，就像推小车一样把老父亲推走了。

回到房里，女孩正等着他说话呢。振国越看越觉得女孩美得不得了，渐渐地，想跟她搞点儿花里胡哨的事情。凭他的感觉，只要他提出来了，女孩一定不会拒绝。

于是，他把手伸到女孩的腰间，想把她的腰带解开。

女孩却一把将他推开。

他厚着脸皮说：“反正咱俩早晚会成夫妻的，你又何必在乎这种事情呢？”

“我当然没必要在乎，不过你还没向我发誓呢，就怎么先对我动起手脚了？”

振国一想，的确是自己太性急了，于是说：“我发誓，我这辈子都对你好，你让我干什么我就干什么。”

“此话当真？”

“如果有半句假话，天诛地灭。”

“好个‘天诛地灭’！”女孩冷笑道，“如果我让你去死呢？”

“随时随地。”振国不假思索地回答。

“那好，我现在就让你去死。”女孩半真半假地说道。

“你真坏。”振国怯笑道。

“你的话是在开玩笑了？”

振国一想，为了证明自己的话确实一言九鼎，只能硬撑着说：“那好，你说吧，让我怎么个死法？”

“找一根绳子，然后吊死在我跟前。”

振国犹豫起来。

女孩却拍手笑道：“你看，不敢了吧？我就说嘛，你那些发誓的话一句也靠不住。”

振国看她妩媚的样子，知道她这是在考验自己，于是，当真找来了一根绳子，并按女孩的吩咐吊在了那上面……

几分钟以后，振国的父亲看见儿子屋里还亮着灯，连叫了几声却没有响应，推开门发现儿子已经吊死在了屋梁上……

以上就是振国寻短见的整个过程。

很明显，那个所谓的漂亮女孩根本就是一个孤魂野鬼，而且是奔我来的，没承想振国却阴错阳差地当了回替罪羊。

让我百思不得其解的是，我从小到大既不拈花惹草，也不损害他人利益，怎么会让一个女鬼惦记上了呢？

我越想越害怕，不知道这种厄运对我的威胁是一天，还是一年，或者是一辈子？

第八章　如此惩罚

听完了振国的陈述，白如丽连声招呼都不打，说走就走，只是临走的时候，下死劲地瞪了我一眼。

我心知不妙，也不管众人都用怎样的眼神看我，赶快跟在她的后面就走。

一路之上，她一句话都不跟我说，我自然也不敢多说一句话。

一走进自己的家门，她立马就把大门关上，却正好把我关在了大门外头，还差点把我的头撞着。看得出她对我的气一时半会儿很难消散。

我不知道是厚着脸皮进去的好，还是不打扰的好，一时犹豫不决。

只听背后有人对我说："晓军，还愣着干什么？还不赶快进去？"

我一听是秀秀的声音，赶快回过头去，问："你怎么也来了？"

"快别这么问了，你得赶快进去。"她催促道。

说话的工夫，爱兵也赶来了，他也表达了跟秀秀同样的意思。

要说有爱兵相助，我会省去很多心力和口舌。然而我千不该万不该一开始也把秀秀牵扯进来，结果惹了那场不该惹的乱子。现在说什么都晚了。

见爱兵也催我进去，我只好对秀秀说："既然爱兵也来了，那你就回家去吧。"

可是秀秀死活都不肯回去："既然祸是我惹下的，那还得由我来消除，这就叫解铃还需系铃人。"

我说："算了吧，我的小姑奶奶，你要是还想让我多活几天，就赶快走人。"

"你别说得那么难听好不好？我这样做是想让你好好活着，你怎么连我的意思都听不懂？"看上去她比我还急。

爱兵看我劝说不下，只好替我说话："秀秀，回去吧，这里有我在，晓军就绝对出不了事儿。"

"我就不走。"秀秀固执道。

这时白如丽在屋里说话了："吵什么吵？深更半夜的不好好在家里睡觉，跑到寡妇家里来干什么？"

听她这么一说，我们谁都不敢再说话了。我偷偷拉了下秀秀的衣襟，希望她马上走，可她就是不走，看样子要一条道走到黑了。

我只好硬着头皮让秀秀一同而去，但心里始终就跟揣着个兔子似的。

我本以为白如丽回到家里会倒头就睡，没想到她坐在大床上又戏耍起了她的小花猫。

我有一种感觉，她如此折腾都是为了我，即便是救活振国，那也是因我而救。所以，我做了充足的思想准备，不管她如何责骂我，就算打我，我也得忍着。只是我不知道她将如何发落秀秀。

"婶儿……"我怀着诚惶诚恐的心情想打破僵局，岂料话没出口，秀秀就抢先一步说道："婶儿，我错了，您打我骂我都行，一定要救晓军呀！"

"难道我没在救他吗？"白如丽淡淡地说道。

"婶儿，我不是那个意思，我是说……"

"你什么都不用说，最好别让我再看到你。"

"婶儿……"秀秀还想再说，却被爱兵打断："秀秀，这没你的事儿，有什么话我跟婶儿说。"

白如丽本来就懒得跟秀秀说话，如今看爱兵做了挡箭牌，越发摆出了一副不屑一顾的样子。

好在爱兵的脸皮比一般人厚。他看白如丽不理不睬的样子，就左一个婶儿右一个婶儿地拍起了马屁，无非是说，您大人大量，宰相肚里能撑船，别跟小孩子一般见识，等等。

有道是，举手不打笑脸人。经爱兵这么一乱轰，白如丽的脸色果然好看了许多。

爱兵最会察言观色，嬉皮笑脸地说："婶儿，要打要罚您说话，只要您不再生气，怎么都行；就算她承受不了，大不了我替她受罚。"刚说完，他马上改口说，"不不不，让晓军替她受罚。晓军，你向咱婶儿表个态。"

我觉得爱兵很不应该拿我开涮，就白了他一眼，什么都没说。

白如丽看我沉默不语，便假意咳嗽了一声，然后用一种难以捉摸的口气说道："要说惩罚人嘛！我白如丽长这么大还从来没惩罚过谁，不过这回我得例外。"

看来她要动真格儿的了。

白如丽突然叫道："秀秀。"

"婶儿，"秀秀吓了一跳，"我听着呢。"

"你觉得我这屋里收拾得怎么样？"白如丽问道。

秀秀不敢回答。白如丽一向阴晴不定，天知道她想得到什么答案？再说她为什么会突然问这么个没头没脑的问题？这跟今天的事情有关系吗？

"秀秀，我在问你话呢，你怎么不出声？"

"婶儿……"秀秀犹豫了一会儿，只得小心谨慎地说，"我觉得你这房里收拾得还不错。"

"哈哈哈……"白如丽突然大笑。

秀秀不由得打了个冷战："婶儿，您笑什么呀？"

“我觉得你没说实话。”白如丽说道。

“婶儿，我说的是实话。”

“是吗？”白如丽阴阳怪气道，“可是据我所知，槐树村凡是会喘气的，没有一个不嘲笑我这屋里比羊圈都腌臜。你偏偏说我这屋里收拾得还不错，你这不是成心取笑我吗？”

秀秀不明就里，只好试探着问：“婶儿，我能为您做点什么吗？”

“聪明！”白如丽赞扬道，随之说明了自己的意图，“从明儿起，你只要家里没事儿，就来这里帮我收拾一下房子，最好把它收拾得跟洞房似的。我要享受一下正常人的生活。”

一听这话，我们三个都傻眼了，这像是白如丽说的话吗？

“怎么？不乐意？”白如丽冲着正在出神的秀秀问道。

“乐意！乐意！”秀秀如梦方醒。

其后我们都一齐笑了。

笑过之后，我们又说了一些关于家具布置方面的话题。毕竟我的心里始终悬着一块石头，所以很快就转移了话题。

我说：“婶儿，其实我并不怕死，只是要死那也得死个明明白白。不是有这样一句话嘛，为人不做亏心事，不怕半夜鬼敲门。只是我搞不明白，我从来就没招惹过谁，怎么会让一个女鬼惦记上了呢？您能告诉我她是谁吗？她为什么要害我？”

白如丽说：“其实她并不是真心想害你，只是人鬼殊途，你们俩一旦走到了一起，最终的结果就是她害了你。”

“您是说，那女鬼不是想害他，只是想跟他好？”爱兵插嘴道。

“是这个意思。”白如丽点头道。

爱兵突然激动起来：“既然这样，晓军，你小子还怕个球！常言说得好，能在花下死，做鬼也风流。这事儿要是换了我呀，我才不管那么多呢，快活一天是一天，快活死了拉倒。”

我啐道：“就你话多。都什么时候了还开这种玩笑？”

秀秀也在一旁直翻白眼。

爱兵看看我们两个，知趣地管住了自己的嘴巴。

我又问：“婶儿，您的意思我明白，可是我还是想知道，这个女鬼到底是谁呀？她为什么要惦记我？”

“一个你曾经帮助过她，但最终没能让她摆脱死亡命运的女孩。”

“谁？”

“就是你上个月碰上的那个，让你丁大哥轧在车下面的女孩。”

原来是她？

我的眼前闪电般地浮现出女孩惨死时的那幕场景。其实这些日子，我经常在睡梦中看到那幕场景，而每次梦到它，就惊出一身冷汗。也正因如此，我才执意来请白如丽指点迷津的。

可我并不认为我帮助过她。我积极送她去医院、寻找她的家人这不假，可这些都是我应该做的，换谁都得这么做，没有人会见死不救的。

关键是我得弄清楚她今后还会不会再纠缠我。

白如丽很明确地告诉我：“会的，只要她阴魂不散，就会一直纠缠你。”

“那她什么时候阴魂才散呢？”我不得不问。

“这可说不好，也许一天两天，也许一年两年。”

“那可怎么办呢？”

“不怕，我已经为你想好了办法。”白如丽很从容地说道。

“什么办法？”我就像抓到了一根救命稻草似的问道。

“每天晚上都睡在我这屋里。”

此言一出，我马上觉得这刚到手的稻草一下子又丢了。

白如丽却好像一点儿都不关心我们的表情变化，依旧谈笑自如：“我就知道你一定嫌我这屋里脏。刚才我不是已经吩咐过秀秀了吗？让她一有空就帮我收拾一下这房子，一定要把它收拾得跟洞房似的。然后我为你准备一张床，就放在你现在所坐的位置，不信这样也会委屈了你。”

真是越说越不像话了。我是一个进步青年、将来的大学生，怎么能不清不白地跟一个年轻的寡妇同居？

我愁眉苦脸道：“婶儿，难道就没有别的办法了？”

“怎么？不愿意跟我住在一起？”白如丽阴沉着脸问。

“婶儿，您想哪儿去了，别说跟您住在一起，就是等您老了我天天伺候您这都没的说。再说了，您这是救我，又不是害我，我怎么能好坏不分呢？”不知什么时候我也学会了拍马屁。

果然这一招儿奏效，白如丽阴沉的脸马上又变成了一朵花。

当然她还是要问：“那你为什么不住在这儿？

对此，我早想好了说辞：“婶儿，我现在还在上学，每天早起晚归，况且社会活动又多，有时出个远门啥的几天都回不了家。照您这说法，如果不能每天都住您这儿，我的小命就没法保证，那么我敢肯定地说，过不了几天一没准儿明天一我就得跟您说再见。婶儿，您是大师，是救苦救难的菩萨，刚刚您就施展大法让振国起死回生。所以我有理由相信，您救人的办法决不绝一种。您一定还有别的办法救我。”

经我这么一夸赞，白如丽沉吟道：“说的也是。”

我一看有戏，便进一步说道：“您得再想个别的办法。”

“好吧。”她答应着，已经缓缓地闭上了眼睛，并且将两条腿呈双盘式拧在一起，将两只手叠放在肚脐之下丹田位置。那情景几乎是画像中观世音打坐姿势的翻版。

我们三个谁都没见过这种阵势，一开始也很安静，甚至连大气都不敢喘，生怕稍微弄出点动静来，就会惹下意想不到的麻烦。可是过了一个多小时，我们就开始躁动起来，因为这么久了白如丽都没有一点儿动静，很担心她去了阴间再也回不来。

爱兵胆子最大，提出要动手摸一摸她还有没有气，倘若她真的死了，那我们得赶快想辙。

我没有反对。

正当爱兵要动身去摸的时候，她突然微启明眸，发出一缕如兰的幽叹。

我们不知道接下来又会有什么灾祸发生，便重新敛声静气起来。

幽叹过后，她只说了一句话。这句话太古怪了，古怪得差不多要成为古怪之最。

第九章　奇怪的声音

白如丽从阴间回来，然后冲我说道：“你把王立广的猫给我抓来。”

我以为自己的耳朵出了问题，茫然地看了一眼秀秀和爱兵，看他们俩都有什么反应。

然而，他们俩也正用同样的目光看我。

抓一只猫？还指名道姓地要王立广家的猫？

我听说过用公鸡避灾的说法，却从来没听说过用猫避灾的，更没有听说过用特定的猫避灾的说法。在我看来，公鸡之所以能避灾，是因为它代表着阳光之气，所谓“雄鸡一唱天下白”，说的正是这个道理；而同属于猫类动物，猫和猫头鹰最大的相同之处就是，它们都是一种不太阳光的动物，特别是猫头鹰，只有在黑夜里才会出现，就算猫不像猫头鹰那样令人生厌，也绝不至于被当作能够驱邪的吉祥的动物。

所以，我不得不带着极度的忧虑问道：“婶儿，您让我把那只猫抓来，到底有什么用处？”

“问多了对你没好处。”白如丽很不耐烦地说。

秀秀也帮着搭腔：“晓军，快别问那么多了，听婶儿的话，抓猫去。”

爱兵也说：“秀秀说得对，不该问的你最好不要问。”

我一时成了众矢之的，于是也就不敢再多问。

不过，事关这一行动的具体环节，我还是不得不问：“婶儿，这只猫您让我什么时候抓来？”

“现在。”白如丽言之凿凿道。

“现在？”我一愣，马上又问，“我和爱兵一起去，行吗？”

“随你的便。”

我之所以问得这么具体，是因为王立广老汉是个非常不通人情、非常不易接近的倔强老头。他虽然年过古稀，但仍然孤身一人。在我的记忆中，他从来就没跟村里的任何人打过交道。他除了分东西的时候到大伙中间站一站，其余时间都是独自做事。他唯一爱好也是唯一的经济支撑点就是拾粪。他把拾到的粪便堆在家里，直到堆成一座小山才肯交给生产队。

由于他性格孤僻，再加上喜欢在家里堆积粪便，所以没人愿意跟他做邻居。他被挤对到柏树林旁边的一个非常荒凉的地方，而这恰恰遂了他的意。

抛开风水因素不说，柏树林似乎也不是什么好地方。据村里的老人讲，他们听老一辈的人说，早在一百多年前这里就开始闹鬼，直到今天也没有消停。还有人在这儿亲身经历了怪事：夜里他推着独轮小车，想从柏树林中间的小路上穿过去，结果走了整整一夜，愣是没有走出柏树林半步。也有的说，夜里每次从柏树林旁边走过，就能听到里面有女人的哭泣声。

可想而知，这个时候让我去那种地方找一个孤僻的老头商量事情，是多么不容易。好就好在有爱兵帮我一把。我想，只要有爱兵相帮，就没有过不去的火焰山。

可是没想到秀秀也死缠烂打要跟着去。

“你跟着干什么？你以为我们要去听戏看电影啊？”我没好气地说。

“你们俩都去，把我一个人丢在这里，这公平吗？”她不服道。

“这有什么不公平的？再说这里还有咱婶嘛！怎么能说就丢下你一个人呢？”我说。

“咱婶是大师，又不需要我分分钟陪着，你就不怕我坐在这里影响她休息？”秀秀满嘴是理，其实换谁都不愿意如此陪伴着一个疯女人。

看看实在是甩不掉她，我只好答应让她一块儿去。

此时已经是五更天了，这是一夜当中最黑暗的时间。乡间的小路比不得城市的柏油马路那么平坦，总是充满着崎岖和坎坷。我们深一脚浅一脚地走了大半天，才接近了柏树林。

柏树林在村子西南方向约三华里处，占地面积五十多公顷，而王立广的住处又在柏树林的西南边缘。所以，我们必须绕着柏树林走上大半个圆圈才能走到目的地。

此时柏树林里漆黑一片，间或闪烁着鬼火，一明一暗的，让人不寒而栗。更有一种怪鸟的叫声比猫头鹰都瘆人。

爱兵胆子大这没的说，我虽然比不上他，但晚上走个夜路啥的，也用不着旁人陪伴。而最害怕的还是秀秀，她一出门，就把大半个身子紧紧贴在了我的胳膊上，此时来到柏树林附近，更是抖个不停。

我们是从王立广的房屋后面走过去的，离房子还有五十来米的时候，秀秀突然脚下一软，大半个身子几乎不听使唤了。

我马上停住脚步，问：“怎么了？”

“你听——”她的声音很细，不仔细听根本听不出她在说什么。

我满脑子里都是那怪鸟的叫声，所以很自然地对她说：“不就是一只鸟在叫吗？我早听到了，别吓自己。”

“我说的不是鸟叫，好像是孩子在哭。”她的声音有些发颤，以至于把我也感染了。

我努力保持着镇静，说：“不会吧，我怎么没听到？”

“是孩子在哭。”她进一步确认道。

我不由得竖起耳朵仔细听了下，的确听到了孩子的哭声，而且这声音是从王立广的院子里传出来的。由于目前我们所处的位置是在房屋的后头，房屋正好干扰了声音的传播，所以这声音听起来不那么顺畅。

“你们俩又在磨蹭啥呢？”爱兵走着走着忽然发现我们俩掉队了，

赶快退了回来。

“爱兵，我怎么听见王立广院子里有孩子在哭呢？”我说。

“没有的事。”爱兵一口否认，“他家哪有什么孩子，你没见他平时看见谁家的孩子都是横鼻子竖眼的，七十多岁的人啦，还有那爱心抱个孩子养养？哎，晓军你说，他一个老头儿拿什么喂孩子呢？拿奶水？他有吗！哈哈哈。我看你们俩是想孩子想疯了。那你们还不赶快结婚，等结了婚，要多少孩子没有啊！”这家伙不管什么时候，总忘不了拿我和秀秀开心。

我无心骂他，很认真地对他说：“爱兵，你仔细听听，到底有没有孩子在哭？”

爱兵仔细听了下，依然说：“没有的事，是你们俩的幻觉。”

我不相信我们俩会同时产生幻觉，我只能说爱兵因为胆子太大，有时对细小的声音不那么敏感。

既然他什么都没听到，我也没什么办法，只有走到近前再说了。

然而，我们走了没几步，那声音就突然变大起来，甚至有些嘶哑。

这回爱兵再不能说什么都没听见了：“还别说，是有一种声音，不过我觉得这声音不像是孩子的哭声，倒像是女人的笑声。”

我赞同道：“我也觉得这声音像女人的笑声。”

紧接着秀秀也表达了同样的意思。

不过，说那声音像是女人的笑声也有点勉强，更确切地说，那声音的确像女人的声音，只是哭中有笑笑中有哭。

“会不会是那个被轧死的女孩又在这里作祟？”秀秀突发奇想道，说时，她浑身都在发抖，而带动着我的身体也跟着晃荡。

“我觉得这不可能。”其实我也赞同她的观点，只是怕她吓出个好歹来，才没依着她说。

此时我们三个都同时停住了脚步。不过，爱兵没有参与我们的讨论，他在对声音做仔细的辨别。

秀秀看爱兵不说话了，越发觉得事情严重："还说不可能？你也不想想，刚刚白如丽都说了，那女孩只要阴魂不散，随时都会为非作歹。她是冲你来的。找不着你，她就会害别人，就像振国，好好的，说上吊就上吊。这会儿肯定又寻别的冤家了。鬼怪不是人，但我想鬼怪也跟人一样，不达目的决不罢休的。晓军，咱不能触这个霉头，特别是你。咱快回去吧……"

经她这么一分析，我也有点犹豫，不过我还是要说："如果真像你说的那样，白如丽叫咱们来，岂不是让咱们白白送死？"

"她当然不会那么做，可她就没有算错账的时候？"

我觉得她说得在理，便有了退缩的念头。不过我还得听听爱兵的意见。可是我连叫了他好几声，他都没有一点反应，又拉了下他的胳膊，他还是不理我。

难道他中邪了？我想。

"嘿嘿，嘿嘿，嘿嘿嘿嘿……"爱兵突然莫名其妙地笑了起来。

他的笑声本来就很难听，特别是在这种夜深人静四面无人而又充满恐惧的荒郊野外，更显得比那奇怪的声音还要恐怖十倍。

我和秀秀都吓得不知所措。

第十章 交媾[redacted]

“笑什么呢，爱兵？中魔了？”半天我才回过神儿来，不由得问道。

“你才中魔了呢。”爱兵回戈一击，同时止住了笑。

“还说没中魔，那你笑什么呀？”秀秀打横道。

“我笑你们俩太经不起一点儿风吹草动了。明明是你们俩走火入魔，硬要赖我中了魔了。你们俩缺不缺德？”爱兵纠缠不休道。

我没工夫听他废话，因此道：“有话说有屁放，别阴阳怪气的。”

“把嘴巴放干净一点儿，别动不动就骂人。还知识分子呢，连大老粗都不如。”

“好好好，我向你道歉，我不该骂你。”

爱兵很得意地笑了，不过他依旧不涉入正题，还在给我卖关子。情急之下，我真想揍他两巴掌。

相比之下，还是秀秀会办事，她好生劝道：“好哥哥，你就别跟我们绕弯子了。晓军不好，回去怎么找他算账我都不管，可我是无辜的呀，是不？你连我的面子都不给，就太不讲交情了。”

“既然秀秀这么说了，这面子我给，不过我得警告你小子，以后对秀秀好点儿，别有事儿没事儿总拿人家撒气。”

“你还有完没完？”我有点不耐烦。

“兵哥，你快说这到底是咋回事儿。”秀秀催促说。

“好，我说，不过……”爱兵刚要说，突然吞吞吐吐起来。

“你怎么那么多的‘不过’？还是不是个爷们儿？”我实在忍不住，又出言不逊起来。

“你先别急，这话当着秀秀的面，我实在说不出口。”爱兵辩解道。

“又来了。刚刚你还说，这面子你是给秀秀的，怎么转眼又不能当着她的面说了？你是不是非得把我急疯了你才说话？”

“没……没有。”

“那又是为什么呢？”

爱兵没有直接回答我，而是提了一个让我更加无法理解的条件：“要不让秀秀把耳朵捂上。”

秀秀一听这话，也急了：“凭什么让我捂上耳朵？”

“秀秀妹妹，哥哥怕你听了脸上挂不住。”爱兵坏笑道。

秀秀很不以为然道：“你说吧，我能挂住。”

爱兵得到了承诺，便肆无忌惮地说：“不是孩子哭，也不是女人笑，是王立广的猫在叫春，叫春就跟男人想媳妇是一回事儿，你俩知道了吧？”

真是一语惊醒梦中人。可不是嘛，叫春的猫发出的声音既像是孩子哭，又像是女人笑。这声音把我们吓个半死，回想起来真是哭笑不得。

秀秀听后把头低了下去，半句话也不说了。其实她不低头，我和爱兵也看不清她的脸面。

“别说，它这么一叫，倒帮了我一个大忙。”爱兵突然高兴起来。

“帮你什么大忙？”我问。

爱兵又卖了个关子：“等会儿你就知道了。走，咱们快过去。”

既然是猫在叫春，我们再不需要担惊受怕了，三步两步便走到了王立广的大门前。

王立广的院子不大，但院墙挺高。也难怪，四下里连个邻居都找不到，一个孤苦老人独自寄居在这里，要是没个高墙什么的，被歹人抢劫了怎么办？

在来时的路上我就在琢磨了，王立广平时连个笑脸都没有，我长这么大就没听到过他说话。可想而知，半夜三更要想把他的门叫开有多难。就算爱兵脸皮厚，有的是软磨硬泡的工夫，可如果王立广愣是不给开门，不也是白搭？

因此我迫不及待地问:“你不是说你已经有了办法了吗？什么办法？”

爱兵没有答话，把我拉到墙根底下，小声说:“你蹲下，给我做个人梯。”

我一愣:“你要翻墙过去，然后摸到他屋里？那不成偷鸡摸狗了吗？爱兵，你怎么能想出这么个馊主意？得，这事儿就此打住，我宁可现在就死，也不愿意做这种不光彩的事。”

秀秀啐道:“这都什么时候了，你还顾忌这些？这不是没辙儿吗？再说了，就算这是偷鸡摸狗，不还有我们俩吗？就说是我的主意好了，碍不着你啥大事，你连这点小账也算不透？”

“听见了吗？你看看人家秀秀做事多么干净利落！再看看你，整个一窝囊废。我真替你害臊。”爱兵不屑道。

我无话可说，但仍坚持自己的观点：就是死，也绝不能干这种偷鸡摸狗的勾当。

爱兵看我摆出一种死猪不怕开水烫的姿态，只好实话实说:“你以为我真的会翻墙过去？你也太小瞧我了，我只不过是趴在墙头上学几声猫叫，把那母猫引过来，这你都看不出来。”

“那不早说？”没想到爱兵还有这么一步活棋，我真是又羞又愧。

“好了，别再磨蹭了，再磨蹭下去天都明了。”说时，他一把将我摁在地上，紧跟着就把两只脚踩到了我的肩膀上。

别说，爱兵还真有两下子。我明明知道站在我肩头的是一个人而不是一只猫，但骨子里仍然有一种公猫在叫的感觉。直到这时，我才知晓什么叫以假乱真。

毋庸置疑，那叫春的猫听到爱兵的呼唤，还真的就赶来与之相会了。

不等那猫识破他的伎俩，爱兵便以比猫还要快的速度用早就准备好的外衣把它包住了。

那猫被包在衣服里面，叫得撕心裂肺，听上去更像是一个刚出世的婴儿在哭。我想，将来我跟秀秀结了婚有了孩子，情形也大概如此吧。在此，我很想对爱兵说一句："感谢你八辈祖宗。"只是这种感谢方式在当时还没有流行，所以我没这么说。

我们赶紧带着猫回到了白如丽那里。她跟我们走时的状态没什么两样，依旧是大大咧咧地坐在床中间逗着小花猫在玩。看我们进来了，她一点也没有表现出好奇，甚至都没问我们猫是怎么抓来的，只是将眼珠稍稍转动了一下，漫不经心地说了句："放那儿吧。"

爱兵担心一旦把它放下它就会藏到旮旯里去，所以没有马上放下。

白如丽显得很不乐意："我的话你没听见？"

爱兵还是不放："听是听见了，只是我怕把它放下再逮着就难了。"

"没什么难的。"白如丽胸有成竹道。

爱兵看她这么有把握，只好把猫从衣服里松开，然后小心地放在地上。

这是一只体积差不多要比小花猫大一倍的大黑猫，看上去很像一条狗。

说来也怪，大黑猫被放在地上，真的没有躲藏的意思。

与此同时，白如丽怀里的小花猫却用一种色眯眯的眼神看着它，似有与之求欢的意思。

白如丽说："是不是有了新欢就不跟我玩了？你个没良心的，真是白疼你了。"说时，她把小花猫从怀里放开，并拍了下它的小屁股，就像嘱咐孩子似的嘱咐道，"找它去吧，不过你得记住了，千万不能累坏了身子，不然你可是要受苦哦！"

小花猫真的就跟受了某种暗示似的叫着，摇晃着尾巴走了过去。

大黑猫看异性走来了，也叫着摇晃着尾巴表达着自己的迎接之意。

我们三个望着眼前的这一幕，不知道玄机何在，又不敢轻易去问，共同表现出一种茫然不知所措的神色。

小花猫走到大黑猫跟前，大黑猫似有羞涩之意。我想，它们虽是动物，但内心深处的那份儿缠绵之情大概也跟人类差不多。

与大黑猫所不同的是，小花猫表现得非常主动。看那意思，真有点急不可耐的焦躁。

也难怪，小花猫从出生到现在，除了只见过一面生育自己的母亲之外，再没跟其他任何同类接触过，因为不曾接触同类，自然也体会不到与同类接触的快感。此时跟同类走到一起，出于本能，它内心当中的那份儿火热之情全被激发出来了，而最能体现这种火热之情的载体就是叫声。

大黑猫也用同样的叫声迎合着它，但毕竟在一个人地两生的地方干那种为人类所不齿的丑事儿，况且还在众目睽睽之下，实在有些磨不开脸面。所以目光闪烁之中，它似乎在恳请这位小性伴侣："我们还是避一避人类的目光吧？"

岂料小花猫意志坚决："就在这儿干，哪儿都不去，要去你自己去。"

无奈之下，大黑猫只有对小花猫听之任之。

于是，就在我们的眼皮子底下，这对相好便上演了一出非常精彩的交媾大戏。那辗转反侧的呢喃，那如饥似渴的呼唤，跟洞房之夜新郎新娘共同发出的声音一点都不差。

说到异类的交媾，有些读者可能不太了解，它们绝不像人类那样达到泛滥的程度。雌性动物一年有一到两次发情期。只有发情期到来，雌性动物才会对雄性动物发生兴趣；发情期之外，雌性动物对于雄性动物根本不感兴趣，而同样，雄性动物也绝不会干扰雌性动物的正常生活。而在发情期之内，雌性动物对于雄性动物的渴求简直达到人类难以理解的程度，一旦雌性动物的愿望得不到满足，甚至有一种生不如死的味道。这完全属于一种正常的生理现象，跟情感没有任何关系。

另外一点也是人类难以想象的。雌性动物一旦发情期到来，根本不考虑对方的年龄以及相貌等因素，只要能满足自己的生理需求就行，这就好比一个二十五六岁的女人，一旦有了性需求，可以找一个七十多岁的老头子作为性伴侣，也可以找一个十六七岁的小男孩来满足生理需求。

想到这里，我的脑子“轰”的一响，不由得想到了这样一个问题：白如丽三番五次要我住在这里却被我拒绝，此番是否借异类交媾之事对我有什么暗示呢？那样的话，我可就惨了。

只见小花猫恋恋不舍地离开大黑猫，拖着疲惫不堪的身体回到了主人的怀里。我的目光不由得从小花猫的身上转移到白如丽的脸上。

而此刻，白如丽一点都不关心这个一向被她视为掌上明珠的小宝贝，却用一种怪异的眼神瞅着我笑。

我越发觉得自己的推断正确，心便“扑通、扑通”地跳动起来。我赶快躲过她的眼神，把头低到了腰部跟肚脐相同的位置。

谁知白如丽却不依不饶道：“晓军，你怎么不敢看我？”

“我……”我依旧没敢抬头。

“我再问你一遍，怎么低着头？”她的声音没有半点提高，可是在我听来，却有着撼山之巨。

我勉强把头抬起来，却依然不敢拿正眼看她。

她问：“你不是一直都想知道我为什么让你把这只猫弄来吗？要不要我现在说给你听听？”

“不，我不想听了。”我本能地说道。

“为什么？”她问。

“不为什么，反正我不想听了。”我近似哀求地说。

也许我这可怜的样子让她感到很不舒服，所以她把我丢在一边，而用同样的口气问秀秀道：“秀秀，你想不想听呢？”

我抬眼望去，只见秀秀把头低得比我刚才低头的位置还低，而且脸上红一块白一块的。白如丽连问了两声，她都一声不响。

很显然，秀秀也跟我想到一搭里去了。退一步讲，就算她想不到那么深，而刚刚展现在她面前的猫儿交媾一幕就足以让她脸红好几年了，要知道她毕竟还是个情窦初开的小女孩，脸皮薄得很。

我本想帮她解解围，可眼下我自己都是泥菩萨过河，我张了下嘴，却什么都没说。

白如丽看秀秀死活都一言不发，转而又问爱兵：“你呢？你想听吗？”

爱兵头脑简单，怕是想不到那上面去，因此回答得很干脆：“想听，你说吧。”

第十一章　转世[redacted]

白如丽没有先说明问题，而是先提出问题："你相信转世吗？"

"转世？"爱兵转动了下眼珠儿，不知怎么回答，马上把目光投向我，希望我来替他回答。

我一向以博学多识而闻名于全村，在一个多月前是不相信鬼神的，尽管现在我对鬼神现象有了一种比较模糊的认识，但是转世一说对我来说仍然是一个很陌生的话题。所以这个问题我无法替他回答。

不过经过白如丽这么一问，我倒觉得刚才我和秀秀的担心纯属多余。也许白如丽压根儿就没有我想得那么龌龊。这里面肯定还隐藏着更大的玄机。

那么，猫儿交媾跟转世一说到底存在着什么必然的联系呢？白如丽为什么会把这两个风马牛不相及的问题生拉硬扯地牵涉到一块去呢？我很想知道答案。

不过，我忽然想起了一个在我们这一带流传了很久的故事。

故事的主人公到底是叫张三还是李四或者其他什么名字，已经无法考证了，不同的版本说法各异，我们姑且就叫他张三吧。

话说张三打小失去了父母，是舅舅一把屎一把尿地把他拉扯大的，长大后舅舅给他娶了媳妇，帮他成家立业。因此，张三待舅舅就像亲爹一样，心里想着一定要好好孝敬舅舅，为他养老送终。

岂料天有不测风云，还没到需要人伺候的年龄，一场突如其来的怪病就要了舅舅的命。

而这天，张三正蹲在牲口棚里伺候母马下崽。正当马仔露出半个脑袋的时候，突然噩耗传来，说舅舅已经不行了。

补充交代一句：张三跟舅舅住在同一个村子里，两家相距也就是百十来步远。屈指算来，当母马出现下崽迹象时，舅舅正好断气。

张三听到消息，丢下正在下崽的母马，和妻子慌忙跑到舅舅家里，可还是没能见上舅舅最后一面。

接下来就是哭号、守灵、发丧、安葬……把所有的事情都忙完，已经是七天以后的事了。这时他的小马驹已经能在院子里活蹦乱跳地跑来跑去了。

张三望着他那可爱的小马驹，本应该有所喜悦，谁知他只看了一眼，就立刻跑到厨房里掂出一把菜刀，要把小马驹砍了。

妻子死活劝不住他，幸亏这时来了一位串门的老街坊，

老街坊不解地问："你这是干吗呢，跟一个小马驹过不去？"

"正是这个该死的东西害死了我舅，我还能让它活着？"张三余怒未消道。

老街坊一听不禁双眉紧皱："这我就更不明白了，你舅舅死的时候它还在马肚子里呢，怎么能害死你舅呢？"

张三看老街坊这么愚钝，只好给他点破："当时它就快要生出来了，小畜生刚伸出半个脑袋，就有人报信儿说舅快不行了。可不就是它把我舅的命给克死了！前几天我忙前忙后没工夫收拾它，叫它多活上几天，今儿个就砍了它。"

老街坊听后立刻正襟危坐，严肃地斥责张三："你糊涂呀！还敢杀它，它哪能害你舅，这是你舅转世啦。你是好造化，好好供着他，就是孝敬你舅啦。"

"这是啥意思？"

老街坊解释说："既然它出生的时候，你舅舅刚好走了，这就说

明你舅舅的魂魄恰好转移到它身上去了。”

张三恍然大悟，非常后悔自己的鲁莽行为，暗自庆幸没犯下大罪孽。从此，张三再也不提砍死小马驹的话，直把小马驹当成他舅看待。

夏天来了，为了不让它遭受蚊蝇叮咬之苦，张三整夜整夜地坐在马棚里为它驱赶蚊蝇；冬天来了，张三怕小马驹受冻，就专门给它生起了炉子。另外他还捡最好的饲料喂养它。只可惜它是牲口而不是人，不然张三会每天大鱼大肉地孝敬它。

转眼小马驹已经长成了一匹高头大马。张三却不让它下地干一丁点儿活，而且隔三岔五还要带着它各处走走。每到一处，他都会很亲切地问一句：“舅舅，您觉得这地方怎么样？要不要过几天咱们再来？”

说来也怪，那大马跟随在张三的身边，非常听话。虽然没有缰绳约束它，但它也从来没有到处乱跑过。眼瞅着路两旁绿油油的麦苗儿鲜嫩可口，它却不去啃上半口。

这天，几十里以外的某地有个庙会，而每年的这一天庙会都很热闹。舅舅生前多次提起过，等以后有了机会也去赶趟庙会。张三忽然想起了舅舅的这句话，于是决定，说啥也得带着“舅舅”（在平常的日子里，张三对这匹马都是以舅舅相称）赶赶热闹去。

一路无话，到了庙会。张三带着舅舅各处走了个遍，最后决定在一个杂货市场里歇歇脚。

这时，只见一个商人赶着马车，载着满满的一车琉璃碗盆什么的，小心地朝这边走来。

张三招呼舅舅说：“舅舅，咱给人家让个道儿，省得车到跟前咱躲不开被人家埋怨。”

岂料一向很善解人意的大马这回却是呆若木鸡。

“舅舅，我在跟您说话呢，您没听见？”看看那辆马车离他（它）们站的地方已经没几步路了，张三不由得着急起来。

无奈大马仍然直挺挺地站在那儿，一动不动。

乡村的路本来就很狭窄，如今又有一匹高头大马横站在路的正中间，这势必会引起过路人的指责。

“谁的马？整个路都让它占了，还让不让过啊？”说话的工夫那商人已经来到跟前。

“对不起大叔，给您添麻烦了，我们这就走。”张三一边给人家道歉，一边使劲儿推着“舅舅”的屁股，要它动弹一下。

可是大马就跟脚下生了钉子似的，站在那儿纹丝不动。

商人一看马这么拗，便放下车来决定帮张三一把。然而，他刚把车放下，令人惊心动魄的一幕便发生了。

只见大马嘶叫一声，旋即尥着蹶子朝拉马车那马的腰部踢去。

拉马车那马正优哉游哉地在道上休息，冷不丁遭此突袭，自然也尥起了蹶子。它这一尥蹶子不要紧，大马车整个翻了个个儿，一大车琉璃碗盆丁零当啷摔了个稀巴烂，没剩一个整的。

来来去去的人一下聚集了十好几个，费了九牛二虎之力才把两匹马控制住。

看着一地的碎瓦片、瓷片，商人叫屈道：“老乡们，大家都看到了，我好好地赶着马车过路，是他的马不老实，横在路上不让我过，又一脚踢在我的马身上，结果东西全碎了，我这小本买卖还做成做不成了？我就认了倒霉了，谁的马闯的祸谁就该赔我。”

大家纷纷指责张三：“这马养的，多大啦还没个缰绳，这还不赔人家，不赔也别想走了……”

张三只能忍气吞声，对于受害人的索赔诉求，他也没什么异议。只是他心里憋得慌，你说好端端的，舅舅干吗惹这么大的乱子？这不是没事找事吗？

于是，他对着大马数落起来：“舅舅呀舅舅，平时您那么让我省心，今儿个是咋了，这么拆我的台？好好的，人家又没招您惹您，您干吗跟人家过不去？您叫我怎么跟人家交代啊？”

那商人听得不清不白，便问："我咋听见你叫它舅舅？"

张三心里正烦，便没好声气地说："你损失多少我就赔偿你多少，又没耍赖，管那么多干吗！"

"我就是想知道你为什么叫它舅舅？"那商人偏偏追着不放，很想知道个究竟。

"我叫它什么关你啥事儿？"张三不想把事情的原委告诉不相干的人。

周围看热闹的人也都纷纷询问张三，这里面到底有什么猫儿腻。

架不住大家都这么问他，再说要不是大家伙刚才共同出手帮忙，就不定还会惹出多大的麻烦。所以看在大家帮忙的份儿上，他就把原委说了。

在场的人听了，无不称奇道怪。

张三本以为商人的好奇得到了满足，就该消停了，谁知商人还得打破砂锅问到底："你舅舅是哪儿的人？他叫啥名儿？"

张三瞪了商人一眼，没理他。

"你就说说呗，没准儿我们是老相识呢。"商人饶有兴趣地说。

"说吧，说吧，要是熟人就不能再叫赔钱了。"周围的人笑嘻嘻地起哄。

张三觉得有道理，就把舅舅的名字以及家庭住址说了。

谁知那商人听后，两手一拍，大包大揽道："年轻人，这损失不用你赔偿了，我自认倒霉。"

张三不相信自己的耳朵，便惊讶道："大叔，您说什么？"

商人又说了一遍。

在场的人都觉得这有点不可思议，这商人也变得奇奇怪怪的啦！

商人只好道出了事情的原委："十年前我欠过他舅舅一笔账。他舅舅上门催过几次账，都被我侥幸躲过。后来他舅舅不再催要了，我就以为他把这档子事给忘了，也就没还钱。没想到，十年过去了，他还记挂着这事儿。我粗略算了一下，我欠的钱连同利息正好值这一车东西的钱。可见这‘冤有头债有主’的老话还是对的。”

就这样，张三害人家损失了一大车琉璃碗盆，却一个子儿都没有赔偿。

这个故事大概就是转世之说的一个典范。于是我就在想，白如丽忽然提到“转世”一词，不会是想拿上面的故事作为今天的教材吧?可这跟猫儿交媾之事有什么牵连呢?

我不由得把目光转移到白如丽的脸上，希望她能告诉我答案。

让我欣慰的是，这回她倒是说得淋漓尽致:“刚才两只猫做交配的当儿，那女孩不散的阴魂已经在不知不觉中赋予到那个即将形成的新的生命体中去了。一个原本美丽善良的姑娘，遭到横祸，死后又找不到一个合适的归宿，你说她能不出来伤人吗?这下好了，我让她在不久的将来化为一只人见人爱的小动物，多多少少也算是安抚她了。我想，她会爱惜自己未来的生命的。这下你们都明白了吧?”

原来玄机就在于此啊!

我一时激动得差点儿跳起来。与此同时，秀秀也禁不住“啊”了一声，只有爱兵木呆呆地望着白如丽的脸，似乎不知道她在说什么。

过了一会儿，爱兵才惊喜交加道:“婶儿，您真行!我就说嘛，全村有那么多的猫，可您非得要我们去逮立广老汉家的猫，原来只有他的猫在叫春啊!”

白如丽看我们三个都很激动，忽然脸色一沉，声音变得凝重起来:“今天的事情对谁都不要讲，不然又要有灾祸发生了。你们都记住了吗?”

“记住了。”我们齐声回答。

第十二章 禁闭[redacted]

从白如丽家里出来时，天开始渐渐放亮。

这一夜发生的事情实在是太多太多了，一回到家里，我立刻感觉到浑身的筋骨就像被抽了似的，所以躺下没几分钟就进入了梦乡。

这一觉睡得好舒畅。睡梦中我再没有被那个女孩不散的阴魂所骚扰。如果可着我就这样睡下去，哪怕睡上三天三夜我都睡不够。

然而我睡得正香，一阵聒耳的叫喊声把我吵醒："快起来，快起来，也不看看都什么时候了，还睡？！"

我睁开惺忪的眼睛，原来是我爸正冲我嚷嚷。

我爸三十五岁，是大队领导成员中的一名骨干分子，热衷于政治，思想觉悟特别高，一贯走在时代的前列。

我急忙坐起身来，尽量离他远点儿，偷偷看了下窗外的日光，只见光线昏暗，差不多已是落日时分。看来我整整睡了一个白天，也难怪爸爸这么动气。

然而我爸把我喊起来以后，并没有在懒惰这件事上大做文章，而是问了我另外一个问题："昨晚你干啥去了？"

"我……"我努力回忆着昨晚发生的事情，一时吞吞吐吐起来。

"说清了！"我爸丝毫不给我思考的余地，瞧他那种摩拳擦掌的架势，像是又要对我挥动拳脚。他平时对我要求特别严，毫不夸张地说，我正是在他的拳打脚踢中成长起来的。

我不敢说我去了白如丽家里，那样他会打死我的，我只能拿振国做挡箭牌。

“昨晚村子里发生的事您肯定也听说了，振国平白无故地要上吊自杀，结果被救了过来。我跟振国是最要好的朋友，所以我……”

“别再给我演戏了！”没等我把话说完，爸爸就暴跳如雷道，“你以为我是聋子啊？全村的人都知道你昨晚去了白如丽家里。你呀你，你可把我的脸给丢尽了。你也不想想，白如丽是什么人？你又是什么人？她是个不人不鬼的女人，只能可怜不能亲近，你不知道！你的书都白念了！还是你成心想气死我！你还跑王立广家里，偷偷摸摸地把人家的猫给抓了。你说你都干了啥！你不要脸，我可丢不起这个人……”爸爸越说越来气，想立刻对我挥动拳脚，又似乎觉得对我这种人动拳脚会脏了他的四肢，于是满屋子里扫视了一下，发现门后面正好有个棍棒，一把握在手里，这就要拿棍棒说事儿。

有道是好汉不吃眼前亏，我一看要挨揍了，也顾不得穿衣，急忙披上被子就满屋子里乱跑，一边大呼小叫，希望惊动全家人来解救我。

我妈闻声赶来。一把抓住爸爸手里的凶器，怒目以对道：“天天拿棍子，快给我放下。”

我爸虽然很凶，却不敢跟我妈拧着干，因为论知识论觉悟他哪样都不比我妈强，此时见我妈来了，只好偃旗息鼓，但又不得不摆出一副愤愤不平的样子：“都是你惯的。”

我妈不跟他争辩，只是冲我说道：“快把衣服穿上。”

我旋即穿好了衣服，一刻也不想在家里多待，得赶快找到爱兵这个咬老婆舌头的混账东西。我要亲口问问他：“你昨晚发誓赌咒的话是不是全等于放屁了？”在我看来，除了爱兵能把昨天的事情泄露出去以外，别人是不会说出半个字的。

我爸一看我要出去，马上挡住了我的去路：“往哪儿去？”

“这您不用管。”眼下有我妈在场，我大可不必担心我爸会对我怎么样。

“不许出去！”虽然碍于我妈在场，但我爸在原则问题上绝不让步。

我知道硬来无济于事，只好编了个瞎话：“我去找秀秀说话，这总可以了吧？”我之所以把秀秀搬过来为我所用，是因为我爸妈太喜欢她了。因怕我疏远了她，他们还经常动员我多跟她交流交流。

我本以为这个理由能让我爸哑口无言，然而这次我却低估了他。他不仅没有哑口无言，反而振振有词道：“别拿骗小孩子的把戏来哄我。我是你老子，这阵子你哪儿都不能去，只能待在这个屋里给我闭门思过。”

我妈对此没有表示异议，我知道这是他们商量好的，不由得着急起来：“可我还得上学呀！”

“上学？你能在学校里学点啥？学校那边我打过招呼了，你就是一个月不去，也没人敢开除你。”

一个月？我暗暗叫苦，真要把我关上一个月，那还不得把我关疯了？

然而我知道爸爸历来一言九鼎，更何况这事儿还有我妈支持，看来这是铁定的事实了。

不行，我不能就这么被活活地关上一个月，我还得拿秀秀说事儿：“不让我去见秀秀是吧？那好，从今天起，我就跟她一刀两断。不过话我可得说在前头，这都是被你们逼的。”

“谁逼你了？”爸爸无动于衷道，看来他早就猜出了我心中的小九九。

“还说没逼我，我现在要见她一面都不给机会。”我继续说道。

爸妈一时难辨真假。毕竟大人们考虑问题比孩子成熟。爸爸稍作迟疑，便给了我一个稳妥的答复：“有什么话你跟我说吧，我转告她。”

我看爸爸终于上当了，心中暗喜，脸上却装出几分焦虑：“亏你说得出口，难道你跟我妈谈恋爱的时候也是让我爷爷捎话的？”

爸爸被我狠狠将了一军，脸上飞红，一时无话可说。倒是我妈突然想了个让我很难驳回的办法：“我看不如这样，把秀秀叫过来，然后让你们俩关起门来说话，我们都跑得远远的，谁都不去偷听，这样差不多就行。”

话音刚落，我爸立刻表示赞同："这办法好，就这么办。"这两口子真算是妇唱夫随。

我暗暗叫苦，心说跟秀秀说话只不过是个幌子，天知道他们俩是这么认真。

我正在暗骂自己弱智，只听爸爸跑到门外叫道："晓燕，你去把秀秀叫来，就说你哥找她有事儿。"晓燕是我妹妹，比我小两岁，此时正在门外徘徊，估计是刚才听到我的叫声才跑过来的。

晓燕答应了一声就要走。

我突然叫道："等一下。"

晓燕赶快来到我屋："哥，还有啥事儿？"

"你把爱兵也一块儿叫来。"

"叫他干吗？"我爸不解地问。在他的眼里，爱兵根本不是什么好东西。

"昨晚去白如丽家里的也有他。我想把他叫来，把昨晚的事做个了断，从此谁也别再提这茬儿。"话是这么说，其实我是想借此机会报复一下爱兵，省得一个月以后我的气消了，再不会跟他计较。

晓燕用征询的目光望着爸爸的脸，希望他给个肯定或者否定的答复。

爸爸想了下，说："也好，叫他来。"

没过几分钟，秀秀跟爱兵就一块儿来了。

爸爸看他们两个进了屋，立即把门从外面锁上，临走，还摔出一句狠话："你们俩谁都不准帮他出这屋。"

我一看爱兵进来了，就像见了仇人似的，立刻感到胸中的怒火在熊熊燃烧，也不管爸妈在外面偷没偷听，就一把揪住爱兵的衣领，厉声喝问："你还是不是人？昨晚你在白如丽家里是怎么说的？当时数你的声音最高，你说：'今晚的事儿就是烂在肚子里也绝不会对任何人吐半个字。'怎么一天不到你就嚷嚷得满大街的人都知道了？因为你我现在连门都出不去了！你给我指条路，你叫我怎么走出这个门去？！"

爱兵被揪得满脸通红，却矢口否认："晓军，你先消消气，这话绝对不是我说的，我对天发誓。"

"别再给我提'发誓'这两个字了，你发的誓全是放屁。"

"晓军，你怎么能这么说话呢？我爱兵没上几天学，可是做人并不比你差。我可以对天发誓，绝对不是我说的。"

"不是你说的？还有谁？白如丽？秀秀？"我质问道。

"是我。"秀秀突然说话了，然而这句话太让我难以相信了。一贯以嘴巴严著称的秀秀怎么可能把这种事情泄露出去呢？分明是她在包庇爱兵。

"我不信。"我说。

"确实是我泄露的。"秀秀很认真地说。为了证实自己没有说谎，她还特意做了个要哭的表情。这是她犯下不可饶恕的错误时，通常出现的表情。

我把揪爱兵衣领的手慢慢松开，用一种夸张的表情望着秀秀，希望她把刚才的话纠正过来。

然而，秀秀一口咬定："这消息确实是我透露出去的。"

"到底是为啥呀？"我立刻把发怒的对象由爱兵转换为秀秀，但不知道该说她什么好。我想，如果我爸此时在外面偷听，肯定也会气个半死。

秀秀低着头，哽咽着对我说："昨天我回家的时候我娘还在等我。见我回去得那么晚，就问我干啥去了，我说：'没干啥，跟晓军在一起呢。'她又问：'咋这么晚才回来？'我说：'谈事儿呢。''到底啥事儿谈了整整一宿？'我看实在瞒不过她，就跟她说了实话。谁知道这些话全让我嫂子偷听去了。你也知道，我嫂子的嘴很不好，就没个把门儿的。尽管我再三嘱咐她这事儿千万不能说出去，可是她还是说出去了……"

既然这样，我也没什么话可说，只有一个劲儿地在屋子里踱来踱去，就像电影里某个重要角色到了危难关头踱来踱去一样。

“晓军，都怪我。”秀秀可怜地望着我，希望我能原谅她。

“说这些还有什么用呢？”我停下脚步，没轻没重地对她说。

“那你说还能挽回吗？”看得出她还抱着一丝侥幸的心理。

我正要回答，门被打开了，只见我妈神色紧张地走了进来。

我以为我妈听到了里面的谈话，要批评秀秀几句呢，然而我妈的话完全出乎我的预料：“秀秀，你家出事儿了，快回去吧。”

“出什么事儿了？”秀秀惊讶地问道。

“你嫂子病了，病得很厉害。”

“活该！”秀秀此时恨嫂子恨得牙根儿都痒痒，听到这个消息，当然很解气。

“傻闺女，这是怎么说话呢？咋说她也是你嫂子呀！”妈妈息事宁人道。

“妈，”对于我妈这种爱憎不分的态度，我是一百个反对，“不该你管的事情你最好别管。她嫂子病了，那是报应，只要她娘没病就行。”

“这可说不好，我看她娘也快急出病啦。”

我看妈妈认真的样子，知道这句话的分量，便对秀秀说：“既然我妈说了，那你还是回家看一下吧。记住，只照看你娘，千万别管你嫂子的事儿。”

秀秀答应了一声出去了。爱兵看我心情不好，知道继续待下去不会有什么好事儿，便寻了个借口，也跟着出去了。

屋里只剩下了我和我妈。

于是，我就跟我妈商量道：“妈，秀秀她娘岁数大了，真要有个三长两短的，咱们一家也得跟着倒霉。老话说，救人如救火，我看不如这样，我过去劝她几句，兴许她能听得进去。”根据我对妈的了解，她听了这几句话，没有理由不放我出去。只要她放我出去了，他们就别想再把我禁闭起来。

岂料我妈听了，叹气道："孩子，不是妈不通人情不让你过去，只是现在满大街的人都在议论你。这会子你要是出去了，只能让更多的人戳你的脊梁骨。"

"他们爱怎么戳就戳去好了，只要我心里没鬼就死不了人。"

"光你心里没鬼顶什么用？"妈妈埋怨道，"你要想顺顺利利地上大学，就得浑身上下没任何污点。可是你，做事太不注意了。你说你跟谁接触不好，偏偏跟白如丽……"

"妈，我跟她接触只是想向她了解点情况。"

"可是别人怎么想，你管得住吗？要知道人家的唾沫也能淹死人呀，我的儿！"

"妈，有些事您是不了解，比方说振国明明都死过去了，可是白如丽三拳两脚又把他打活了，这事儿您怎么解释？"

"这我不懂，可也轮不着你问啊！"

"按照她的说法，振国出事儿跟我有着脱不开的干系，她是在救我。"

"人家说啥你也信。"

"妈，她不是吓唬我的。"

"哎，别说了，先把你关起来几天，等外头的风声过了再放你出去。"我妈说完，走出门去，回身把门关上，紧跟着便是上锁的声音。

我知道爸妈这回是铁了心了，便不再求她，只好另想脱身之计。

过了一会儿，门又被打开了，只见爸妈沮丧着脸走了进来。

我的反应就是，外面议论我的声音肯定有所升级。既然如此，我也别无办法，只有做好充分的准备，接受我爸的惩罚。还是那句话，只要有我妈在场，他就不会对我动粗。

爸妈虽然脸色不好，一句话都不说。他们越是不说话，我就越是心里没底儿。

他们俩足足沉默了五分多钟，才相互交换了下眼色，意欲让对方先说。

我越发感到困惑，不就是向我传达一种不好的消息吗？至于这么推来让去吗？

他们俩对视了一阵子，最终决定，由爸爸跟我说话。

然而，爸爸刚说了两个字：“你去……”就马上把话语权转让给了妈妈，“还是你跟他说吧。”

这就奇了怪了，明明是我犯了错误（在他们看来），可是爸爸跟我说话反倒有所顾忌。我实在忍受不了他们俩这种打哑谜式的风格，便说：“爸，有什么话你不能直接跟我讲呢？”

我爸不回答我的话，依然推着我妈跟我说话。

我妈拗不过，只好对我说道：“我跟你爸的意思是，这会子你最好去下白如丽家里。”

“你说啥？”我简直被整糊涂了，“不是不让去吗，咋又合起伙来动员我去？你们这到底唱的是哪一出儿啊？”

“晓军……”妈妈欲言又止。

“说啊，我听着呢。”这下可轮到我理直气壮了，尽管我还不知道等待我的将会是什么。

“这回跟上回不一样。这回非你去不可。”妈妈咬牙说道。

我忍不住看了爸爸一眼，只见爸爸很惭愧地点了下头。

我很想知道，到底什么原因使得爸妈在这么短的时间内做出如此截然不同的两个决定，可是他们俩拧在一起却不能说出一句囫囵话来。

无奈之下我决定满大街走走，看看村子里又发生了什么诡异的事情……

第十三章　怪病[redacted]

我爸看我要出去，一把拉住我的手，让我再等等。

我急了："爸，到底让走还是不让走啊？"

我爸看我急了，只好半遮半掩地对我说道："要不你先去一趟秀秀家，回头咱们再商量下一步怎么办。"

我越听越糊涂，不由得问道："这时候我去秀秀家干吗？"

"事情就出在她家里。"

经他这么一说，我似乎有些明白了："你是说秀秀她嫂子病了，让我把白如丽请来给她嫂子瞧病是吧？"

"是这个意思。"

我脸一沉，道："爸，有两点我弄不明白：第一，我之所以落得现在这个下场，除了我自身的原因外，就是因为那个该死的婆娘乱嚼舌头。这时候你让我请人给她瞧病，你这葫芦里到底装的什么药啊？第二，用你的话说，像我这样的人是不能跟白如丽有一点瓜葛的，这时候最应该避嫌的就是我，你现在让我去请她，这不是存心把我往火坑里推吗？"

面对如此质问，我爸一个字也答不上来，倒是我妈推了我一把，说："你还是过去一下吧，看了你就知道了。"

既然如此，我只好过去看看了。

到了秀秀家里，我才基本明白了事情的原委。原来秀秀嫂子得的是一种怪病。这种怪病很多人都听说过，甚至亲眼看见过，只是医学著作里还没有明确的说法，有的学者甚至把它说成是迷信。而在通俗小说里，这种病叫作灵魂附体，或者叫鬼上身，具体表现就是灵界某个人的灵魂附在活着的某个人的身上，使得活着的这个人的言行举止甚至声音都完全符合死去的那个人生前的特征。死去的那个人想让他（她）说什么做什么，他（她）都得规规矩矩、不折不扣地按照死者的意图行事,而根本没有讨价还价的余地,同时也意识不到自己的存在。

关于这种病的名称，各地有各地的叫法，不能一概而论。在我们这里，它的名称非常生僻而且别扭，甚至在《辞海》里都查不到所对应的汉字。为了把这个故事完整地记录下来，又不穿插雕琢的成分，我只能使用译音，它叫徐骨子。

要说在我们这一带，患过徐骨子这种怪病的人多了去了，无非就是那种身体不十分健康的人为死去的某个人做个代言人，把死去的那个人生前不为人知的事情公之于众，其中多半是怨气之类的话题。

然而秀秀她嫂子这次患病的状况与众不同，要她做代言人的那个死者是本村村支书的老母亲。老太太是去年死的，她老人家想唠叨的既不是儿子的不孝，也不是她跟哪个人有过节，而是她年轻时跟村里的一个光棍汉子花里胡哨的事情。如果不是她老人家通过别人之口说出当年的秘密，怕是那段隐情永远都会被埋在坟墓里头。

要是别人家的这种烂事儿被公布出去倒也罢了，偏偏是支书家的。支书是最要面子的人，况且地位显赫，不能有半点差池。

退一步讲，假如秀秀嫂子好好的一个人说出那番话来，支书有一百个理由让她死得很惨。可如今，她是个鬼魂附体的人，就是支书也不敢现在得罪她，再说也没有法律做支持，即使让她去死，也得等事情平静下来。然而种种迹象表明，事情一时半会儿是平静不下来的。支书羞愤之下卧床不起，弄不好要出人命。

听说出了这种怪事儿，那些平时惧怕支书的人马上把自己关在家里不敢出门，而仇恨支书的人则聚集在街头巷尾说三道四。一时间，支书成了人们议论的焦点人物。

按说我爸遇到这种事儿，也应该像惧怕支书的人那样躲在家里不出门，可是他不能那么做，一来秀秀那边是他未来的亲家，他不能坐视不理；二来在推荐我上大学这件事上支书立下了汗马功劳，如果我爸不在支书有难的时候好好表现表现，以后没法儿在老同事跟前做人。

可问题是，怎么才能把这件事情摆平？要知道，患上这种病的人吃药打针是不管用的，唯一能治好这种病的办法就是巫术。然而方圆十里八村懂得巫术的人只有白如丽一个人。走投无路之下，爸爸只好派人去请白如丽出山。谁知白如丽的消息比谁都灵通，一听说我被关了禁闭，一下就火了，正要讨个说法，偏偏有人找上门来。

白如丽问找她那人："谁让你来的？"

那人不敢隐瞒，只好以实相告。

白如丽又问："为啥他本人不来呢？"

那人回答不上来。

白如丽于是说："让他过来。"

我爸虽然看不起白如丽，但在大是大非面前，却不敢违拗，只好硬着头皮来到白如丽家里。

白如丽劈头就问："听说你儿子被你关起来了，有这事儿吗？"

我爸支支吾吾，说不出半句响亮的话。

"是不是因为来我家一趟，他就变得不干净了？"

"没……没有的事儿。"我爸矢口否认。

白如丽不听他解释，直截了当地说："你回去吧，让你儿子来找我。"

我爸再三解释，好话说了一大堆，无奈白如丽看都不看他一眼，咬死一句话："见不到你儿子，谁都休想让我挪动半步。"

就这样，我爸吃了闭门羹，只好垂头丧气地回来找我。

我知道了事情的原委之后，自然没什么话可说，去就是了。不过我觉得还是让爱兵和秀秀跟着比较好。

秀秀好说，只要我用得着她，她会随叫随到，更何况今天这事儿跟她有着脱不开的关系，只是爱兵不好请。

果然如我所料，还没等我把意思表达完毕，爱兵就牢骚满腹道:“我苦也吃了，累也受了，为了朋友真可谓两肋插刀，可是到头来一有不好的风声，你小子就往我身上使劲儿，我爱兵就那么叫哥们儿看不起？不信我，干吗又来求我？你爱找谁找谁去，往后我没你这个朋友。”

毕竟我俩的关系非同一般，他有他的牢骚，我有我的说辞：“我知道你受了不少委屈，可是跟我相比，你那点委屈又算什么呢？你最多也就是在嘴皮子上受了点儿不公正的待遇罢了，我反省了，也向你赔礼道歉了。我挨了几个耳光不说，还差点吃棍棒。你说我这一肚子的苦水向谁诉说去？算了，不说这些了，还是打了牙往自己肚里咽吧，谁叫咱们是好哥们儿呢，现在最关键的是支书被牵扯进去了。说句实在话，如果秀秀她嫂子念叨的是别人家的事儿，我打心里边儿就不会去理会的，可是支书家的事儿不行啊！支书是什么样的人我想你不会不清楚。你看我爸够牛的吧，可是到了支书跟前就得矮半截儿。再听我一句话，跟我去白如丽家，只要这回咱把这事给摆平了，支书这辈子都会记住咱们的大恩大德。”

爱兵听了这话，连连点头。

就这样，我们三个又一起来到了白如丽的大门前。这次又是掌灯时分。

不知怎么回事，刚刚我们还有说有笑呢，转眼之间就变得惴惴不安起来，我们甚至能听到彼此心跳的声音。

大门是虚掩着的。我不敢第一个进去，就让爱兵先进。爱兵不知是故意要滑头，还是有什么顾虑，随我怎么说，就是不依，反而让秀秀先进。

秀秀最胆小，能跟着来就已经很不错了，她怎么敢第一个进去呢？

既然都不敢第一个进去，那我们只有一起进去了。

于是，秀秀夹在中间，我和爱兵走在两边，共同推开了虚掩着的门。

尽管我们用力很小，也不可能弄出多大的动静来，可是那门还是“嘎吱”响了一声，听上去怪怪的，让人不寒而栗。

农家的大门一般都很深，而在大门里头的房顶之下还要用木棒搭建起一个隔层，以便放置农具杂物。

大门里头光线本来就很不好，此时又正是掌灯时分，所以，我们进门以后，什么都看不清，只能摸索着往里进。

正走着，秀秀突然“啊”的一声惨叫，与此同时我的胳膊碰到了一样东西，还没等我反应过来，只听爱兵叫道：“不好，白如丽上吊了。”

第十四章　事发之前

来不及多想，我拉住秀秀的手反身就往回跑。然而还没走出大门就听后面有人说道：“喊什么喊？谁说我死了？”

爱兵不仅胆子大，心理素质也好，不像我俩受到一点惊吓就心慌意乱。他原地不动问道：“婶儿，您到底是人还是鬼？”

“放你娘的屁！我要是鬼的话，能这么说话吗？”说时，白如丽拿脚丫子往爱兵身上踹了一脚，爱兵“哎哟”一声，紧跟着便是求饶。

白如丽从空中跳落下来，放过爱兵，来到我和秀秀跟前。

我有些难为情，不由得问道：“婶儿，您算唱的哪出儿啊？”

白如丽嘻嘻一笑，不无幽默道：“我不过是觉得闷得慌，想活动下筋骨，没想到会把你们吓成这样。”

“您是说您在拉单杠？”我实在哭笑不得，“我的妈呀，谁能想到这茬儿？我还真以为您出事儿了呢。”

“你这叫少见多怪。”白如丽不无讽刺道。

说话的工夫，我们来到了她的卧室。

一进门我们就傻了眼。只见桌椅板凳衣柜厨子什么的摆放得井井有条，从地面到房顶一尘不染。一支大红蜡烛代替了小煤油灯，燃放着热烈而奔放的光芒，把整个屋子照得通亮。另外，屋里还洒了不少香水，闻一口便有一种飘飘欲仙的感觉。更让我称奇道妙的是，墙壁上还多了两个窗户，那窗户就像人的两只眼睛，明亮而且精神。如果不是亲眼所见，打死我都不会相信原本像猪圈一样的房间仅仅一天工夫就变得如此富丽堂皇。我不由得在心里问道：这是白如丽的房间吗？难不成我们走错地儿了？

我回过头去看了白如丽一眼，这才发现她今天的打扮也别具一格：全身的衣服都是白的，只有头发是黑的这使得她本来就白皙细嫩的肌肤更显得冰清玉洁。那头发刚刚洗过，披散在肩上，散而不乱，宛如万道青丝。

就这模样，但凡是个男人，如果不多看她几眼，只能说明他性格上有问题。好在我的身边从不缺乏美女，再说秀秀此时正站在我的身边，所以我还不至于像爱兵那样傻不拉唧地看个没完。

“坐，咱们坐下说话。”她指了下身边的一条长凳说道。那长凳像是专门为我们准备的，此时与大床平行摆放着，距离大床约两步远的距离。她刚说完这句话，就“噌”的一下跳到床上，然后双盘式面对着我们，把那只心爱的小花猫抱在怀里。在我看来，这简直就是她标志性的姿势。

我忽然想到就在昨晚的某个时间，秀秀亲口答应过白如丽，要帮助她好好收拾一下房间，因此我可以断定，屋里发生如此翻天覆地的变化，肯定有秀秀的功劳。于是我就决定拿秀秀的话题作为今天的开场白。

“秀秀，挺遵守诺言的哈！昨天刚许下的愿，今天就兑现了，值得学习！”

白如丽冷笑道：“我压根儿就没指望这丫头片子为我收拾房子。昨天的话，我也就是说说而已。”

秀秀本来就怕羞，听了这话，更是羞愧难当。

好在爱兵打趣道：“婶儿，您把房间打扫得这么干净，不会是想给我们找一位叔叔吧？”

白如丽听了，脸一沉：“你认为我真有那么下贱吗？”

“这怎么能叫下贱呢？”爱兵申辩道，“男不能无女，女不能无男，天经地义呀，您难道不该为自己考虑一下吗？”

“那你今天来是为我说媒的？那好吧，你说说，啥样的男人才能入我的眼呢？”

“没没没……婶子，您想错了，”爱兵一看要惹麻烦，马上变得拘谨起来，“我可没那意思，您千万不要瞎想。”

“我瞎想了吗？我看是你不怀好意。”白如丽不依不饶道。

“我……”

“我什么呀我？你压根儿就没安好心。”

我看爱兵越来越招架不住，连忙解围：“婶儿，爱兵是什么东西您还不知道吗？就他那张臭嘴，从来就吐不出象牙来。别理他，咱们说正事儿。”

说到“正事儿”，我偷偷观察了下她的表情，发现她没有反感的意思，这才顺着刚才的话继续往下说：“婶儿，昨晚咱做的那事儿，不小心被秀秀她嫂子知道了。那个女人，唉，我真不知道骂她什么才解气，反正事儿都出来了，说什么都晚了。不过上天也没有便宜了她，让她得了一种怪病。这就应了那句老话：恶有恶报，善有善报。”

我看白如丽并没有阻止我说，就赶快扯入正题：“不过有件事我还是想不明白，老天惩罚秀秀她嫂子这是因为她罪有应得，可是支书没招谁惹谁啊？就算他平时得罪了不少人，那也是因为工作。表面上看那个女人是在出支书他母亲的丑，可这归根结底还是在出支书的丑啊！您说说，这其中有啥玄妙呢？”

“你真的以为支书除了工作就不会招谁惹谁吗？”白如丽反问我道。

其实，我也不认为支书真的是好人。支书五十多岁，长得又矮又胖，还黑不溜秋的，一副凶神恶煞的样子，对谁都没笑过，谁看了都觉得瘆得慌。在俺们村里，大人吓唬不听话的孩子，经常会说：“别闹了，看支书来了。”

“不过话说回来，就算他招惹了不少人，可是天底下叫人记恨的何止支书一个人，为什么只惩罚他呢？”

“他招惹的不是一般人。”

“那又是什么人？”

“灵界的人。”

“可我还是听不懂。”

“他不该把鬼道给堵上。”

鬼道其实就是我们村里的一条小胡同，一直都是通着的，只是一个月前，村里接连出现了几起盗窃事件，支书才下令把它堵上的。

“我早就说过，那条道不能堵，那不仅是人走的道，也是鬼走的道，可有些人就是不听，非得把它堵上，出了事才知道害怕、后悔。”白如丽说着说着就有些激动起来。

我忙劝道：“婶儿，您是明眼人，当然什么都知道，可是支书是肉眼凡胎，哪懂得您的良苦用心？要说出了这档子事儿，活该他倒霉，不过您是救苦救难的菩萨，您一定不会眼睁睁地看着他陷进去却不去救他，您说是吧？”

“是啊，婶儿，您要是不去救他，他就死定了。”爱兵也在一边帮腔。

“你们说得没错，我见不得人家大难临头。”

我有些喜出望外：“既然这样，那您就收拾一下快去呗！”

“凭什么我去？”她玩世不恭道，“解铃还需系铃人，他自己作的孽只能他自己去消除。”

我一时没反应过来：“那您的意思是……”

“道是他堵上的，还得他去疏通。”

理是这么个理，可我不得不说：“您看这样，婶儿，支书好歹也是村里有头有脸的人，他自己叫人把道堵上，之后又让人把道儿给疏通，我看支书面子上恐怕也过不去呀。再说了，他被这事儿已经弄病了，让他再去拆墙头，他五十多岁的老头子了，这不是要他的老命吗？”

我危言耸听道。

我刚说完，爱兵和秀秀也都跟着附和。

白如丽于是说：“这个不妨碍，因为疏通道路必须是在半夜里，那时不会有几个人来看的；你们也别怕累着他，只要第一块砖是他亲手拆下的，并且他从头到尾参与就够了。你们不是都想帮他一把吗？这个我可没说反对。”

经她这么一说，我们都放心了。我正要把感谢的话送给她，她的一句话又让我张不开口了：“哦，对了，他们两个都可以去帮，你不能去。”

“为什么？”我问。

“说了你也不懂，反正你不能去。”

我想，他们两个去不去都无所谓，唯有我必须得去，因为我最需要支书帮忙，我得在支书最危难的时候好好表现一下。所以我央求白如丽，无论如何得想办法让我跟他们一起去。

白如丽看我这么执着，就答应下来。然后她从柜子里找了一条红丝带，拿在手里念叨了一阵子，谁也不知道她念叨的是什么。她把这条红丝带递给我，让我在执行任务的时候扎在腰上，并且还叮嘱我：“墙头扒开以后，你无论看见啥，都不要去追，一定记住。”

我满口答应，可是当我真正看到那奇怪的一幕时，却把这句至关重要的话忘得一干二净，结果差点儿把命搭上，现在想来，还浑身哆嗦呢。

第十五章 触目惊心[redacted]

听老人讲，槐树村原先并不叫这个名儿，叫这个名儿只不过是最近四五十年的事儿。原来这个村子家家户户都种植槐树。春天，当槐花盛开的时候，整个村庄仿佛笼罩在一片白云之中，那浓郁的花香被风一吹，老远都能闻到。

而在村子的正中央，有一颗老槐树，少说也有一百多年了，可依然枝繁叶茂，人们叫它槐树王。

动物也好，植物也罢，一旦以王称之，就会让人们倍加崇拜。于是，有心者就把村子的名字改为槐树村，以此来象征村子的不同凡响。

村里有一户大地主，本来住得就离槐树王不远，自从槐树王有了这个名字以后，他便依靠自己的实力，在短短的几年内，把槐树王附近的地产全部买下，而把自己的院落一下扩展到把大半个村庄吃掉的态势。毋庸置疑，槐树王就成了他家里的一棵宝树。

然而天有不测风云，日子没过多久，一场轰轰烈烈的土地改革运动就把他所有的家产全部瓜分掉。如此一来，以槐树王为中心，一条自东而西七扭八拐的小胡同便自然而然地形成了。

就在十多年前，也就是白如丽的丈夫刚死后不久，白如丽从梦中醒来，突然告诉大家，这条小胡同是条鬼道，谁都不能把它堵上。

人微言轻，何况白如丽是个疯女人，谁会把她的话当真呢？不过这条小胡同人们都走了几十年了，不用她禁止，也自然没人把它堵上。

前面说了，就在一个月前，村里接连出现几起盗窃事件，支书怀疑跟这条小胡同有关，于是下令把胡同给堵了。没想到这么一堵，麻烦大了。

支书本来不信邪，可是这么大的事情一下压在他的头上，他实在是吃不消啊！于是他只好顺了那句老话：“宁可信其有，不可信其无。”

当下，支书被我和爱兵搀扶着从家里出来。秀秀跟在后面。我们一行就跟做贼似的一步步来到槐树王附近的一堵墙头跟前。此时正好是午夜十二点左右。由于在这之前我们的保密工作做得相当不错，所以，除了几个极核心的人物知道外，其余谁都不知道，其中包括我爸。

其实我们今夜的任务说重也重，说不重也不重，只要把砌好的墙头全部扒开就大功告成，至于扒下的砖头怎么处置，不用我们操心，支书明天会让人去处置的。

闲话少说，支书扒下第一块砖头就趴一边歇着去了，剩下的我们三个脱了外衣忙活了大半天才把事情办妥。支书当然是千恩万谢。

可是正当我们穿上外衣要回家的时候，突然我发现一条白光自东而西闪过，就像一道闪电。我连忙回过头去问他们几个都看到了没有，谁知他们三个突然之间消失得无影无踪。

活生生的三个人怎么说没就没了呢？我很快就回过神儿来，向四周扫视了一下，忽然发现有个人影朝着白光闪去的方向走去。仔细看时，那分明就是秀秀的身影。

我叫了声：“秀秀，你干啥去？”

秀秀不理我，依旧往前走，而且连头都不回。

我知道秀秀胆小，晚上根本不敢一个人在家门外走动，我觉得蹊跷，立刻就追了过去。

也不知道秀秀哪来的本事，随我怎么加快速度，愣是追不上她。

我不敢大声叫她，怕把睡着的哪位给吵醒了，拆墙头的事败露，只好跟在她后面一步步往前赶。甭管怎么说，只要她进了家门，我就算是大功告成。

可是我万万没想到，出了小胡同以后，她并没有往自己家的方向赶，而是朝着相反的方向走去。

这下，我有些紧张了。深更半夜的，她要去哪儿?

我不得不再度加快速度，但还是追不上她。此时我已经热得满头大汗了。

追不上也得追，不信我一个堂堂的大老爷们儿能被她一个小丫头片子落在后面?

眼看出了村子，可她还是不停地走。

我有些耐不住了，一边追，一边给她施加压力："你还要去哪儿?你再往前走，我可就要回去了，看你一个人害怕不害怕?"

她仿佛没听见我在说什么，还是一个劲儿地往前赶。

前面是芦苇荡。芦苇又高又密，总面积有半个村子那么大，是不守规矩的人野合的好地方，每年都会有很多不好听的故事发生在这里。我想，秀秀要是把我引到这地方来，一定不是什么好事。

我正不知道用什么办法才能让她改变邪念，却发现她并没有往芦苇荡里钻，而是沿着芦苇荡旁边的一条小路继续往西走去。

我始终搞不懂，我的身体条件比她强得多，尚且跑得大汗淋漓，可她一点儿都不显得累，而且始终跟我保持着十来米的距离。

很快，我们就把芦苇荡甩在身后，顺着麦田的一条小路继续往西走去。

此时麦子已基本成熟，再有七八天就可以收割了。金黄的麦子被风一吹，香喷喷的。麦田的上空，时而响起几声布谷鸟清脆的叫声。

突然，我被什么东西绊了一下，"扑通"摔在地上。我顾不得身上疼痛，赶快爬将起来。然而就在这一刹那，眼前的一切都变了：金黄的麦子早不知去向，取而代之的是一条既整洁又安静的村庄小街道。说它整洁是因为整个街道看上去不见一点尘土；说它安静是因为满大街没有几个人影。

更让我纳闷的是，明明是晚上，为什么一点都不暗，只是看不到阳光？然而纳闷归纳闷，人我还是要追的，毕竟秀秀是我的未婚妻，她要是有个三长两短的，我可没法儿活。

还好，秀秀并没有因为我摔了一跤而从我的眼前消失掉。她仍然与我保持着十来米的距离。

街道不仅整洁，而且平坦。我长这么大就没见过这么平坦的路，不由得把目光转向街道两旁，却忽然发现在前面一个非常漂亮的门楼底下坐着一位鹤发童颜的老人。那老人看上去有几分眼熟，我正回忆着在哪儿见过他，只见那老人已经站起身来，拄着拐杖向我走来。

随着那老人一步步向我走近，我突然记起来了。原来他就是邻村我同学的老爷爷。去年我去过他家，还跟他一起吃过饭。

可是这位老爷爷早在半年前就已经撒手归天了，我怎么见到他了呢？难不成我遇见鬼了？我不由得惊出一身冷汗。

那老爷爷来到我面前，满脸慈祥地看了我一阵子，忽然问我："孩子，你怎么跑到这地方来了？"

听他说话这口气，分明是在责备我不该到这地方来。

这样，我就更有理由相信我的确是遇到鬼了。

我本应该离他而去，但看他那慈祥的样子，又不忍这么做，再说秀秀就在前面，我要是走了，她怎么办？

这个时候我最需要做的就是弄清楚我现在到底是死了还是活着。我用力掐了一把自己的手背，生疼生疼的，这就说明我的触觉还是良好的；我又仔细回忆了下从昨天到来这里之前所发生的一切，觉得历历在目，这就说明我的思维也是很正常的。

既然触觉和思维都是正常的，这就说明我还活着，可是眼前的这位老爷爷以及老爷爷周围的一切该怎么解释？

老爷爷看我不说话，又加重语气问了我一遍。

我不知道如何回答，便指了下前方，意在告诉他，我因为追赶秀秀才跑到这儿来的。

可就在这时，我发现秀秀也停顿下来，一个人直挺挺地站在街道边上，只是并没有回头看我一眼。

老爷爷顺着我指的方向看去，见一妙龄女子站在那儿，非常生气，便不再管我，而是哆哆嗦嗦地走过去要教训她一通。

我想这样也好，这个时候是该数落秀秀几句。

我想跟过去，可是怎么走都走不动，只觉得整个身子像灌了铅似的沉重。直到这时，我才想起白如丽叮嘱我的话，一时后悔不迭，忽然又想到她送我的那条红丝带，如果此时拴在身上，或许不至于像现在这样身不由己，可是我千不该万不该在拆墙头的时候把它丢在一边，而在穿衣服的时候又恰好把它忘了。这时，我发现老爷爷教训秀秀的样子并不像我想象的那么凶，因为老爷爷是面对着我的，他的样子我看得很清楚；而秀秀是背对着我的，我看不清她是什么样子。只见老爷爷简单比画了两下，就开始听秀秀讲了。

我很想知道秀秀在说什么，却偏偏一个字也听不到。

没多大工夫，老爷爷就像败阵的士兵一样离开秀秀，径直朝我走来。

我原以为老爷爷会有一番很重要的话要告诉我，谁知他说得再简单不过："你跟她去吧，她说过了，她不会害你的。"

这话就讲不通了，我的未婚妻跟别人说她不会害我……

我很想再听老爷爷说点儿什么，可他偏偏什么都不说。

既然这样，我也没必要再去纠缠他了，横竖撵上秀秀，当面问个清楚。

你说怪不怪，一旦秀秀拔腿要走了，我的身体立马又恢复了原来的状态，只是我怎么走都赶不上她，她也不回头看我。

走了四五十米远，她突然拐弯进了路旁的一个大门里。我很快就来到了大门前，不由得徘徊起来：是进去呢，还是在这里等她？看现在这样子，我们都走错地方了，但不知道她进的是何许人家，如果在这里居住的是她死去的某个亲人，而且这个亲人硬留住我们不让走，那我们不就死定了？

我正不知所以，只听秀秀在里面叫道："还愣着干啥？还不赶快进来？"

"你要不告诉我这是谁家，我就不进去。"我说。

"笑话，我都在这里住了快两年了，不是我家，还会是谁家？"她解嘲道。

我晕！我跟她天天相见，她哪天去了什么地方我都一清二楚，可从没听说过她还有第二个家呀，再说这地方明摆着就是阴间，她一向活得好好的，怎么又在这地方居住两年呢？难道秀秀出事了？我朝秀秀喊道："秀秀，快出来，跟我回去！"

"爱进不进，反正我是走累了，得进屋歇会儿喝杯水。"说着，我便听到秀秀开门进门的声音，看来她真不打算跟我磨嘴皮子，这跟平时的她没什么两样。

看来我必须得进去了，于是便推开门，只见院落跟人间的一样，只是比平时人家的干净许多。

屋里传来杯盘响动的声音，应该是秀秀在倒水了。

也难怪，走那么远的路，换谁都会口干舌燥的。

这样一想，我也觉得有些口渴难忍。

可是，我正要进屋，又突然想起一件事来，于是问："家里还有什么人？我进去方便不？"

"废什么话？要是家里还有其他人的话，我能带你进来吗？"她没好声气地冲我说。

我不再多问了，赶快推门进去，只见她仍然背对着我，就仿佛屋里没我这个人似的。

我也不客气，就随便找了个凳子坐下，同时埋怨道："你就这么不想看到我？跑那么快，累得我骨头都散了。现在还背着个脸，叫你回去还不听，你说你错了吗？"

“错的是你而不是我。”她一边沏茶倒水，一边回敬我说，依旧不给我看她的脸。

“你什么意思？”

“没什么意思，我就是怕你还不愿意看我这张脸呢。”她停止了手里的活儿，却站在那儿一动不动。

我不明白她在说什么，因此说：“你这张脸我都看了十几年了，天天看还不愿意？”

“咱们说的不是一回事儿。”她冷冷地说。

我越听越糊涂，便站起身来，理直气壮地说：“你不就是想告诉我咱们现在是在阴间吗？我不怕，反正都走到这一步了，回去了我再跟你理论。”

“不是不是……”她连说了好几个不是，只是说不清不是什么。我没工夫跟她打这种哑谜，便走到她的对面要亲眼看看她到底搞什么鬼。

这一看不打紧，我真的吓个半死。

竟然不是秀秀，却好面熟，在哪儿见过呢？啊，梦里。她是谁？为什么装成秀秀的样子呢？

我不得不提一下我经常做的那个怪梦。一般来说，梦是有情节的，可是我做的这个梦从来就没有情节。当然了，梦中的情节无论多么荒诞不经，多么混乱不堪，都不足为奇，做梦嘛，本来就是一种幻觉，不可能像现实生活那样真实可信、富有质感。我每次做这个梦，都是只跟她见上一面，时间很短，既说不上在哪儿，也说不上在干什么事，反正彼此什么话都不说，她要么冲我笑笑，要么看我一眼。而同样是她，每次给我的感觉却又不同。有时我觉得她很美，美得让我心跳；有时我又觉得她虽然很美，但又很恐怖，恐怖得让我有一种敬而远之的感觉。梦里，我好像跟她很熟悉，每次醒来我都后悔为什么不在梦里问问她是谁，她找我有啥事。经常梦见她让我有点觉得对不起秀秀。

然而，我万万没想到今天我居然在这种地方见到她了。

根据她的说法，她应该在两年前就变成了鬼。因此不难理解，我们每次的梦中相见都不曾说上一句话是因为她不想加害于我，人鬼怎么能轻易对话呢？听许多人讲，活着的人只要在梦中跟死去的人说上一句话，那他离死期就不会太远了。可是今天她为什么会骗我到这里来呢？她会害我吗？突然我想到了刚刚老爷爷跟我说的那句话，虽有疑惑，但同时也放下心来。

“没想到吧？咱们俩在这里见面了，也许这就是天意。”她看我一言不发，便颇有感慨地说道。

我点了下头，表示赞成她的说法，却没有说话。

“咱们为什么非得站着说话呢？坐，快坐下。”她以女主人特有的那份儿殷勤谦让道，然后自己先坐下，又把香喷喷的茶水递到我手上。

我接过茶，却没有喝，而是把它放在身边的茶几上。我记得鬼故事里经常说到这么一个禁忌，当你到了灵界的时候，哪怕灵界的人拿再好的东西招待你，你都不要享用，不然轻则你会患上一场大病，重则可能再回不到阳间。

她看我水也不喝、话也不讲，便没话找话道：“你怎么不说话？”

其实我有很多话要问，但不知道这些话该不该问，因此我宁可装一会儿哑巴，也不敢随便乱问。

“哦，对了，我不会让你坐在这里太久的，毕竟这儿不是活人待的地方。放心，估计过不了几分钟就会有人来接你的。”她安慰我说。

“谁来接我？”我忍不住问道。

“秀秀呀！你不是一直都把我当成秀秀吗？”

“别，你千万别让她进来。”我求饶似的说道。

“你怕什么？她不会像你一样的。”她明确告诉我。

这下我就放心了，不由得把目光锁定在她的脸上，以此来重温一下我无数次在梦中与她相见的情景，却发现她此时的样子比以往我任何一次看到时都好看。

她有些不好意思起来，羞红着脸说道：“你干吗这么看着我？”

“你很漂亮！”我赞扬道。

“真的吗？”她扭捏道，忍不住用手捋了下秀美的长发，却捋到了一片草叶。她突然站起来，很抱歉地说，“你瞧我这头发，都乱成啥样了，你等下，我去里屋梳梳头。”说时，她已经进了里屋。

其实里屋跟外屋只隔了一层布帘，况且那布帘是用一种半透明的布料做成的，所以她在里面的一举一动我都能看得清清楚楚。

也许是好奇心使然，我觉得她此时梳头的样子一定很好看，于是就让目光穿过半透明的布帘而直接进了里屋。然而最恐怖的事情发生了。

我敢对天发誓，我当时绝对没有出现半点幻觉，我绝对看得一清二楚，她走进里屋的梳妆桌前，并不是对着镜子梳头，而是把镜子推到一边，干脆把头拔下来梳。

我“啊”的一声惊叫，接下来什么都不知道了……

第十六章　红丝带

“晓军——”好像是爱兵在叫我。

我回应了一声，紧跟着爱兵和秀秀就跑过来了。

“你怎么跑这儿来了！”秀秀首先责备我说。

“是啊！刚干完活你就跑了，还以为你解手呢，一看不对，你小子跑得比兔子还快，我叫上秀秀就在后面追，要不是秀秀跑得慢，俺们早撵上你啦！你来这地方干啥了，发啥神经呢？”

经他们俩一咋呼，我立刻从惊恐中清醒过来，却发现眼前依然是一片麦田，那些屋子院落什么的全都没了踪影。

他们俩看我不说话，便穷追猛打地逼我说话，特别是爱兵。

然而随他们俩怎么逼问，我还是没说，怕他们害怕。

爱兵本来还想再逼我，可是秀秀突然改变了主意：“既然他啥都不想说，我看就算了，回去再说吧。”爱兵看秀秀妥协了，长叹一声，只好暂时放过我。

这时候，天已经快亮了，隐隐约约传来一两处公鸡的打鸣声。

我知道就在我们现在所站的位置，肯定埋葬着一位年轻漂亮的姑娘。于是我暗暗记下了这个让我终生难忘的地方。

哦，对了，我们这一带村与村相距一般都很远，比如这地方离最近的一个村也有七八里路。正因为这地方离每个村都很远，所以很多死去的人常常会被偷偷地埋在这里。为什么说是“偷偷地”呢？原来我们这地方最近几年才兴火化，可是人们一时半会儿还很难接受这种殡葬形式。村里死了人，只要上头盯得不是很紧，家人还是按老习俗安葬死者。既然土葬是偷偷进行的，那么就不能让坟头凸显出来，一定要把死者埋得很深很深，否则上头知道了还会把死者挖出来强行火化的，到那时无论是死者还是生者都不会安宁的。

长话短说，我们三个稍微逗留了下，就往村里赶。

快到村口时，爱兵突然提出一个问题："叫我看，你现在还是去白如丽家吧。"

我说："算了，还是明天再去吧。"

其实我非常理解爱兵的意思，他是为我担心，怕我刚才中了邪了，只有去白如丽家里，才能把身上的邪气冲刷干净。然而我何尝没有这种想法，只是我不敢去，一来她现在睡得正香，突然被我打扰，她会很不高兴的；二来在行动之前，她讲得很清楚，墙头扒开之后我无论看到什么，都不要去追，可我不听忠告，非得去追，结果遇上了麻烦，如今我腆着老脸再去求她帮忙，肯定不会有好果子吃，就算求她，那也得找个合适的时候。

然而，秀秀听爱兵这么一说，也表示赞同："爱兵说得没错，咱一块儿去白如丽家。"

爱兵看有人支持他，哈哈笑："老弟，你就听哥一句吧。不是哥哥我吹，哥哥我吃的盐比你吃的面都多，过的桥比你走的路……"爱兵越说越没边儿，不等他把话说完，我就用手堵住了他的嘴巴。

"你还有完没完？"我示意要给他一脚，"现在是啥状况，我比你更清楚。"爱兵这才管住了自己的嘴。

"你就别再逞能了好不好？"秀秀毫不客气地打断我，毅然决然地站在了爱兵那一边，"刚才就因为你逞能，所以才出了这种乱子。"

"听见了吗？听见了吗？"爱兵越发蹬鼻子上脸，"我的话你可以不听，人家秀秀的话你好意思不听吗？秀秀，给他点儿颜色看看。我就不信了，咱们两个就收拾不了他一个。实在不行，你点个头，我把他绑过去。”说完，嘻嘻哈哈做出一副要绑架我的架势。

然而，他等了半天，秀秀却什么都不说。

“秀秀，你怎么不说话了？”爱兵急不可耐地问。

秀秀像是有什么心事。

“秀秀，你说话呀。”爱兵再催。

“村口有一个白影在晃动。”秀秀的声音很细，不仔细听，根本听不到。

一听说“白影”这两个字，我的脑袋立刻又大了起来，刚刚我就是被那道白影迷惑住的，如今它又出现了，难道是她又来找我了？

我不由得往秀秀所指的方向望去，的确看到有个白影在晃动。太可怕了，看来我是在劫难逃了。

“怎么办？”秀秀紧张地问。

要说关键时候，还是爱兵最够哥们儿，他居然挺身而出道：“你们俩都站在这儿别动，我去会会它。”说时，他已经迈动了脚步。

我一把拉住他：“你不能去！”

“我不怕。”爱兵执意往前走。

秀秀看我一个人拉他不住，也帮我一块儿拉。

爱兵无法脱身，就埋怨说：“你们俩真是一对好夫妻，自己不敢去也就算了，让我也去不成。你们就不能把心放宽一点儿？我哪像你们俩，哥哥才不怕。”

说话这工夫，只见那白影慢悠悠地朝我们这边移动过来。秀秀怕得要命，拉爱兵的手不由得松开。本来爱兵的力气就比我大，如今我又失去了援助，毫无疑问爱兵就从我的手里挣脱出去了。

看来爱兵还真不是在说大话，他真的有勇气和胆量。他居然朝着那白影一步步走去……

与此同时，我的心几乎收缩成了一个点。我想，爱兵如此为我两肋插刀，就算死我也得跟他一块儿去死，可秀秀拉着我死活不放。

无奈之下，我只有骂秀秀太不懂得男人之间的交情，却意外地发现爱兵倒退着朝我们走来。

我不知道爱兵为何会后退，却又发现那白影也停止了移动。这时，白影离我们只有几步之遥。

我想，爱兵一定是看到了那白影的真实面目，因为太恐怖才步步后退的。

于是我问爱兵："爱兵，你看见啥了？"

谁知一贯话多的爱兵此时却一句话都不说。

我使劲儿晃动了下他的胳膊："说话呀，你到底看见啥啦？"

"爱兵哥，爱兵哥。"秀秀叫道。

"嘿嘿，嘿嘿，嘿嘿嘿嘿……"爱兵突然笑了，又像上次那样，笑得非常恐怖。

我又使劲儿晃了下他："爱兵，你可别吓唬我，我已经吓死过一回了。"

他还是不说话，笑声却比刚才更大、更恐怖。而恰在这时，那个白影也笑了："嘻嘻，嘻嘻，嘻嘻嘻嘻……"听上去像是女人的笑声。

这下，我就更加坚信那白影是找我麻烦来了。

有道是，冤有头债有主，甭管是我哪辈子造下的冤孽，恶果仍然应该由我来承担，我不能让爱兵和秀秀跟着受连累。

想到这儿，我义无反顾地对那白影说："别笑了，他们俩都是无辜的，请你放过他们俩，我跟你走。"

那白影听我如此说，便不笑了，而用一种戏谑的口吻说："哟，看不出来，你还挺仗义的哈。"

我一听这声音，顿时笑了。原来这是白如丽搞的恶作剧。

我开玩笑说："婶儿，您是不是把我们吓死您才满意？"

说话的工夫，白如丽已经走到了我们跟前。只见她全身的衣服都是白的，就好像是活跃在舞台上的白毛女。其实她这身打扮我们早在几个小时以前就已经领教过了，只是我没有想到此时此刻她会出现在我们面前。

“你真觉得我是个十恶不赦的坏女人吗？”她把爱兵和秀秀甩在一边，而直接面向我。

黑暗之中，我看不清她的表情，只能闻到她脸上散发的香皂之类的味道。我说不出是舒服还是别扭，赶忙改口：“我不过是开句玩笑罢了，您可别当真呀。”

白如丽没有跟我再计较，而单枪直入道：“红丝带呢？”

我不敢说丢了，只能骗她说：“在兜里。”

“拿来。”

“婶儿，您送都送了，怎么还要啊？您这也太小气了吧？”我笑道。

“拿来。”她又说了一遍。

我把手伸到兜里，装模作样地掏了一阵子，然后大叫道：“坏了，我把它丢在路上了。”

“你干啥去了？”她不依不饶道。

“我……”我不知道怎么编才好，便吞吞吐吐起来。这时，我多么希望爱兵或者是秀秀能帮我一下呀，偏偏他们两个谁都帮不上我的忙。

“你就别再给我演戏了。”她厉声打断我，“实话告诉你吧，你今天能活着回来就已经不错了，别太自以为是了。我的话你总是当成耳旁风，就跟我成心要害你似的。你也不想想，我为什么要害你？”

说着，她叹了一口气：“刚才我一觉醒来越琢磨越觉得不对劲儿，就到槐树王那儿走了一趟，结果看见红丝带被扔在地上。如果我没猜错的话，红丝带你压根儿就没用过。我就想不明白，我送你的东西就这么不值钱？好了，我不想再多说了，反正你又不是我儿子，说了也是白说。不过，我还得多说你一句，这条红丝带你还得戴几天，这对你有好处。不然有了麻烦别再来找我。”说完，她从兜里掏出红丝带，一把摔到我脸上，扭头就走。

我在她身后连叫了好几声“婶儿”，她理都不理我。

爱兵和秀秀亲眼看见我挨训的全过程，不仅不同情我，反而变着法儿羞我。

我再不敢把白如丽的话当耳旁风了。一回到家里，我就把红丝带牢牢地缠在腰间。即使睡到床上，也没有解下。说来也怪，有它陪伴着我，我睡得特别香，就仿佛白如丽陪伴在我身边似的。

念我帮助支书有功，我爸给学校打了个招呼，让我在家休息一天。我本想美美地睡上一天一夜，然而午饭时分一阵急促的敲门声打断了我的美梦。

出去开门的是我妈。大概我妈刚把门打开，就听到一个粗嗓门大吵大嚷道："我大哥（指我爸）在家吗？你赶快叫他出来一下，海子凹那边出事了。"

一听说"海子凹"这三个字，我的脑袋就像被什么东西击了一下似的立刻响了起来。

海子凹就是我昨晚出事的地方。因为我差点没死在那儿，所以我首先想到的就是那姑娘肯定又出来了。

我赶紧起床，要仔细听听海子凹那边到底出了什么事情。

再说我爸有个午睡的习惯，刚眯上眼就被人吵醒，没好气地冲"粗嗓门"讲："叫魂了不是？有啥话小声说不行？你以为别人都跟你一样聋啊？"

粗嗓门被骂，只好压低声音。

可如此一来，我什么都听不见了。

没辙儿，我只好走近点去听。然而我爸一向给我定的规矩是：大人说话的时候，小孩子一定要离得远远的。

毕竟这件事情太大了，我实在不想回避，就硬着头皮走了过去。我慢慢朝他们靠近，可我爸真是机警过人，扭过头来就骂"滚一边儿去"。我的窥探计划被打破，只能灰溜溜地走开了。

我无法了解事情的真相，又实在觉得自己责任重大，只好决定：再去海子凹。

第十七章 神秘的中年男人

我一溜儿小跑向海子凹方向跑去，大老远就看见一大群人聚集在那里，像是在争论什么。而在他们的中间有一个高大的设备，那是打井用的设备。

难道是打井出了问题?

我觉得很有这种可能。原来在那个年代，农村还没有电力，更没有自动化装备,即便是重大工程需要使用机械操作,也得靠人员来鼓弄。像打井这种有危险性的大活儿，闹出人命的事儿屡见不鲜。所以我想，肯定又有人为了集体利益献出了自己最宝贵的生命。

这种推测貌似很正确，其实我犯了一个逻辑性的错误。既然打井打出了人命，那大家伙就应该把遇难者及时送往医院才对，即便是遇难者已经无药可救了，至少人们也会把他的尸体抬到他的家里而做一点儿最后的抚慰吧?怎么只看见人们相互指责，却不见有人对尸体有所关心呢?

强烈的好奇心引导着我无论如何得看个究竟。

然而我走到现场才知道，根本就没有发生什么伤亡事故，而是打井打到了一副棺材。很明显，棺材里的人是因为躲避火化才被埋到这里的。于是在打井的人们中间就形成了两种意见。一种意见认为：我们遇到这种事情，按说是对死者的极其不恭，人死入土为安嘛，无奈我们也不是故意的，所以我们不如换个地方；而另一种意见则认为：

打井本来就是件费时费力的事情，哪那么容易就换地方的？遇到了棺材把它移走就是了，再说躲避火化这本身就违反了国家的政策，我们不把他挖出来交给火葬场就已经不错了。

就当时的政治局势来讲，后一种观点显然要占据上风，但毕竟农村不同于城市，农民的封建意识根深蒂固，绝不是几句空洞的口号就能解决问题的。

于是两种观点就发生了激烈的碰撞，最后居然达到了水火不相容的地步。当我来到现场的时候，正是持两种观点的人争论得你死我活的时候。

平心而论，我比较赞成第一种观点。然而我毕竟是个孩子，再说在这种场合下也没有我说话的份儿。我只能静观其变，最多也就是从心理上希望第一种观点获胜而已。

我觉得老站在这儿也无济于事，只好四下里转悠了一下，看看我昨日出事的那个地方有什么变化没有，结果发现什么变化都没有。如果不是我在那里做了暗记，我绝对不会想到就在那个很不起眼的地方居然埋葬着一位如花似玉的姑娘。

这时，我忽然想到了一连串的问题：在这种四面不靠村的地方到底埋葬着多少死去的人们？比方说我同学的老爷爷他被埋葬在了什么地方？会不会将来有一天他也像井里棺材中的这个人一样被挖掘出来？还有，昨晚我见的那个姑娘是不是也会有同样的遭遇？她不辞劳苦地把我招引过来，是不是要对我暗示叫人们不要打扰他们这些去了另外一个世界的人？各种想法在我脑子里乱窜。

正想着，只见我爸在“粗嗓门”的陪同下已慌慌张张地赶来。

毋庸置疑，大家伙儿一下就把我爸围住了，然后是各说各的理。按说出了这档子事儿，最有决策权的人是支书，无奈支书病着，卧床不起呢，谁也不敢轻易打扰，因此这件事只能由我爸来处理。这就叫：山中无老虎，猴子称霸王。

前面说过，我爸是个激进主义者，平时最容不得别人的政治觉悟超过自己。可想而知，他在处理这件事情上，绝不会含糊。而事实也确实如此，他来到现场，还没有听完两边的意见，就采用一边倒的方式进行表态：支持第二种观点。

鉴于我爸在群众中的影响，再加上那个时代特别强调大是大非的问题，只要方向正确，几乎是一呼百应，所以，我爸几句铿锵有力的话刚说完，立刻赢得了一片掌声，而反对之声则悄然消失。

要说事情已成定局，况且拍板的又是我爸，我一个小屁孩子，就算借我一百个胆儿，我也不敢在这件事情上说半个不字，何况这事儿也轮不着我说话。然而，我至今都想不明白，那一刻也不知道我受了哪位神灵的指使，居然对我爸说了这么一句响亮的话："爸，这样不行。"

我爸正准备指派几个得力干将去处理那井里的棺材，突然听我说出这么一句不要命的话，起初他愣了一下，但看我双目火炬一般望着他，这才断定这话的确出自我的口中。

我爸当时的表情我至今都记忆犹新，他眼睁睁地望着我，半天说不出话来。很显然，在他看来，做儿子的敢于顶撞父亲，特别是顶撞像他这样的父亲，而且当着这么多人的面，简直就是死路一条。他只是弄不明白我为什么会有那么大胆子。

他怔了好大一会儿，才用一种小得不能再小的声音问我："你为什么要反对？"

"这样做会遭报应的。"我毫不含糊地回答。

要是放在平常，我说出这样的话来，我爸会一个耳光扇得我头晕，可这次不知道他怎么那么有涵养，居然满面含笑地问我："那你说说看，我会遭谁的报应？"

"棺材里的那个人。"

"你怎么知道他会报应我？"

"在我看来，死去的人跟活着的人一样，都得要个安宁。你把死人从坟墓里扒出来再埋到别的地方去，就跟非要活人搬家一样。不用想，谁都不愿意，你这就是不让他们棺材里的安生了。”

一来我爸也就那么点儿涵养，今天已经表现得差不多了；二来他知道我的应变能力，真要这么无拘无束地辩论下去，最终失败的还得是他，因此没容我再继续解释下去，他就暴跳如雷道：“这儿有你说话的地方吗？不打你你就皮痒痒！”一边说，他一边往手心里吐了一口唾沫，这是他这种人在动用暴力之前通常有的一种动作。

我知道有那么多人在场，特别是那些我刚刚支持过的人，绝不会眼睁睁地看热闹不劝架的。因此我站在那里一动都不动，看他能把我怎么着。

果然他刚往手里吐了唾沫，就被人一把拉住了手。

怎奈我爸此时已气红了眼，不狠狠地揍我一顿怎肯罢休？他一脚踢开拉他手的那个人，随即从另一个人手里抓过铁锨，对所有在场的人威胁说：“谁挡我，我就一铁锨铲死他。”

如此一来，再没人敢阻拦他了。

我一看事情不妙，拔腿就跑。我知道，就我这年龄，一旦放开腿脚，十个我爸也追赶不上。

然而，我爸也料到了这一点，发现被我落得越来越远，就挥舞起手里的铁锨，像掷梭镖似的向我掷来。看来他真的不想让我活了。

早有人提前向我报了信：“晓军小心，你爸要动家伙了。”

说句掏心窝子的话，我这辈子都得感谢向我通风报信那个人，要不是他那句话喊得及时，我即使不当场死亡，至少也会落得个终生残疾。

不过，我虽然手脚麻利地躲过了那一劫，但因为心里一紧张还是重重地摔了一跤。

我摔这一跤不打紧，我爸三步两步就赶了上来。我爸虽然手里没有了武器，但拳脚并不比武器的威力逊色多少。我知道今天我无论如何都死定了。

正当我闭上眼睛准备受死之时，你猜发生了什么？

原来不早不晚，偏偏就在这个节骨眼儿上，有一个人突然拉住了我爸的手。我爸喊了句“谁都别拉我”就突然不吱声了。

我一看情况有变，赶快睁开眼睛。只见一位四十岁左右的中年男人紧紧抓住我爸的手，声音温和但不失严肃地说：“兄弟，看在我的薄面上，你就饶了他吧。”

那中年男人国字脸，面白，身材魁梧，留分头，穿一身在当时看来还非常时髦的蓝色中山装，手里拿着一个公文包，一看就是吃公家饭的“大人物”。

从我爸看那人的眼神来看，分明他并不知道此人是何来头。不过我爸凭着多年来跟上头打交道的经验一定会得出这样的结论：这个人不能随便惹，没准儿就是自己新来的顶头上司。所以，刚刚还穷凶极恶的他转眼之间就笑逐颜开起来：“请问这位领导怎么称呼您呀？您怎么到这里来了？”

那人落落大方道：“领导不敢当，我姓何，在县化肥厂工作，刚才闹了一阵儿肚子，蹲了一会儿，刚起来就碰上你了。幸会。”说时，他从公文包里拿出一张名片来，双手递给我爸。

我爸毕恭毕敬地接过名片，只看了一眼，就惊讶道：“原来您是何厂长啊！幸会幸会！要不您到村里喝杯茶？我通知下几位支委顺便陪您坐坐？”

中年男人看样子没少经历世面，对于我爸的这番客套，很娴熟地回应道“我看就不必了吧。俗话说见面就是缘，既然咱们在这儿见面了，就说明咱们缘分不浅。如果您能瞧得起我何某人，日后到城里找我，大事不敢说，小事我是有求必应。”

那年月能听到化肥厂的厂长这么一番话，我爸是一百个乐意。

“何厂长，有您这句话，您这个朋友我算是交定了。”一边说，我爸一边从兜里掏出香烟，很客气地递给对方。

然而，中年男人并没有接我爸手里的烟，而是从自己兜里拿出一盒比我爸的烟贵好几倍的烟，并且反敬于我爸。

我爸本来不好意思接人家的香烟，但架不住人家对他那么客气，只好接了过来。

一时间，这两个男人就像久别重逢的老故人那样相互拉起了家常，却忘记我还在地上半躺着呢。

还是那中年男人最懂得人情世故，一看我那么尴尬地躺在地上，便冲我一笑，很温和地说：“小伙子，忙你的去吧，这儿没你的事儿了。”

说实在的，我不是不想尽快离开这里，只是我不好马上就走。你想，对于如此可亲可敬的一位长者，我怎么能连声招呼不打就走呢？况且要不是他及时出面相救，没准儿我现在已经成为废人了。

听他这么一说，我越发想对他说几句感谢的话。

然而还没等我张开嘴巴，我爸就冲我吼道：“你还赖在这儿干啥？还不快滚！”

如此一来，我只好把涌到嘴边的话强行咽回肚子里，然后小心地从地上爬起来，灰溜溜地走了。

就在我转身要走的时候，我忽然发现那中年男人还在用一种欣赏的目光望着我呢。虽然我平时也没少见到过别人看我时的这种目光，也因此陶醉过，可此时的感觉与以往完全不同，因为我总觉得那目光虽然是善意的却有一种怪异的成分掺杂在里面，至于怎么个怪异法，我也说不清楚。

毕竟我此时刚刚脱离险境，不可能想得太多，所以我很快就把这事儿抛到了脑后。

我走了没几步，就发现有好几个人从挖井的兜子里小心地抬下一副棺材，而在离井口百十来步的地方正有几个人挥汗如雨地挖掘墓坑。

我本想过去看个究竟，但想想刚才的遭遇，还是打消了这个念头。

既然这里没我什么事儿了，那我还待在这里干什么——回家呗。

可是我刚走到家门口，又退了回来，因为我想，万一这会儿我爸回到家里拿个东西啥的，不还得顺带着揍我一顿？与其回到家里等着挨揍，倒不如跑得远远的，让他找不着。

可是往哪儿跑呀？去亲戚家里？一旦我爸找不着我，必然要去亲戚家里问，到那时连亲戚都跟着难堪，还是不要去。

既然没地儿可以投奔，那就走哪儿算哪儿吧，大不了天黑了在野地里睡上一宿，也不是不可以。

就我当时的状况，你完全可以想象得出，一个说大不大说小不小的半大孩子毫无着落时的那份儿孤独与无奈。

转眼到了太阳落山时分，我不知不觉又跑到了海子凹。只见一座崭新的坟墓在金黄的麦田里静静地躺着。

一阵晚风吹来，我不由得打了个寒战，脑海里一激灵突然闪过一个问题：刚才那个中年男人为什么不早不晚偏偏在我要挨揍的时候出现在我面前？之前我怎么连他的影子都没看见？他人高大不说，穿得也很显眼，我不可能没注意到啊！

那一帮忙活新坟的人都开始收拾家伙准备收工，却唯独不见我爸。

我爸干啥去了？还有那个中年男人，他们是不是还在一起？

我越琢磨越觉得不对劲儿，暗叫不好，我爸要出事。

第十八章　帮她洗脚[redacted]

我紧跑几步来到海子凹找我爸。

他们告诉我，去大队部了。

我又问，那个中年男人呢?

他们说跟我爸一起走了。

我心里咯噔一下，紧跟着就飞也似的朝大队部跑去。

来到大队部，已经是掌灯时分。几位支部成员还在开会。我在门外偷听了一下，知道他们是在讨论化肥分配问题。其中发言最多的就是我爸。他每说几句话，就会提到“何厂长”这三个字，就好像他跟何厂长老早就有交情似的。

也难怪，一个泥腿子三言两语就跟县化肥厂的厂长套上关系，这要不好好炫耀炫耀，如何显得我爸有本事呢。

年轻的读者有所不知，那个年代可不像今天这样，你只要手里有钱，随时就可以买到任何你所需要的东西。那是一个物资匮乏的年代，即使有钱，也不是想买啥就能买得到啥。特别是像化肥、农用设备这样的紧缺物资，如果没有相当过硬的关系，你就是眼睁睁地看着它烂在那里，也休想买到。

听我爸说话那口气，几个小时之前他就派人携带着现金跟随何厂长去了县城，而现在开会的目的就是讨论化肥买来之后如何分配给各个生产队。

按说排除了我爸出事的可能，而且又得知我爸做了一件有头有脸的事儿，我应该高兴才对。可是我一点儿也高兴不起来，因为我老觉得事情不会这么简单。

离开了大队部，我不知道该到哪儿去。

不知不觉我又来到了白如丽家里。

白如丽果然要过正常人的生活了。她不再将卧室跟厨房混杂在一起，而把厨房收拾得跟卧室一样干干净净。我去的时候，她刚吃过晚饭，正在洗刷碗筷。她把碗筷刷了又刷，然后归置到最合理的地方。看她手脚麻利的样子，我不禁在想，以前我总以为我妈是村子里最利索的女人，现在看来我妈只能排在第二位，白如丽才理应排在第一位。

在来时的路上，我在想，白如丽由原来荒诞不经的一个女人突然变得很懂得生活，这多多少少跟我有一定的关系。我承认，我跟她有着不小的年龄差距，很多事情也根本谈不到一块儿。但是我为人谦逊，处事谨慎，作风正派，在村子里有着良好的口碑。我的一举一动都会影响到身边的很多人。许多做父母的经常会对自己的孩子说："你看人家晓军怎么怎么样！你得学着点儿。"我想，白如丽也肯定有着同样的看法。如果真是这样，这也不能得不说是一件好事，谁不希望一个疯疯癫癫的女人变得跟正常人一样呢？不过想想她对我的特殊关爱，我又有些不安。

直到走进她的厨房，我才发现，我的担忧纯属多余，因为她看我进来，一点都不显得热情，只冷冷地问了一句话："你来干什么？"

"我……"我一时很难回答，便以问代答道，"我来看看您还不行吗？"

"看看我？"她冷笑道，"看我什么？我有啥好看的？"

看她说话这么不给人台阶下，我暗想：看来真正让她变成一个正常女人，真不是一朝一夕就能做到的。

"得，您要真觉得自己没什么好看的，那我现在就走。"说时，我佯装要走，心里却希望她挽留我一下。

然而，她非但没挽留我，还落井下石道：“说都说了，怎么还赖在这里？”

我看她老毛病又犯了，只好赔上一副笑脸：“婶儿，我在跟您开玩笑呢，您怎么这么认真？”

“你见我跟谁开过玩笑？”她接口道。

一进门就弄得如此灰头土脸，我真是站也不是坐也不是。

好在她又问了我一句：“吃饭没？”

我不敢撒谎，也没必要对她撒谎，因此说：“没有。”

“锅里还有剩饭，你自己去盛。”说时，她解下围裙，准备离开厨房。

我不想给她添麻烦，于是说：“我不饿。”

“你是铁人？还是神仙？饭都不吃？”

“我说了，我不饿。”

刚要离开厨房的她突然改变主意，而满嘴带刺道：“是不是非得让我一口一口地喂你，你才吃得下？”

听她这话的意思，我要再不吃的话，那就是敬酒不吃吃罚酒了。我只好盛了一小碗饭，硬往嘴里塞。

她看我吃饭跟吃药似的，反而乐了：“看你挺斯文的一个大人了，淘起气来真像个小孩子。”

我不知道她这是在夸我还是挖苦我，也跟着一笑，便放开了，几下就把碗里的饭全部吃光。然后我要把自己使用过的碗筷洗刷干净。她却抢过来说：“你就别动手了，还是我来吧。”

回到卧室，她依旧作双盘式坐在大床上，怀里抱着那只小花猫。我坐在床对面的一张小凳子上同她说话。

根据前两次的经验，我大致可以得出这样的结论：跟她说话，她怎么说都行，只是你不能随便乱说，也不能拐弯抹角，你得有什么说什么。你要是也像她那样东一榔头西一斧子的，轻则她会给你白眼看，重则立马打发你滚蛋。

我把情绪调整到最佳状态，同时确认她也进入了说话状态，这才按照事先编排好的顺序说道：“婶儿，昨晚我因为没有记住您的话，结果差点儿把小命丢了，想起来我都后悔死了。婶儿，我知道错了，以后再也不敢了。我今天来，一是向您道歉，二是把昨晚所遇到的事情跟您说说，请您指点迷津。”

“你说吧。”她简单说出这三个字，就把小猫推到一边，用两只手轻轻摩挲起两只脚来了。那两只脚着实诱人，我敢说幸亏坐在她对面的是我，要是换个不三不四的男人，一定不会这么老实。她本人似乎也被自己的脚迷住了，而无心再去看我。

我不敢老盯着她的脚看，而尽量营造出一种恐怖的气氛：“婶儿，当时那情景您是不知道，太吓人了。那女的把我领到她住的地方，说是去里屋梳梳头。我就纳闷，梳头还有什么好避人的？就算当着我的面梳又有啥防事的？于是我就偷偷看了一眼，您猜怎么着？她把头拿在手里梳……”

我以为我的话会让她着实惊讶一阵子，至少她不会再那么迷恋于自己的脚了，谁知她听了以后，一点儿都不显得惊讶，而且眼睛和手都没有离开脚丫子：“也许她觉得把头拔下来梳更方便些。”

我一直觉得，我跟她谈了几次话，已经基本弄清了她的套路，现在看来，我根本就对她一无所知。也许我今天就不该来。

不过既然来了，该说的还得说：“婶儿，我觉着我爸很可能会出事儿。”

“这话咋说？”

“今儿下午在海子凹我爸要打我，突然从麦田里冒出一个人来一把抓住了我爸的手。于是我就想，怎么那么巧，偏偏我爸要追上我时那人出来救我？难道他根本就不是人，而是鬼？”

“是就是呗，这有什么大惊小怪的？反正你又不是第一回遇到了。”她很随意地说道，却依旧没有抬头看我一眼。

我虽然心里不爽，但也只能忍着："我怀疑那鬼是冲我爸来的。"

"那样不是更好吗？你爸要打你，这鬼是向着你的。"

"可我爸万一有啥事咋办？"

"你爸怎么了？不讲理的事儿他也不是没干过。"

我觉得我跟她说什么都是多余，便起身告辞说："婶儿，其他没什么事儿了，您早点睡吧，我回去了。"

"等等。"

"还有啥事儿？"

她指了下桌上的暖瓶："给我端盆热水，我要洗脚。"

我情知这么做有点别扭，但既然她提出来了，我也不好拒绝，就很顺从地为她兑好了水，并且放在床边最合适的位置。

我看她试着把脚丫子放进水里，脸上露出满意的笑容，这才说："婶儿，如果没有其他事儿的话，那我就走了。"

"你就这么走了？"

"您还需要我干啥？"我不禁有些紧张。

"帮我洗脚。"

这回，我并没有很顺从地按照她的意图去做，而是愣在那里一动都不动，心里却在想：你这样要求是不是太过分了？

"你没听见吗？"她的声音又开始难听起来。

我想，帮就帮她一回吧，不就是洗洗脚嘛，又不是陪她上床，再说也没人知道，只要她不再得寸进尺就行。

然而我的手刚触摸到她的脚，就听有人敲门。

谁这么不会办事，偏偏在这个节骨眼儿上敲门？我的心不由得忐忑起来，要是来人知道我在帮白如丽洗脚，还不得把这件事当作头号新闻在槐树村广播。

"谁呀？"白如丽没好声气地问道。

"是我。"声音不大，但我听得再清楚不过。我敢说，给你一万次机会，你也绝对想不出敲门那人会是谁。

竟然是我爸。

我爸怎么会跑到这里来了？他是不是听到什么风声所以才跑到这里来找我的？或者说早在我来这里之前就有人跟踪我了？我一时吓得要死。白如丽却说：“去，给他开门。”

“我不敢去。”我小声说道。

“怕啥？”她大声嚷道。

我越发带着哭腔哀求说：“婶儿，您就饶了我吧。您看我藏哪儿合适？”我一边说，一边四处找地方能藏身。

她却嘲笑我说：“瞧你这点儿出息，我都替你害臊。”

我现在已经顾不得有没有出息了，随她怎么说，我愣是不敢开门。

她便自己走过去把门打开……

第十九章　你来这儿干什么[redacted]

门打开了，可是我爸并不像我想象的那么凶，相反，他的脸上跟我一样，也充满了惊恐和不安。

这就奇了怪了，他平时教导我那么严，又一再叮嘱我绝对不能跟白如丽接触，如今看我一个人在陪她洗脚，无论发多么大的火都不为过，怎么反倒惊恐起来？再说了，刚刚他在支部会上还那么铿锵有力、言之凿凿，怎么转眼之间就是一副垂头丧气的模样？

更重要的是，他来这里干吗呢？找我？不像；找白如丽唠嗑儿？这怎么可能？

爸爸一看我也在这儿，脸上未免又多了一层羞愧：“你来这儿干什么？”

我不知道怎么回答，其实根本就没法儿回答。

原来这里有个典故。早年，村子东头有个年轻漂亮的寡妇很放荡，不管是老的还是少的，只要给钱，就照单全收。这天，一老者完事出门，跟一个小青年碰了个满怀。两人抬头一看，都大吃一惊。原来他们俩是一对不折不扣的父子。那老者问小青年：“你来这儿干什么？”小青年也用同样的口气问老者：“你来这儿干什么？”后来他们的故事被广泛传播开来，于是，“你来这儿干什么”这句平常得不能再平常的问话便成了槐树村的语言经典，同时也成了父子相见最忌讳的一句话。

我不知道我爸今天怎么会一字不差地问出这句话来，还恰恰问的是我，这真是天大的笑话。看来只有一种解释：他今天的心情实在是糟糕透了。

不过也好，起码我可以避免一场皮肉之苦。这样一想，我心里反倒轻松了许多。

白如丽看我们爷俩都不再说话，反而乐了："你们爷俩都成哑巴了？"

我不吱声，只等着我爸说话。

我爸无法保持沉默，只好吞吞吐吐地说道："如丽，你……你一定要帮帮我呀。"

"你说啥？"白如丽显出很吃惊的样子，"要我帮你？"

"咋跟你说呢，"我爸本来语言逻辑就不够清晰，此时又心事重重，所以更找不到合适的措辞，想了一会儿，他干脆说，"购化肥出了麻烦。"

我一愣，心中暗叹，果然我没猜错，但不知道这麻烦到底有多大，死没死人。

只听白如丽阴阳怪气道："购化肥关我啥事？你也知道，我是个女人又是寡妇，大门不出二门不迈，找我不找错人了吗？你走吧。晓军，你把洗脚水给我倒了。"

我接到命令，却迟迟不敢行动，因为我得看看我爸的意思。然而让我没想到的是，我爸居然亲自把洗脚水倒了。

说不清是出于感动，还是觉得事情实在是太严重，我赶忙帮助我爸求情道："婶儿，既然我爸有难处，您就帮他一回吧，您先让他把话说完，看看这岔子到底出在哪儿。"

其实我完全看得出来，白如丽根本就是想败败我爸的傲气，并不是存心要看他的热闹，所以听我这么一说，她开恩似的冲我爸说："说吧。"

我爸获得了陈述的机会，越发说不明白："刚刚姜三说得不清不白，具体咋回事我也没完全搞懂，总之咱们被骗了，拿去的三千多块钱全打了水漂。"

"钱被骗了，你让我帮忙，我也用不上劲儿啊。"白如丽忍不住打断他。

我爸马上又说："姜三说了，不像是为了钱，化肥厂的人讲，看样子是闹鬼了。"

"怎么个闹鬼法儿？"白如丽饶有兴趣地问。

我爸很焦急地说："姜三就能说这么一点，剩下的他也说不清。也巧，咱们的人赶到县城的时候，化肥厂的人都下班了。现在找谁都找不到，所以很难办。如丽，我反复都想过了，这事儿只有你摆得平。所以我代表全村一千多口人求求你，你现在就走一趟县城吧。"

白如丽受此殊荣，却一点儿不买账："天都这么晚了，我咋去？你背我去？"

我爸苦笑道："我不光不能背你去，我自己都去不成。"

"啥意思？"

"支书已经死过去好几回了。趁他还有口气得抓紧时间把工作交代清楚，瞧这烂摊子。"

"那就给我派辆车吧。"

"咱村里的拖拉机都开县城了。"

"那怎么办？我一个人黑灯瞎火地走着去啊？"

"这你放心，我让晓军骑车带你去。"

"也好。"

计议已定，我马上回家骑来了自行车，她简单收拾了下就跟我走了。

此去县城有五十多里路，道路又不太好走，等赶到时，已是午夜时分，我早已累得筋疲力尽。

我们来到化肥厂的大门前，只见大门锁得牢牢的，大门外头漆黑一片，连个人影都看不到。我不知道我们的人都跑哪儿去了，只有去门卫那儿询问。门卫睡得正香，突然被我打扰，很不高兴。结果问了半天，也没能问出一句有用的话来。

找人找不到，问又问不出来怎么办，我只能跟白如丽商量着先找家旅店住下，等天明以后再说。

很快，我们就找到了家国营旅店。服务员第一句话就是："请出示你们的介绍信。”那个年代还不兴居民身份证，公民外出投宿，一般要出示单位介绍信或者工作证。

我们由于来得匆忙，没顾得上去大队开介绍信，结果好说歹说服务员也不让住。

投宿不成怎么办？我们总不能露宿在大街上吧？就算我们能吃得了这份儿苦，但如果被警察遇到了又会是一场无休止的纠缠。

多亏了这几年我出过几趟远门，知道国营旅店之外还有私人开的旅店。私人旅店一般不需要介绍信。

于是，我就一路询问着找了一家私人旅店。

然而不巧的是，这家私人旅店只剩下一个房间了。

好不容易才找了一家不需要介绍信的旅店，居然这么不凑巧，我气得直骂娘。

然而白如丽却说：“一个房间就一个房间，这有啥不好？咱们俩睡不着觉的时候说说话也方便。”

我知道白如丽根本不在乎这些，可是我在乎啊！我怎么能跟她睡一个房间呢？

我不敢直接拒绝她，只能拐弯抹角地说：“婶儿，说句老实话，我要是三岁两岁的小孩子，别说跟你睡一个房间，就是跟您睡一个被窝都没问题。可我已经是奔二十的大小伙子了，再跟您睡一个屋，要是村里人知道了，还不得把我骂死！”

“这不是没在咱们村吗？再说了，在家里的时候，你不是也跟我住过一个屋吗？”

“那儿跟这儿不一样。”

“怎么个不一样法儿？”

“反正就是不一样。”

老板是个五十多岁的老头子，看上去挺能说的，见白如丽这么说，也是百般撺掇：“还是这位女同志想得开。你们住一个屋，除了我再不会有第二个人知道，况且我连你们俩姓什么叫什么哪里人都不知道，你们就放心住好了。我开旅店的从不多说话，绝不会有事的。”老板说得唾沫四溅，就好像我们俩真有一腿子似的。

我正色道：“她是我婶儿，我是她侄儿，我们俩根本就不是你想象的那种关系。”

“既然这样，你们俩就更应该住在一起了。”

“不行，绝对不行。”

老板看我意志这么坚决，又怕生意砸了，只好说：“这样吧，我这儿还有一间房呢。”

“既然还有空房，你为什么不早说啊？”我实在搞不懂老板在打什么歪主意，“你是不是怕我们给不起你房钱呀？告诉你，钱我这儿有的是，把你这个旅店包了都没问题。”

“年轻人，你误会了。”老板说到这儿，却不往下说了，看上去好像有些后悔。

我管不了那么多，只管催促他：“你还磨蹭什么呀？快带我去呗！”

老板欲言又止。

我急了：“看你挺爽快的一个人，怎么婆婆妈妈起来？”

老板犹豫了一阵子，慢吞吞地说：“实话跟你说吧，那屋好久没住人了，不大干净。”

“没关系，我自己打扫打扫，能将就。”我快人快语道，以为这么说他一定很感激。

然而老板一点儿都没有感激，却显得有几分为难。

这时，白如丽冲我说道：“你懂什么？老板不让你去，你老老实实听话就行。”

然而我现在最听不进去的就是她的话，因此不管她怎么反对，我还是连推带搡地敦促着老板去开那房间。

白如丽看拦也拦不住，只好忍气送我一句话：“晚上害怕，别来烦我。”

第二十章　私人旅店之诡异事件[redacted]

老板推开房门，我一下就愣了。

原来这屋不仅干净，而且收拾得相当规矩，用“一尘不染”四个字来形容，一点都不为过。

我想，这一定是老板为某个重要的客人特意准备的房间，所以才骗我说这屋不干净。不过，我并没有责怪他。做生意不就是为了多赚钱吗？身为旅店的主人，老板为自己谋点儿小私利，这也是人之常情。

我看老板还赖在这里不走，知道他心里有愧，还想对我做些解释。可我已经没兴趣再听他唠叨了，便催促道：“你可以忙你的去了，我收拾一下就要睡了。”

老板看我下了逐客令，便尴尬一笑：“小伙子，叫我看，你最好还是别住这屋。”

“又来了，”我真有些哭笑不得，“我说你这人烦不烦啊？我都说了一百遍了，刚才那女的是我婶儿，我是她侄儿。我都这么大的人了，跟她住在一起不合适。”

“我不是那个意思，我是说……”

“我不想听你说，你走吧，我要睡了。”我看跟他说什么都没用，只好把他推出门去，然后把门插上。

老板一走，房间里立刻寂静了许多。早来的旅客都已经进入了梦乡，间或还能听到隔壁房间里旅客的打鼾声，听上去更勾起了我的困意。

房间的灯泡不是很亮，比煤油灯强不了多少。大概开旅店的都不希望旅客耗用太多的电费。我借着这昏暗的光亮，三下两下就把衣服脱掉。

按说我不应该脱得太光，起码得把白如丽送我的那条红丝带拴在身上。毕竟我现在太累了，只想美美地睡上一觉，根本顾不了许多。

我没有亮着灯睡觉的习惯，再说那个年代也不允许这么奢侈，所以我刚钻进被窝，就动手去拉电灯的开关线。

可我的手还没有接触到开关线，电灯就自动灭了。

这时我听到外面有人在说："怎么突然停电了？"我知道这是老板的家人在说话，就没有理会，睡去了。

一会儿，又听外面有人说："不对呀，怎么别人家都没停电，只咱们家停电了？"

"可能是保险丝烧了。先别管啦，等明天再修理吧。"是老板的声音。

我半睡半醒地往窗户外面望了一眼。

这一望不要紧，我的头发连同全身的汗毛都一齐竖了起来。

原来，透过窗户外面射过来的微弱的光亮，我隐约看到房梁上悬着一个人，上了吊的人。

我"腾"地坐起来，用闪电之速回忆了刚才进屋时的情景，我清楚地记得，屋里除了床铺，就是那套桌椅，其余再没什么东西。怎么梁上还吊着一个人？

我不用咬手指，也不用拽头发，我可以肯定，现在绝不是在做梦。如果是做梦，就是吓也该吓醒了。

我正吓得要命，只见那怪物慢慢地从梁上滑下，然后直挺挺地站在那儿。黑暗之中，我无法看清它的模样，只能看到它的轮廓。它的头发很长，而且是披散着的，一直垂到腰部以下位置；它的衣服很宽松，就像今天的人们穿的睡衣。种种迹象表明：这又是一个女鬼。眼下，那女鬼离我只有四五步的距离。

我实在弄不明白，到底什么机缘使得我在这么短的时间内招来这么多的女鬼?

联想一下这几天来接连发生的种种不可思议的灵异事件，我想这个女鬼也许跟之前那个漂亮女孩一样，并无心伤害我，只是想跟我说说话而已，或许这个女鬼比昨天的那位还要漂亮也未可知。

这样一想，我非但不再害怕，反而有所期待。

然而，这回我并没有像上次那么幸运。只见那女鬼经过短时间的挺立之后，就迈动起脚步，一步步向我逼来（请注意措辞，在这个地方我使用了一个“逼”字，因为那个时候它的移动给我的心理感受就是，它在逼我）。

不过，它移动的速度非常缓慢，说得夸张些，比蜗牛运行的速度快不了多少。然而它越是这么行动缓慢，我就越是心里跳得厉害。

大概离我还有两步远的时候，它突然停住了。之前它的头一直都是低着的，可现在它突然抬了起来。

我自然要打量一下它的脸，希望能从它的脸上找到一种我跟那个梦中女孩相遇时的感觉，尽管我知道在这漆黑的房间里是看不到它的脸的。

然而奇怪的是，我居然看到了，因为它的脸好像是一种自然发光体，能自动发出一种幽蓝的光。不过我并没有看到一张漂亮的脸，看到的却是一张恐怖的脸，恐怖得我实在无法用语言来形容。

直到这时，我才突然领悟旅店老板说的“不干净”是什么意思。可是现在我已经无路可退了。

我唯一能做的就是强打着精神，问那女鬼：“你……你要干啥？”由于底气不足，我的声音在剧烈地颤抖。

“嘻嘻嘻嘻……”那女鬼只管嬉笑，却对我的话置若罔闻。

我再问：“你……你到……到底要干啥？”

那女鬼停止了笑，却伸出了鹰爪一般的手指一边向我抓来，一边恨道：“我要吃了你。”

这一切来得太突然了，我来不及有半点犹豫，赶快将身上的被子向它摔去。就在它动手掀去脸上的被子时，我已经从床上爬起，来到了门口。

我想夺门而逃，慌忙之中却找不到门闩。说时迟那时快，女鬼已从背后抓住了我的头发。

我一边叫喊："快来人哪，闹鬼了！"一边同它搏斗。眼看我就要成为它手下的一名新鬼了，可就在这千钧一发之际，门被踹开了，电灯也奇迹般地亮了起来，只见白如丽身穿短裤短褂近似半裸的样子，来到了我的面前，而那女鬼早已消失得无影无踪。而此时，我全身一丝不挂地站在白如丽面前，却浑然不觉。

老板听到惊呼声，也急忙赶来，还没进门就喋喋不休道："我早就告诉过你了，这屋不干净，可你就是不听，出事了吧！"

一来白如丽有能力摆平此事；二来我们两个眼下都衣不遮体难以见人，所以还没等老板站稳脚跟，白如丽就一顿啰唣把他赶出门去。

这时别屋的旅客们一片声地在埋怨说："这都什么时候了，还大吵大叫的，还让不让睡啊？"

白如丽对吓傻的我安慰说："晓军，没事儿了，只要有婶儿在，再厉害的鬼咱都不怕。晓军，婶儿今儿个晚上陪着你，不怕啊！"她一遍又一遍地重复着这几句话，就像对待一个刚出生不久的婴儿，差不多都将整个身子贴在我身上了，无奈我只知道她在安慰我，也着实因为她的存在而安慰了许多，却一点都没有意识到我此时还光着身子呢。

我不知道这样的情景到底持续了多久，当我蓦然发现我如此赤身裸体地跟她站在一起的时候，一时羞得无地自容。

她看我如此尴尬的样子，知道我恢复了理智，也不由得脸红起来。

那一刻，我忽然发现她并不是一个不食人间烟火的疯癫女人，而是跟正常女人一样，有着诸多的矜持、理智和恻隐之心。

我无法再去面对她了，便背过脸去，说："婶儿，您去吧，我穿上衣服再去找您。”

“那好吧，我在外面等你。”她回答着，便要出门。

正当我要走到床边拿起我的衣服时，我突然觉得那个女鬼还在我身边，急忙转回身去，一把抱住她：“婶儿，求您，别走，我怕。”

她冲我一笑：“好吧，我看着你把衣服穿上，这样行了吧？”

有了她这句话，我自然心里踏实了许多，可是当我低下头来看见自己那最羞于见人的东西时，又犹豫了，我怎么能让她直眉瞪眼地看着我穿衣服呢？

于是，我又要让她出去，可是话还没出口，又觉得那女鬼就在身边。

如此反反复复，就像做梦一般，连我自己都觉得不可思议。

好不容易我把衣服拿在手里，正准备去穿，忽听门外传来一阵脚步声，正是冲这边来的。我不由得哆嗦了一下，将衣服掉在地上。

这个时候的我犹如惊弓之鸟，可偏偏进来的这两个人让我比见了鬼都害怕。

第二十一章　查夜的来了

进来的是两位民警，一高一矮，年龄都在三十岁左右。他们是来查夜的，说白了就是想检查一下有没有像我和白如丽这样本无夫妻关系却偷偷摸摸地“混在一起”的男女。

读者和那位老板都能为我们做证，我跟白如丽实实在在没有乱来。可是那两位民警一口咬定我们肯定乱来了。并且他们有确凿的证据能证明他们的说法：“还说你们是清白的，你看你，连衣服还没穿好，还不承认，骗谁呢？你以为我们都是傻子吗？”

“我说同志，”我一边穿衣服，一边为我们俩辩解，“这都是误会，我们俩确实没有乱来。”

民警根本不听我解释，其中高的那位把目光锁定在白如丽的脸上，问：“你是做什么工作的？干吗跟这个学生模样的小青年勾搭在一起？”大概这位老兄从行为举止上根本看不出白如丽是一个乡下女人，所以才这么问。

“呸！”白如丽一口唾沫吐在他的脸上，然后破口大骂，“你娘才跟他勾搭在一起呢！”

高个儿民警被吐，忙用手绢揩去脸上的唾沫，准备向白如丽展开猛烈的进攻，然而矮个儿民警却把他推到一边，让他冷静些。

然后，矮个儿民警用一种看似平静其实却充满了巨大杀伤力的口吻说：“这位女同志，我们是在执行公务，请你配合。”

“我说不配合了吗？”白如丽道，继而反咬一口，“是你们的人污蔑人，我才很生气。现在你必须让他给我赔礼道歉。”

要说一个乡下女人能跟警察如此叫板，这不能不让我大开眼界，但是自古道：秀才见了兵，有理讲不清。何况我们的问题本身就是一本糊涂账，所以本着大事化小的原则，我只能劝白如丽说：“婶儿，得饶人处且饶人，我看……”

“这儿没你的事儿，你给我滚一边去。”我知道她这样做无非是想把民警的注意力吸引到她那边去，而尽可能地不把我牵连进去。这不能不让我感动，但同时也让我不安。

果然这一手奏效，两位民警真的就把我丢在了一边，而专心致志地去对付她。毕竟理在他们一边，再说他们手里又拥有权力这个最有力的法宝，所以他们不怕，他们有能力，也有兴趣把这场戏演下去，直到彻底把她搞垮。

矮个儿民警看上去比高个儿民警占有一定的优势，他跟高个儿民警使了个眼色，让他先满足白如丽的要求。

高个民警自然是磨不开面子。

矮个儿民警只好说：“我是这个行动组的组长，我代他向你赔礼道歉。刚才是他的不对，他不该不调查清楚就下结论。”一边说，他一边给白如丽深深鞠了一个躬。

岂料白如丽根本不吃这一套，非得让高个儿警察亲自赔礼不可。

高个儿民警没辙儿，只好学着矮个儿民警刚才的样子给白如丽深深鞠了个躬，同时也赔了礼道了歉。接下来，他便以挑战者的姿态挑道：“该我承担的责任我已经承担完了，现在该我问你了，你叫什么名字？年龄？在哪个单位工作？为什么会跟他睡在一个床上？你们是夫妻吗？”

面对如此伤脑筋的问题，白如丽一点儿都不显得尴尬，反而质问对方：“你能不能一个问题一个问题地问？你一口气问了那么多，你叫我怎么回答，再说我也记不清啊！”

矮个儿民警看她这么难对付，便使眼色让高个儿民警先歇歇，然后问："那你先回答第一个问题：你叫什么名字？"

"白如丽。"白如丽毫不含糊地回答。

矮个儿民警拿出随身携带的纸和笔，却不知道怎么下笔，因此又问："哪三个字？"

"清白的白，如意的如，美丽的丽。"白如丽回答得如行云流水。

矮个民警很麻利地记下这三个字，接着问："年龄？"

"二十六岁。"

"工作单位？"

"县化肥厂。"

我不觉一愣，心说：这种玩笑你也敢开？你就不怕事情败露了没法收场？

我实在搞不懂这场戏她将怎么演下去，又不敢插嘴，只有怀着惴惴不安的心情继续往下听。

矮个儿民警又问："你们俩是夫妻吗？"

"不是。"

"那为什么会住在一起？"

"没有住在一起。"

"还敢抵赖！我们都看见了。"矮个儿民警有些激动。

"你们都看见什么了？看见我们俩睡一张床上了？"白如丽丝毫不放过对方任何一个细节上的疏忽。

矮个儿民警马上意识到了自己逻辑上的错误，赶快纠正道："你们两个同在一个屋，一个赤身裸体，一个衣衫不整。我问问你们刚才都干了些什么？"

听了这话，我的心就像被针扎了一下似的疼痛。我实在想不出白如丽还能用什么办法为自己辩解。

然而，白如丽莞尔一笑，很不以为然地反问对方："我们俩在干什么那是我们俩的事儿，跟你说得着吗？”

这话太让我失望了。我原以为她会有什么高论，没想到她竟然说出这么一句苍白无力的话，不由得暗暗叫苦：完了，这回我算是死定了。

果然，矮个儿民警听了这句无力之言，吹胡子瞪眼道：“这就是你配合我们工作的态度？我可警告你，你要再这么胡搅蛮缠的话，你就得对你的行为负责。”

“你瞎嚷什么呀？没看到别人都睡了吗？”白如丽依旧是一副不为所动的样子。

我暗道：真是服了你了，也不看看这都什么时候了，还玩儿这种猫逮老鼠的游戏？再说此时此刻扮演猫的并不是你，而是民警，你只是一只可怜的小老鼠。

高个儿民警实在忍不住了，便提议他的搭档说：“跟她废什么话？把她带到所里去不就得了？”

矮个儿民警表示赞成：“请你们俩收拾一下，跟我们去所里走一趟。”

我正想求他们别这样，请高抬贵手放我们一马。然而白如丽抢先说话了：“所里有床吗？”

“怎么着？”矮个儿民警不明就里。

“我的意思很简单，如果所里有床，我去了以后就能够舒舒服服地睡上一觉，那我就跟你们去，要不然我不去。”

“你敢！”高个儿民警又忍不住了。

“我有什么不敢的？”白如丽看都不看他一眼，从鼻子里哼道。

矮个儿民警既不敢跟她来硬的，还不想失掉自己的尊严，只好软中带硬道：“如果我们非得让你去呢？”

“那我就一路吆喝民警绑架人，看你们有没有这个胆儿？”

这下，两个民警都瞪眼了。他们最怕弄坏了自己的“清誉”，绝不敢拿自己的铁饭碗赌气。

毕竟他们是警察，有的是对付我们的办法，大不了跟我们耗下去，一直耗到天亮。到那时也不用再带我们去所里了，直接通知单位领人就是了。其实这也是民警对待男女非法同居最常用的办法。

两个民警一商量，决定就按上面的办法办。

这时，老板蹑手蹑脚地走了进来，小声对民警们说：“我能说几句吗？”

我一看老板来了，心里顿时亮堂了许多，甚至还有些埋怨：你早干吗去了？

矮个儿民警看老板有话要说，便给他提供了机会：“说吧。”

老板说：“他们两个真没乱来。”

高个儿民警本指望老板关键时候能来个落井下石，没想到一进门就站在了自己的对立面，一时气得暴跳如雷：“你怎么知道他们俩没有乱来？他们俩是你的亲戚，还是你的朋友？小心我明天就关了你的门。”

矮个儿民警一看他又来了，忙用胳膊肘捣了他一下，希望他理智些。

高个儿民警虽然不服，但也只能忍着。

老板战战兢兢地说：“我可以为他们俩做证，一开始他们俩并没有在一起，只是小伙子半道上遇上了鬼喊救命，这女同志才跑过来的。”

高个儿民警又坐不住了：“你说闹鬼了？是你心里有鬼吧？”

“警察同志，我绝对没骗你，我说的全都是实话！”老板可怜巴巴地说道。

“让他说下去。”矮个儿民警很绅士地说道。

老板接着说：“说来话长了，还是十年前的事呢。一天晚上，店里来了一男一女。男的五十多岁，又高又胖；女的二十多岁，眉清目秀。女的管那男的叫姨夫。两人分别住在了两个房间。半夜里，我忽然听到女孩大喊大叫，就跑过去在门外听了一下，原来那男的强迫女的干那事，女孩不愿意才求救。我想，多一事不如少一事，就没管。我回到屋里，越想越内疚，于是又走了回去。谁知我来晚了一步，女的已被掐死，男的正要逃跑。人命关天的，我当然不会放他走，可是那男的力气贼大，三拳两脚就把我放倒了。后来这个案子很快就破了，可是我老觉得女孩是我害的，早晚会来报复的。于是这间房我就空着，还隔三岔五地打扫打扫。我以为这样做了，那女孩就会原谅我。千不该万不该，我不该让这小伙子住在这里。”

高个儿民警听了这个故事，撇嘴道：“编，你就使劲儿地编。我看你还能编出多少瞎话来。”

矮个儿民警正要说什么，白如丽却不耐烦地说：“好了，你们都走吧，我要睡觉了。”白如丽有个习惯，不管遇到再大的事儿，哪怕天要塌下来，依旧该吃吃该睡睡，一点都不受影响，特别是睡觉，每天必须睡到足够的时间，少一秒钟也不行。

可是两位民警不干啊！事情还没有落实到纸面上呢，怎么能让她睡呢？再说了，她要是睡了，他们两个去哪儿呢？总不能在外头给她站岗放哨吧？那岂不成了笑话了？

对此，白如丽一点都不觉得这是笑话，反而觉得这很正常，并且认为这是唯一可以行得通的办法：“你们要是赖在这里不走，也只好给我站岗放哨了。”

“那不行。”高个儿民警坚决不同意。

“不行？那又能怎么着？”白如丽火药味十足道。

高个儿民警实在拿她没办法，又不想就这么便宜她，只好想了个歪主意：“你真要这么做，得答应我一个条件。”

“什么条件？”

“除非你承认你们俩上床了。”

我原以为这个条件会让白如丽蹦起来，然而她不仅没蹦，居然还很爽快地答应了。

“这怎么能行呢？”我表示反对，“我们并没干那事儿。”

“没干也得让他们这样写，谁让咱们俩有理说不清呢？”白如丽义无反顾道。

“坚决不行。”

“就这么写。”

“婶儿，你？”

“你给我闭嘴。”

“我偏不。”

“你再嘴硬，我就弄一坨大粪来堵上你的嘴。”

就在我们俩斗嘴的当儿，高个儿民警已经非常麻利地起草好了“供词”，只等我们在上面签字了。

白如丽接过“供词”，看都没看，提笔签上“白如丽”三个大字，然后递给我，让我也在上面签字。我坚决不签。白如丽眼睛一瞪：“你签不签？”我说：“不签。”她指着我的脸说：“你再说一遍。”我看她要动真格的了，只好在上面歪歪斜斜地签上了“萧军”两个字，故意把自己的名字写错。

好在她没有点破，还用欣赏的目光看了我一眼，然后把“供词”扔到高个儿民警脸上。

高个儿民警像得了宝贝似的把“供词”握在手里。

“这下你该满意了吧？”白如丽用鄙弃的口吻问高个儿民警。

高个儿民警满脸堆笑道：“这还差不多。”

“不用我再撵了吧？”

“早交代不就早了结了吗？”高个儿民警一边说，一边跟他的同事走出了房间，紧跟着老板也走了。只有我还不能马上离去，因为我得问问她为什么这么做。白如丽难道仅仅为了多睡一会儿就忍心把我的前程断送？

“你怎么还不走？出去。”她看我还赖在这里，便下了逐客令。

“婶儿……”我用乞求的目光望着她，希望她能理解我此时的心情。

然而，她完全不考虑我的心情，依旧用那种冷冰冰的声音对我说：“有什么话等明天再说，我得睡觉。”说时，她已经将柔嫩的身子躺在了我刚才躺过的地方，随即拉灭了电灯。

看来我不走也得走了。因为心情不好，我出门时，故意把门使劲关上，之后便听见一顿臭骂。

那两位民警当真就承担起了放哨的任务。不过看上去他们挺悠闲的。他们每人嘴里叼着一支香烟。那忽明忽暗的烟头就像是两只诡异的眼睛，很容易让人联想到夜晚古墓的情景……

我真佩服白如丽居然有这么好的心理素质，同样的事情要是放在一般人身上，怕是一年都挥之不去，可是她仅仅过了一分多钟，就鼾声如雷起来。

这一夜我真不知道自己是怎么熬过来的。请你设身处地地为我想想，我爸被人骗去三千块钱至今还没个眉目，紧接着我又遇上了这么个横祸，好像普天之下的倒霉事都让我们爷俩赶上了。不管哪一件处理不好，我和我爸都会死无葬身之地。最关键的是，白如丽作为我和我爸共同依赖的对象，她将在这两件事情上扮演什么角色呢？

第二十二章　警察护送[redacted]

已经是日上三竿了，可是白如丽还在睡。

尽管我心里很乱，也一直期盼着她早点儿起床，可我还是不敢轻易惊动她，宁可自己再等会儿。

民警可管不了那么多，一看白如丽都这个时间了还不起床，就“咚咚咚”地敲起了门。

“敲敲敲，敲你娘个头！”白如丽骂道，骂完又睡，打鼾声比刚才更响。

民警被弄得灰头土脸，却不敢硬来，只能再装孙子。

又过了大约一个小时，白如丽依然没有起床的迹象，而其他旅客该走的走，该起床的早就起床了。矮个儿民警便商量说：“要不我出去打个电话？让化肥厂的领导现在就来。顺便我再把这里的情况给所长汇报一下。”

“也好。”高个儿民警表示同意。

然而，矮个儿民警出去不多时，就满面愁容地回来告诉同事说：“又遇麻烦了。”

“怎么回事儿？”高个儿民警问。

矮个儿民警看我也在跟前，就把高个儿民警拉到一边，压低声音说：“化肥厂的领导说了，他们那边出了点乱子走不开，让我们把这两个人全都放了。”

我一听这话，喜得差点儿蹦起来。

“你说什么？把他们放了？”高个儿民警显得很不服气。

“是说把他们放了。”矮个儿民警又重复了一遍。

“那所长的意思呢？”

“跟化肥厂那边一样。”

“扯淡。”高个儿民警很难接受这种事实，“咱俩被那娘们儿折腾了一夜，说放就放了，太便宜她了吧？”

“不便宜她，你能咋样？”矮个儿民警很无奈地说。

“那也不行。”

他们俩只管在外头议论，没承想惊动了屋里的人。只听白如丽嚷道：“吵什么吵？还叫不叫人睡觉了？”

高个儿民警正为下一步咋办发愁呢，此时被责怪，自然没什么好话：“你给我老实点儿！还嫌人家没素质，你也不照照镜子瞧瞧你自己，都勾搭半大小伙了，还是不是个正经人？”

白如丽一向趾高气扬、目无他人，只能听到赞美之声，不能听到贬低之言，如此被侮辱，岂肯罢休。

“说我勾搭半大小伙子，那是因为我有魅力。回去跟你娘说声，让她也勾搭一个给我看看，看她能不能？”

高个儿民警第二次听到骂娘的话，气得如同一头受惊的公牛，横冲直撞，这就要冲进屋去给她点颜色瞧瞧。

矮个儿民警一看要出大事儿，一把拉住他：“伙计，冷静点儿行不行？”

高个儿民警瞪着一双血红血红的眼睛说：“只要能出了这口恶气，哪怕把饭碗丢了再坐几年牢我都认了。”

矮个儿民警下死劲儿地拉住他，绝不容许他再往房间靠近半步。高个儿民警因为出不了恶气，故而站在院子里破口大骂，把那些男人们平时常挂在口头的脏话丑话全骂了出来。

白如丽当然也没闲着，而且她骂人的技术比高个儿民警更高明。高个儿民警每骂她一句，她就以十倍于对方的杀伤力来回敬。结果骂来骂去，高个儿民警始终都处于下风。

此时院子里已经站满了看客，基本都是旅客，但没有一个敢上前劝阻的。

要说一个大男人，况且还是警察，站在院子里跟一个婆娘骂街，这多少有些搞笑，但这也足以说明，高个儿民警的确处于失控状态。

我以为事情发展到这一步，白如丽该知足了，谁知她非但不知足，反而显得更委屈。也许在她看来，躲在被窝里跟外面的男人对骂，这太不符合公平的原则，所以她一个劲儿地让我把她的衣服拿来，她要穿得整整齐齐地站到院子里与他对骂。

我驾驭不了局面也就罢了，又岂能由着她的性子胡来?

因此我走到窗户底下对她说："婶儿，您就别再火上浇油了好不好？人家警察只是发了几句牢骚，又没把咱们咋样，况且人家白白地在外头熬了一夜。你怎么能这样跟人家过不去呢？"

然而白如丽根本不吃这一套："你是不是成心要让我光着屁股出去见人？我数三个数儿，你要再不答应，我真就光着屁股走出这间屋，到时候你可别后悔。我就说我是晓军他婶儿，晓军成心要出我的洋相。好了，我现在开始数数儿：一，二……"

当数到二的时候，我听到她的脚丫子着地的声音，知道她的话绝非空话，便紧张起来。一旦她真的光着屁股走出这屋，我可承担不了后果。

我来不及半点犹豫，赶快答应她："婶儿，别胡来！我现在就帮您去拿。"说时，我已经迈动了脚步。不到一分钟，我就把衣服给她拿来，从门缝里塞了进去。

她瞬间就穿好了衣服，然后把门打开。她站在高高的台阶上，用一种居高临下的姿态望着台阶下面要跟她一决高下的高个儿警察。也许站得高的缘故，看上去她比过去更显得英姿飒爽、美丽多姿。这情景很容易让人联想到那个年代电影中英雄人物亮相时的样子。

那一刻，我发现院子里所有的目光都一齐射向她。

而作为敌对的一方，刚刚还满嘴喷粪的高个儿警察忽然变得像个小绵羊似的老实起来，而且一句话都不说。也许那一刻他才意识到，作为警察，压根儿就不该跟一个妇女一般见识；或者，他从她那张美丽绝伦的脸上，找不出一丁点儿庸俗的成分，任何一句不中听或者不文明的话用在她的脸上都显得格格不入。

然而，白如丽并没有因为敌人的突然变老实而停止对他的攻击。她从台阶上一步步走下来，直至走到高个儿警察的跟前才停止下来。

“你刚才都骂我啥？你再骂一遍我听听？”她掷地有声道。

高个儿警察不知如何回答，他的搭档忙替他作了回答：“刚才是他的不对，我代表他向你赔礼道歉。”

白如丽大笑道：“他自个没长嘴巴吗？”

矮个儿警察咽了口唾沫，没再说别的。

突然，高个儿警察像被注了一针强心针剂似的叫道：“伙计，跟她这种人还废什么话？咱们手里有证据，还怕她不低下头来向咱们认罪？”

“有证据？”白如丽明知故问道，“有什么证据？拿来让我看看？”

高个儿警察拉开公文包的拉链，让里面的那张“供词”只露了一点角，就急忙把它放回去，然后说：“这就是证据。只要有它在，一百年你都翻不了这个案。”

然而白如丽又是一阵开怀大笑，之后说：“证据？我瞧啊，还不如一张废纸，我用它擦屁股都嫌脏。”

不知是谁笑了一声，但马上就卡了回去。

只见高个儿警察满脸狐疑地说：“你自己签的名儿还在这儿呢。”

“是吗？”白如丽满含嘲弄地说道，“多给你签十张也行，你藏好了，别丢了满街哭啊，哈哈哈。”

眼瞅着最有杀伤力的把柄被如此作为笑谈，两位民警显然有些心虚，特别是高个儿民警，此时比谁都狼狈。

他们当然不会这么容易就败阵而归。既然化肥厂那边说工作太忙，没工夫过来领人，那没关系，他们亲自送人过去也就是了。反正他们豁出去了，不把我们搞臭，绝不会善罢甘休。

姑且不说民警把我们送去以后会对那里的领导说些什么，单是我们的身份就成问题。我们压根儿就不是化肥厂的人，如今让我们以化肥厂职工的身份去见那里的领导，那场面让我不敢想象。

我别无他法，只有在心里埋怨白如丽不该跟高个儿民警再来第二次交锋。这下可好，你栽了跟头不说，连我也跟着受连累。要是知道事情会闹到这步田地，打死我都不会跟她一块儿进城。

我一边在心里骂她，一边又期望她有绝处逢生之计。

只见她柳眉一扬，桃花眼含笑道："好啊，我正愁去厂里没人护送呢，走吧——"

我真是想不通，眼看就要走向绝路了，还这么讲排场，这得需要多大的肚量？这还是正常人说的话吗？

两位警察看她这么爽快，虽然也有些狐疑，但还是愉快地迈出了第一步。

我赶快阻止他们："不用你们护送，我们自己去就行。"

警察不同意我这么做，一定要我跟他们一块儿走。我只好用求助的目光看了白如丽一眼，希望她能替我说句话，然而她却说："我也不同意你这么做。"

不同意我这么做我也得这么做，我想，你丢得起这个人我可丢不起，就算我丢得起，我也不能这么做。一个跟化肥厂八竿子都打不着的人硬说自己是那儿的职工，而且是带着一身的脏水去见那里的领导，天知道又会有什么灾祸发生？

然而，她历来说一不二，此时也绝对没有商量的余地："你去也得去，不去也得去，只要有我在，天就塌不下来。”

我知道再没有第二条道儿可供我选择了，只好硬着头皮随他们而去，但心中打定主意，一旦酿成大祸，我必须让我爸埋单，谁让他做出这样的安排呢?

化肥厂地处南关外，北靠八里河。八里河是条大河，因距县城八里地而得名。这就是说，化肥厂离我们所投宿的这家旅社要超过八里地。如果骑自行车行走，八里地应该说不算太远的路程，但如果徒步前行，那得走半个小时到四十分钟。

我和白如丽只有一辆自行车，可那两位民警连一辆自行车都没有。他们因为没有自行车，所以也不让我们骑车，只让我们推着走。

不过这样也好，我就有更充分的时间去想到了化肥厂以后该怎么办了。

刚要出城，前面胡同口突然出现一个女孩子的身影，很像我们村的兰花。眼看她就要从我们的视线中消失了，我不由自主地叫了一句："兰花姐，你要去哪儿？”

兰花正要往另一个胡同里拐，忽听有人叫她，马上转过头来，一看是我和白如丽，也好奇道："你们俩来干啥的？”

我无法向她解释，甚至后悔不该跟她打这声招呼，故而吞吞吞吞起来。

好在兰花不是话多的那种，她看我欲言又止的样子，只好把我撇在一边，去跟白如丽打招呼。

要说我们村的女孩子有一个算一个，只要在村里遇上白如丽，没有一个愿意主动去搭理她的。可这里是县城，离家好几十里路呢，所以兰花不能不跟她打声招呼。

“婶儿，您也来了？”

白如丽爱理不理地“嗯”了一声，算是给了她回应。看来她无论走到哪儿，都改变不了不好与人交往的坏毛病。

我一看白如丽不冷不热的样子，再想想自己此时所面临的困境，便招呼兰花说：“兰花姐，你忙你的去吧，我还有事儿。”

我正要走，兰花却上前拦住我：“弟弟，你先别走，我想求你帮个忙。”说时，她的神色有些暗淡，像是受了很大的委屈。

我心说，我现在都已经是泥菩萨过河自身难保了，哪还有精力帮你?

不过我一向乐于助人，最不忍心看到别人痛苦，所以我还是强打着精神说：“兰花姐，有啥事儿你说，不过现在不行，我得把那边的事情处理完了再来找你。”

看得出兰花的心情很沉重，可她似乎又有什么难言之隐，她拉了下我的衣服，央我找个地方说话。

我既不好推辞，又不便答应她，正左右为难，白如丽突然说话了：“光天化日的，一个大姑娘跟一个小伙子在大街上拉拉扯扯的，没长眼睛吗?站在你跟前的是警察，不是挖大粪的，你就不怕警察把你们抓起来游街吗?”

兰花还没说话，我便责怪白如丽道：“婶儿，您这是干吗呢?兰花姐有麻烦了还不能跟我说说?”

“谁不叫她说了?”白如丽一看我这么护着她，马上把枪口对准了我，“我是把她的嘴给堵上了，还是撵她走啦?你不要乱说!”

“婶儿，消消火，我没别的意思。”我叫苦道。

“还嘴硬!你这是咋说话的，警察，你们给评评理，他这叫什么行为?”

警察当然不会断这种口舌官司。

我不想因为这点小事儿再惹乱子，就连哄带笑地求她原谅。

好在她没有再纠缠，我便向警察请示道：“警察同志，这是我街坊的一个姐，挺老实的，想跟我说几句话，你们能给我提供点儿方便吗?”

两位警察相互看了一眼，然后共同说出三个字：“你去吧。”

我正要说声“谢谢”，白如丽却插话道：“不行，就在这儿说。”

“婶儿，您也太过分了吧？”我受不了她这种飞扬跋扈的态度，一时忍不住，又激动起来。

“一点儿都不过分。”白如丽一字一顿地说。

我据理力争：“兰花姐不想当面说，您这不是强人所难吗？”

“这没什么。”白如丽振振有词道，“我白如丽最反对偷偷摸摸干事的人。既然不是啥好事儿，那就不能掖着藏着，让大家都听听。”

看来有她在场，什么事情都做不成。我不敢使矛盾进一步激化，只好用征询的目光看了兰花一眼，希望她能改变主意。

兰花不是很会随机应变的女孩，看这情景只有左右为难，眼泪都掉下来了。

“你哭什么呀？谁怎么样你了？真是的。”即便到了这种地步，白如丽依旧没有改变刻薄的态度，这让我不得不怀疑，她还有没有一点怜悯之心？

我赶忙去安慰：“兰花姐，别哭了，有我呢，再说这里还有警察。”说时，我看了警察一眼，希望他们能说句响亮的话。

谁知还没等警察说话，兰花就哽咽道：“我不相信警察，我只相信你。”

这话太让我大跌眼镜了，我不知道我一个乳臭未干的小破孩子何德何能，比警察在她心目中的地位还高。不过透过她这句话，我也越发感觉到，她的委屈远比我想象的还要大。

此时，我已经完全忘记自己所面临的处境了，用一种近似侠士的口气对她说：“姐，别伤心，既然你都这么说了，那就快告诉我。我向你保证，有人欺负你的话，我绝饶不了他。”

可能我这句豪迈的话说到她的心坎儿上去了，她一边擦泪一边抽搐着对我说：“弟弟，你说话可得算数，我真被人家欺负了。”

“谁欺负你啦？”我马上问。

“照相馆的那个摄影师。”

一听“摄影师”这三个字，我的脑袋“轰”的一下响了。据说他利用工作之便，没少糟蹋了女孩子。

眼瞅着兰花姐被欺辱，我气得咬牙切齿，也不管白如丽和警察是否反对，一把拉住兰花的手：“姐，咱们走。看我不把那个禽兽劈了。”

第二十三章　古怪的照片

“站住。”高个儿警察看我说走就走，急忙把我叫住。

我正要解释，白如丽却反问高个儿警察：“凭啥不让他走？”

“他的事情还没完呢，咋能走呢？”高个儿警察理直气壮道。

“他犯啥事儿了？”白如丽故意装糊涂。

“我说你这人怎么这么健忘？”高个儿警察晃晃文件包里的东西说，“证据还在呢！”

白如丽反唇相讥道：“你倒是记得挺清楚的，不过你忘了一个最不该忘的事实：那上面的字是我让他签的，有啥事你们找我，我难道还会跑？”

这显然又是强词夺理，可是高个儿警察愣是被她噎得满脸通红。

矮个儿警察一看事情又出现了僵局，便息事宁人道：“算了，就让他去吧。”

“不行。”高个儿警察不服道，“这不是明摆着没把咱们当回事儿吗？”

白如丽马上接过话茬儿：“还有脸说！小孩子家有麻烦了都不找你们，可见你们平常没干过几件像样的事儿。”

“你……”高个儿警察指着白如丽的脸，半天却说不出下文。

“我怎么啦？我说得不对吗？”白如丽把他的手推开。

矮个儿警察把高个儿警察拉到一边小声嘀咕了几句。高个儿警察虽然还有些不服，却没再多说什么。

出了这个小插曲，我对白如丽不禁有了新的看法。我认为，刚才她口口声声要让兰花当着警察的面说明情况，其实就是想让我借此机会离开这里。偏偏我搞不懂她的意思，现在想来实在有些惭愧。

临走，她就像数落自己的孩子似的数落我说：“瞧你这毛手毛脚的样儿，看见就叫我头痛。刚刚姑娘只对你说了个开头，你就准备把命豁出去。你的命就那么不值钱？你有几条命可以豁出去？还有，姑娘说了，她只相信你一个人，连警察都不相信。你可千万别让人家失望。好了，我的话说完了，你们走吧。”

就这样，白如丽让我堂而皇之地离开了这摊水。我实在想不明白，不早不晚兰花怎么这么巧遇上了我？就好像这一切早有人安排好了似的。我在激动之余，也隐隐有一种不安，天知道接下来还会发生什么天灾人祸？不过想想白如丽教导我的那几句话，我的心里又安慰了许多。

来时我把自行车留给了白如丽，现在我和兰花肩并肩地走在大街上。帅男靓女这么近距离地走在一起，很容易让人觉得这是一对恋人，我们也确实吸引了不少路人的目光。不过，我并不觉得这是一种享受，反而觉得很别扭。

我偷偷看了兰花一眼，看她也是否跟我一样别扭。没想到她非但不显得别扭，反而比刚才平静了许多。

她看我在看她，有些不好意思，就寻了个别的话题：“你们到底犯啥事儿啦？”

我说：“没犯啥事儿。”

“那警察为啥不让你走？”

我不想回答这个问题，再说三言两语也说不明白，就回绝她：“别问那么多了，说了你也不懂。”

一来她有心事；二来她看我极力回避，就不再追问。

然后，我问她：“你怎么一个人？你自己从家走到县城的？”

“当然不会。我本来没打算今儿个来，刚好俺姥姥村里的拖拉机来县城办事，我就坐个顺风车来了。”她说。

“哦，是这样。”

“晓军，我没被欺负。”

“啊？”

“怎么说呢？”她吞吞吐吐了一阵子也没能说出个只言片语。

我马上换了一种问法：“那你说我咋帮你？”

她没有回答，只是放慢了脚步，最后在一棵垂柳树下停了下来。

她把手插在衣兜里摸索了一阵子，等抽出来时却什么都没拿。

我看她眼里噙着泪水，就不敢唐突去问，只能耐心等待答案。

时不时有人擦肩而过，忍不住看我们一眼。更有几个小青年故意在我们的耳边吹响口哨。

她又把手插进了兜里，这回倒是掏出来一样东西，是一张二寸照片。她拿在手里，却又把手缩了回去。

我不禁想，不就是一张破照片吗，至于这么神秘吗？当然，女孩子因为照片照得不满意跟摄影师发生摩擦这也是常有的事，如果仅仅因为一张照片不满意就这么大反应，这就有点小题大做了。幸亏这事儿没有告诉警察，不然那两个王八蛋不把她骂死才怪。

这样一想，我扑哧笑了，然后半认真半玩笑地说道：“我明白了，你是觉得照片没照好？这事儿好办。姐，你看我的，待会儿我带你去找摄影师，让他给你重拍。他要是不答应，咱们把照片撕了，摔到他的脸上，我再带你去别的照相馆照去，这钱不用你出，我出，横竖也花不了几个钱，就当我请客。”

我原以为这番话能把她说笑了，谁知她非但没笑，反而比刚才的脸色更难看。

这我就搞不懂了，我没说错什么呀！不是我吹，平常我别说用这种极富煽动性的语言去劝说某个女孩子，哪怕用这话十分之一的分量去跟女孩子说话，女孩子都会如影随形地跟着我，没准儿晚上做梦都会呼唤我的名字。但不知兰花今儿个是中了哪门子邪了，居然这么不给我面子。

看来只要她不揭开谜底，就算让我猜想一万年也不会有结果。

她看我一副彷徨的样子，只好狠下心来把照片递给了我。

我接过那照片，只看了一眼，就惊得差点儿吐血。

原来照片上不止她一个人，还有一个男的，年龄跟我差不多。关键是那男的面对着她，做出要跟她亲吻的样子，她居然笑靥如花地迎合着他。这太不可思议了，她怎么能照这样的照片呢？

当然，这样的照片要是放在今天，太平常了。别说一男一女做出要亲吻的样子，就算把身体完全重叠在一起，也没什么大惊小怪的。但问题是，那个年代不像今天这样开放。

更要命的是，那男的应该不是她的未婚夫，据我所知，兰花虽然已经到了谈婚论嫁的年龄，却至今还没有许配人家，至少婚姻之事还没有对外公开。那么，这个男的究竟是什么人？他们俩又是怎么勾搭在一起的？他们勾搭在一起也就算了，为什么还照这样“见不得人”的照片呢？这不是明摆着授人把柄吗？而在照片的背后又发生过哪些不为人知的事情？凭我对兰花的了解，她并不是一个生活很随意的女孩子，那么究竟什么原因使得她做出如此荒唐的事情？照片都拍了，我能帮上什么忙呢？

对此，兰花只说了五个字：“我不认识他。”

“你说什么？”我简直不相信自己的耳朵，“你不认识他？这相片……”

“我就是不认识他，我是一个人照的相，你别再这么逼问我好不好，我求你了。”她越说越激动，而且声音也变得嘶哑起来。看得出她绝不是在骗我。

这时，有位老太太走来，批评我说：“小伙子，对待女朋友可不兴这样。”

我白捡了个大便宜，却一点也乐不起来，忙对她苦笑道：“谢谢大妈，我知道了。”

等老太太一离开，我立刻又把脸拉下来：“那好，我不逼你，请你慢慢告诉我，这到底是怎么回事儿？”

“我说过了，我不认识他。”她翻来覆去就这么一句话，这不得不让我满腹疑惑。

不过我想，既然她找到了我，并且对我极其信任，我就不应该对她这种态度，而应该广开思路，尽可能使这件事有一个合理的解释。

我忽然想起了某个反间谍电影（电影的名字我现在已经记不得了，当时记得，并且还提到了它）里有这么一个情节：敌特分子想利用我方一名医务工作者为他们做事，但苦于这位医务工作者的太太思想进步而且明察秋毫。无奈之下，敌特分子就想了个离间之计：通过技术手段把这位太太的照片跟一位陌生男人的照片拼凑在一起，乍看上去，就跟这两个人照的结婚照似的。这位医务工作者不明是非，就稀里糊涂地上了敌人的当……

这个案例告诉我们，敌人为了达到不可告人的目的，什么卑鄙下流的手段都能使用得出来，其中拼凑照片就是一个活生生的例子。

为了不上敌人的当，防患于未然，我专门购买了这部电影的影像版的连环画册。结果发现，用不着花费太大的精力和代价，只需稍加留意，就能看出其中的蛛丝马迹。

结合这个案例，是否可以做出这样的推论：那位摄像师看兰花长得年轻貌美，想对她下手却遭到了拒绝，于是就学那个敌特分子的手段对兰花的照片做了手脚，以此来要挟她。

我越想越觉得自己的分析有道理，便对那张照片进行了仔细的辨别。

结果，我辨别来辨别去，非但没有找到一点儿造假的蛛丝马迹，反而觉得这张照片更加真实可信。别的不说，单是两人手臂接触所形成的褶皱都无法解释。还有就是两人的表情，一个迷离着双眼将嘴巴凑过去，而另一个笑靥如花积极配合，这简直就是你依我依的天生一对儿。

看来那位摄像师并没有在照片上做什么手脚。那么，这照片上两个人这么亲密又作何解释呢?

忽然，我又想到了一个问题，于是问："会不会照片发错了？比方说，有一个姑娘，跟你长得一模一样。照相馆的工作人员看你跟照片上的人是同一个人，一时疏忽，就张冠李戴，把人家的照片错发给你了。"

"不可能，绝对不可能。"她矢口否认。

"怎么不可能？"

"照片的编号日期全都对，还有，我当时穿的衣服以及头发等也全都一点儿不差。"

这就奇了怪了，不认识的两个人怎么会如此离奇地出现在同一张照片上，而且还表现得这么亲密无间?

我再次把目光投向那张古怪的照片。忽然我发现，照片中的男子不仅年龄跟我相仿，而且长相也有几分像，特别是那眉眼。如果拿着这张照片让不熟悉我的人看，十有八九会认定那照片中的男子要么是我的近亲属，要么就是我的同胞兄弟。

尽管我有遇见鬼的亲身经历，也与它们打过"交道"，但毕竟鬼这种东西来无影去无踪，很难用事实来证明它的存在。再说兰花跟我一样，也是高中生，也是从小接受无神论教育的彻底的唯物主义者，所以我最好还是别拿"鬼"这个字眼儿来解释事情的离奇性，大不了陪她去一趟照相馆，看看摄影师怎么说。

兰花其实也是这个意思。

谁知我这一去，不光没有帮上她的忙，而且自己也陷进去了。

第二十四章 又遇怪事儿

在去照相馆的路上，兰花又告诉了我一件令她头痛的事情。

原来她这张照片被照相馆的工作人员放大后当作样片悬挂在了馆里最显要的位置，以供青年男女参考。兰花取照片的时候，恰好有一大群人正对这张样片评头论足。人多口杂，说什么的都有，听得兰花差点儿没撞墙。

如果仅仅因为照片古怪倒也罢了，关键是兰花现在还没有订婚。一个还不知道婆家是哪家的姑娘拍这样的照片，今后还怎么做人？

而事实上，兰花不是没向工作人员提出撤销样片的要求，只是工作人员说了，我们费了很大的劲儿把样片做了放大还上了油彩，光是成本就比你身上穿的衣服值钱，哪能说撤就撤呢？就算撤也得过几天再撤！

兰花虽然满腹委屈，却被人家三言两语给打发了出来。

也许你会说，照相馆的人难道不知道侵犯肖像权是要负法律责任的？但问题是，那个年代还没有相关的法律。如果满大街去问“什么叫肖像权”，恐怕没几个人能答得上来。工作人员用几句话把兰花姐打发出门这还是对她客气呢，不讲理的根本就不搭理你，他们该挂照片还是挂。

了解了兰花这个心结之后，我就确立了自己的行动方向：首先把样片撤下来，之后再顺藤摸瓜弄清楚事情的来龙去脉。

照相馆是一座两层小楼，建造于十九世纪七十年代，到故事发生之时，已过了一百多年，这在县城也算得上是古老的建筑了。

你说怪不怪，我正要跨进照相馆的门槛，两条腿就奇迹般地抽起了筋。

好好的怎么会突然抽筋呢？我不记得我有过这方面的病。我下意识地打量了下兰花，看她有什么异常反应，只见她脸色蜡黄蜡黄的，就跟染了一层黄颜色似的，这跟她一贯白里透红的面色相比，简直判若两人。看样子她此时也被什么东西困扰了。

有那么十几秒钟，我的两条腿一动都不能动，就好像被什么东西拉住了似的。

兰花看我突然停了下来，很紧张地问："你怎么啦？"

我连忙解释："我的腿好像崴了一下，没事了，咱们进去吧。"

这时，照相馆的挂钟"当当"响了起来，总共响了十一下。

十一点整，这要按照我国旧时的计时规则就是午时之初。自古有这样的说法，午时是一天当中阳气最旺的时间，不应该有什么邪事儿发生。可不知为什么，这个时候我忽然有一种不好的预感，总觉得那钟声怪怪的，说得形象点儿，就像听到丧钟一样。

如果仅仅是我有这样的感觉也可能只是一种错觉，然而兰花似乎也有同样的感觉，因为钟声敲响的当儿，她的手在剧烈地颤抖，就好像触到了什么可怕的东西。

走进照相馆，只见大厅里空荡荡的，了无一人。按说这个时间，各行各业都是最忙的时候，不应该出现这种人去楼空的局面。最要命的是，前台也没人，顾客来了，谁来接待？

我正要放开喉咙呼叫一声"有人吗"，只听西山墙的柜台后面响起了一声咳嗽声。我吓了一跳，不由得循声望去，却惊奇地发现有一个男人正在柜台里面坐着。这个人看不出确切的年龄，长得实在是太寒碜了，寒碜得我都不知道怎么形容他才好。

首先，他的个子出奇地矮。矮到什么程度？说出来你恐怕都不会相信。他坐在柜台后面的高椅子上，挺足了胸脯才勉强露出半个脑袋，如果稍一低头，来人就很难发现他的存在。其次，他长得出奇地瘦，说他瘦得皮包骨头那是在赞扬他，一眼望去，他脸上的皮连骨头都包不住。再者，他的脸色出奇地苍白，苍白得就跟在坟墓前烧的纸人似的。

诸如此类的“出奇”还有很多，我不好一一列举，说多了就有人身攻击的嫌疑了。另外还有一点不得不说，他的口音出奇地难懂。他看我和兰花进来，便呜哩哇啦地说了一大通，我居然都不知道他说的是外语还是南方话。

我真是搞不懂，堂堂的国营照相馆，把这么一个人放在前台，除了能吓唬一下胆小的，还能发挥他什么长处？不过有一点我算是弄明白了，兰花的合理要求那么容易就被回绝而且她本人又那么容易就被打发出门，很大程度上要归功于此人的说服能力。

我原本打算一进门就命令前台把样片摘了，然后再让摄影师解释照片是怎么回事，可是现在看来，前台的事情必须得放一放。

所以，我跟兰花在下面停留了不到两分钟，就决定上楼。

楼梯很陡，而且拐弯抹角，每往上爬进一级，都很费劲儿。好在我和兰花都很年轻，“噌噌”几下就上去了。

摄影室里黑咕隆咚的，好像里面没人，也许摄影师在更衣室里休息。我没有叫喊，想走进去看看情况再说。

可能是因为我们在太阳下待的时间太久，乍一来到这没有灯光的摄影室里有些不太适应，此时我感到眼前一片黑暗，什么都看不到。

一来兰花已经碰过一次钉子了，未免有几分紧张；二来这地方不仅黑暗，而且阴森森的。所以，兰花一走进这地方，就把大半个身子贴在了我的身上。

我有些不太适应，就用手轻轻推了她一下，要她别离我太近。

然而兰花不仅不理会我的意思，反而把身子跟我做了更紧密的接触。黑暗之中，我甚至能感受到她心跳的声音。

脚下是木地板，木地板只要被轻轻敲上一下，就会发出很响亮的声音。我们行走在这上面，更像是用重槌在打鼓。

我再次恳求兰花别这样。不料兰花却对我说："我害怕。"

"大白天你害怕什么？"我嘴上这么说，可心里也有一种莫名其妙的恐慌。

"我有一种感觉。"

"咋啦？"

"我也说不出，反正不好。"

我停下脚步，也隐隐约约觉得不对头。然而这种感觉我又好像在哪儿经历过。仔细想了下，我忽然发现之前在海子凹，还有昨天夜里出事前在旅店，都有过这样的感觉。

恰在这时，一个苍老的声音在整个摄影室里扩散开来"谁在说话？"

我不知道如何介绍自己。突然，摄影室里所有的电灯全亮了。

一时间，我的两眼被强烈的灯光刺得生疼。我不得不暂时把眼睛闭上，稍作调整再睁开。

然而，当我睁开眼睛时，一个白白胖胖、看上去五十岁开外的秃顶老头已经站在了我们的面前。

不用问我就知道，此人一定是那位家喻户晓、妇孺皆知，而且在全县风流史上书写下重要一笔的梁摄影师。

不知梁摄影师是本能地受异性的吸引，还是他压根儿就不希望在这个漂亮女孩的身边站着一个同样漂亮的男孩。总之我从看见他的第一眼起就发现，他那色眯眯的目光老是在兰花的脸上以及胸脯上打转，而完全无视我的存在。

"还是因为那张照片的事儿吧？"梁摄影师看兰花根本不拿眼睛看他，只好明知故问。

兰花点了下头，随之又把目光转向我，意思是下面的事由我为她代言。

要说一个五十多岁的人，不可能看不懂这么简单的肢体语言，可他愣是不肯看我一眼，就好像跟我结下几辈子冤仇似的。因此我更加认定，那照片肯定被他动了手脚。

“我都解释了一百遍了，那张照片就是你的，绝对错不了，我敢以人格担保，可你就是不听，又来找我，你让我说你什么好呢？”梁摄影师说得唾沫横飞，既像是在埋怨，又像是在讨好，唠唠叨叨，就跟嚼舌头的婆娘似的。

我再也忍不住了，便接过话茬儿：“你什么都不用说，你只说说这照片上的男的是从哪儿弄来的就行了。”

“你这话是什么意思？”

“我的意思很明白，照片上的这个男的我们都不认识，纯属子虚乌有。”为了把问题说得更清楚，我特意把照片拿出来，并且指着那男子的脸说道。

梁摄影师当然无须再看那男子长得什么样子，只是疑惑地望了我一眼，然后问兰花：“他是谁？”

不等兰花回答，我就说道：“我是她弟弟，她是我姐姐。”

“不对吧？”他怀疑道。

“有什么不对的？”我冷笑道。

他没有回答，却用目光在我的脸上来回不停地搜索，似乎我的脸上隐藏着什么秘密。

我想，你不就是想从我的脸上找出我跟兰花不像姐弟俩的依据吗？不信就你这肉眼凡胎也能瞧得出来？就算你觉得我俩长得毫无相像之处，这能说明什么？

突然，他从我的手里抓过照片，指着那上面的男的说：“这不就是你吗？”

我说：“这人只是跟我有点像，可并不是我，再说我也没跟我姐一块儿照过相。”

他阴阳怪气道："蒙谁呢？我眼神不咋好，是不是本人还能辨得出来的。"

我急了："你胡说，明明是你在这上面做了手脚，却恶人先告状，你这事处理不好，我立马送你去派出所。"

他听了这话，非但不害怕，反而更加嚣张："送我去派出所？好啊！老子哪儿都去过，就是没去过派出所，你别吓得不敢去就行。"

我简直被他气晕了，这就要伸出拳头给他一个满脸开花，却被兰花没死没活地拉住。我打不着他，就破口大骂："姓梁的，你别人模狗样的，我还收拾不了你了！"

梁摄影师一看我要动真格儿的了，不敢再逞能，吓得急忙躲开，而照片掉落在地上了。

我弯腰去捡，这时怪事发生了。

明明那照片上的男人我们谁都不认识，可此时再看时，照片上的人竟然变成了我。

我怀疑自己一时没看清，便擦了下眼睛，又仔细辨认了一下，千真万确就是我。

这怎么可能？在来这儿之前，我都反复确认过无数遍了，虽然他有点像我，但并不是我。但现在却变成了我，这太不可思议了。

原本吓得东躲西藏的梁摄影师一看我突然不说话了，悄悄地从布景后面探出半个脑袋，只是还不敢靠近。

我急忙让兰花看照片。

兰花看过，惊讶地叫了一声："怎么是你了？"

梁摄影师听到后，大着胆子走出布景，回到刚才站的地方。

"小伙子，还去不去派出所啊？"他看我蔫了吧唧的样子，越发挑衅。

我不理他，依旧望着照片出神。

他突然大叫道："你这是在无理取闹你知道吗？我完全可以去法院控告你。"

我知道他这是在虚张声势，不过我也想好了退路："你别得意得太早了。"

"什么意思？"

"这张照片是不是你主张放大的？"我问。在上楼之前我已经想好了，假如他矢口否认，我就说这事儿是下面那人告诉我的，反正那人的话没几个人能听懂。我只要一口咬定我听到的就是那个意思，这嘴官司就永远没个胜负。

"是，你想干啥？"还好，他承认了。只要他承认了，那我就更有话语权了。

"你这样做不行。"我斩钉截铁地说。

"做罢了，你能咋的？"他摆出一副死猪不怕开水烫的样子。

我一猜就知道他会这么说，便明确告诉他："你得摘下来。"

"不摘呢？"

"你会后悔一辈子。"

他又大起了胆子："你还能把我怎么样？"

"说出来会把你吓死。"

"你尽管说。"

"其实这办法也是让你给逼出来的。你不是觉得这张照片好看才挂的吗？真是无巧不成书，你的照片我也搞到了几张。我会把你的照片画成漫画，同时附上一些文字，然后在县城里给你贴上个几百张。宣传宣传你的光辉形象——你干过的那些风流烂事儿，叫咱县里的乡亲们都了解了解。怎么样？我这种创意你还满意吧？"

梁摄影师听了立刻拉住我的手求饶："兄弟手下留情，我这就下去把照片摘了。"

第二十五章　化肥厂大门前

梁摄影师把样片卷成桶状，双手递给我："老弟，这张照片就归你了，一定要好好保存哦。不打不相识，以后咱们就是朋友了，以后有用得着我梁某人的地方，尽管开口，我一定给你跑腿儿。"

兰花看我毫无反应，就推了我一把："跟你说话呢，你怎么一点反应都没有？"

其实他们在说什么我听得很清楚，只是因为我现在又发现一个诡异现象，有些心不在焉罢了。见兰花催我，我便回应说："那就多谢了，咱们后会有期，再见。"说完，我拉着兰花的手就走。

兰花被我拽得踉踉跄跄，叫苦道："你这是怎么了你？我又不是不会走路？哎哟，我的手好痛啊！你能不能轻点儿？"

不管她怎么叫，我愣是抓住她的手不放，一味地向前赶，心中只有一个愿望：尽可能远地离开这个鬼地方。直到我听到有人说我："这年轻人是不是疯了？"我才把她放开。

兰花本来就怕羞，如今发现满大街的人都在看她，更是脸红得要命。

"你到底是怎么了？"她埋怨我说。

我不敢告诉她我看到了什么，怕把她吓出个好歹，就说："没事儿。"

"没事儿干吗这么神神秘秘的？"

我不知道怎么向她解释，就连哄带骗说："我不想看到姓梁的那熊样儿。"

“他不是被你制服了吗？”

我不想再谈及这个话题，就把她带到一个人少的地方，然后把那张放大的照片撕碎扔进了垃圾桶里。

然而，当我要把二寸版的照片连同底片也随之毁掉时，她却拒绝了。

“为什么？”我不明白她为何拒绝。

她只笑不答。

我又问了一遍。

她笑道：“我觉得好玩儿。”

我晕，因为它差点儿酿成大祸，她却说好玩儿，我口气生硬道：“早说好玩儿，干吗还费那么大周折？”

“瞧把你急的，不就是几张照片吗？吵也吵了闹也闹了，你就不能让我留个纪念？”

我苦笑道：“咱姐弟俩生在一个村子里，长在两棵大树下，用得着这么纪念吗？快把它毁了，别让我看见头痛。”

“是我做纪念，又不是你做纪念，你头痛个啥？”

“好姐姐，别闹了，就算我求你了。”

“不成。”

我看她软硬都不吃，只好说：“兰花姐，该说的我都说了，可你就是不听，我也没办法。不过有一点你得答应我。”

“啥？”

“千万别叫别人看见。”

“这还用你教吗？”

我看她的事情该告一段落了，就对她说：“姐，好不容易来一回城里，今儿你打算到哪儿转转？”

“随你。”

看来她误会我的意思了，我原本是不想她跟我一块儿去化肥厂，怕被人议论，所以我不得不明确表态说：“随我不行，我还有别的事儿，不能陪你。”

“你能有啥事儿？”她八卦道。

“这你就别问了，反正有事儿。”

“只要不是相亲，你去哪儿我就跟你去哪儿。”

“我去火葬场你也跟我去？”我不高兴道。

“只要你去，我就跟你去。”看来她是跟定我了。

我后悔当初不该跟她打那声招呼，结果害得我遇到那么多麻烦不说，到头来还给自己留了一条尾巴。

按说我可以不去化肥厂，可是我老惦记着白如丽和那两位警察，另外还有我爸。再说白如丽还是为我爸的事儿来的，这个时候我要是溜了，就太不仗义了。就算前面是地雷阵，我也得冲一把，免得以后见了白如丽，没法儿向她交代。

我又一想，也好，反正我也豁出去了，她爱怎么着就怎么着吧，大不了也跟警察一样，认为我跟白如丽真有一腿，而一气之下把照片毁了，那反而成了一件好事儿。

闲话少说，我看甩不掉她，就和她一块儿去了化肥厂。

我们来到八里河桥头时，已是十二点左右，远远地看见化肥厂大门前聚集了一堆人，少说也有四五百。

我不知道这么多人都打哪儿来的，走到近处才发现，绝大多数都是我们村的。

“天哪，咋来这么多人！”兰花也惊叹道。

只见我爸垂头丧气地从大门里头走了出来。

这时，群众一下把他围住。

由于人太多，我根本挤不进去，再加上我爸的声音又太低，所以，我爸说的我一句也没听到，我所听到的全都是村民的埋怨与叹气声。

看样子三千块钱板上钉钉是拿不回来了。可是我还是想不明白，村里办事的人为什么不把钱直接交到财务上却交给了何厂长？何厂长到底是携带巨款逃跑了，还是化肥厂压根儿就没这个人？

过了一会儿，一位化肥厂退休的老同志告诉我们说：“化肥厂原本是有一位姓何的厂长，只是这个人早在五年前就已经死了。由于当时他死得很离奇，甚至连尸体都没有找着，案子也一直没有破，所以，直到今天，他使用过的办公室以及办公室里的物品都没人动过。据你们的人讲，昨天他们是在何厂长的办公室里办的交易。这就怪了，办公室的门一直是锁着的，都锈坏了，打都打不开。”

马上有村里人说：“何厂长收据都写了，这难道还不能说明问题吗？”

“关键是那收据上的内容写得相当模糊。一是收款日期没有注明年份，因此化肥厂有理由认为这是几年前发生的事情。二是没有使用标准格式的收款收据，而是使用的便条，而且也没有注明化肥款，因此化肥厂有理由认为这是何厂长个人的行为，跟化肥厂没有关系。”

我私下里问了一位村民：“咱们的人咋不把款子直接交到财务上，就直接给了厂长？”

那人说：“当时财务上的人已经下班回家了，可是咱们的人购化肥心切，就把钱交给了何厂长，让何厂长代交。”

“何厂长一定是拿钱跑了。”我说。

“但问题是，咱们是在他办公室办的事，他们说办公室废了不少时候了。”

显然这又是一起诡异事件，看来除了白如丽，谁也解释不清。

不巧的是，白如丽偏偏遇上了警察，这事儿就有些麻烦。

我在人群里找了一阵子，没有看见她，一时心急火燎，决定去化肥厂里问问情况。

这时，兰花一把拉住我：“你要去哪儿？”

我很不高兴地说：“你老纠缠着我干吗？”

她显得很委屈：“谁纠缠你了？我不就是随便问问嘛！”

“我早就说了，我有事儿，真的有事儿，你让我说几遍？”

“我又没耽误你办事，你干吗对我这么凶？”

“这能怪我吗？村里这么多人都在这儿，你非得寸步不离地跟着我，你让别人怎么说我？”

“爱怎么说就怎么说呗，反正我们俩又……”话没说完，她就哭了。

想她当时的样子，真够可怜的。我就想不通，我们俩都老大不小了，在众目睽睽之下黏在一起，我都有些吃不消，她却跟捡了个便宜似的，这到底是为什么呀？直到若干天以后，我才明白过来，她完全是不得已而为之。

当下我实在拿她没辙儿，只好让她跟我一起去。

可是，我们刚要进化肥厂的大门，就被门卫挡住了。

“为啥不让进？”我问。

“厂长说了，谁都只能出不准进。”门卫说道。

“我有急事儿要见你们的厂长。”

“不管有什么事都不准进。”门卫态度强硬道。

我知道跟这种人打交道急是没有用的，只能软磨硬泡。于是我就把所有能想象到的好话都说给他听了。无奈他始终就俩字：“不行。”

既然进不去，那我只好退而求其次：“你能不能让厂长过来见我一面？”事到如今，我早把个人的荣辱置之度外了。

门卫上下打量了我几眼，可能是觉得我这话有点自不量力，便嘲弄道：“厂长没空儿见你。”

进又不让进，见面又不给面子，我只好再降条件：“那麻烦你给警察传个话，让他过来见我一面这总行吧？”

“警察？”门卫有些惊讶，“什么警察？”

连警察都看不出来，也不知道这门卫是干什么吃的。想想自己是求人的，还是少说怪话，我便耐着性子对他说：“大概在不到一个小时以前，有两名警察——一高一矮——带着一女的进来，那女的二十五六岁的样子，你没看见？”

门卫听了，莞尔一笑，不无幽默道：“小兄弟，你是不是觉得化肥厂遇着的事还不够邪乎？还想再加点儿料？从早上八点到现在我都没动半步呢，哪儿来的警察？”

这回轮到我惊讶了：“你说什么？警察没来过？怎么可能啊？”

“警察来了，还叫你们一堆人站在这儿闹事？今儿个不能进，有事过两天再来，快走吧。”

我看门卫不像是在说谎，于是就想，也许那两位警察一看化肥厂的事情这么复杂就没敢进去。那既然这样，白如丽哪儿去了？怎么没看见她？再说警察要是回了派出所，我们也应该在路上遇到，怎么连警察的面我们也没有见着？

找。不信就找不到他们。

按说村里有这么多人在场，我随便打听几个人兴许就能找到白如丽。可是白如丽不是一般人，打听她——不次于打听一个杀人犯的情况——别人会反过来在心里盘算你跟白如丽是啥关系。

事情往往会是这样，一开始怎么看都是坏事，当发展到一定的阶段时自然而然就变成了好事儿。比方说兰花，我怎么都甩不掉她，可是现在看来她倒成了我最好的帮手。

果然，我把寻找白如丽的事向她一说，她满口答应：“小菜一碟，这事儿包在我身上了。”

事实证明这事儿也真的多亏了她，如果不是她一眼看见白如丽，我真不知道还要浪费多长时间。

而此时的白如丽正在人群外头很远的地方跟那两位警察争吵。

我晕，警察口口声声要带我和白如丽去见化肥厂的领导，白如丽也口口声声要让警察护送着去见化肥厂的领导，眼瞅着都来到化肥厂门口了却不进去，而在外面争吵，这到底又是为了什么？

我想了半天，觉得只有一种解释：警察要等我一块儿进去，白如丽不同意，所以就吵了起来。

既然如此，我现在就应该回避。没准儿他们吵不了多久，就会将我丢到一边，而由白如丽一个人去面对后面的事情。

毕竟我现在正躲在暗处，没必要担心我会被警察瞧见，但又实在想弄明白那边的情况，也着实为村里的事情感到不安。想了下，我觉得让兰花过去打探一下比较合适，就把自己的想法告诉了她。

兰花二话没说，一溜烟儿地跑了过去。

没几分钟，她就跑来告诉我说："那两名警察要回派出所，可是白婶死活不让他们走。"

这我就更晕了，警察要走，我们应该高兴才对，可是白如丽为什么不让他们走呢？因此我问兰花："为啥？"

兰花摇头道："这我就不知道了。"

"你再去打探一下。"

兰花答应了一声又去了，然而这回她回来得更快。不过她是带着一脸的沮丧回来的。

"怎么样？"我问。

"她骂我。"兰花毫不掩饰地说。

"因为啥？"

兰花没有直接回答我，只是嘴一噘，没好声气地说："就她那脾气，你还不知道吗？"

我明白了，原来白如丽不喜欢跟别人说话的时候有人在旁边偷听，是我一时糊涂犯了她的大忌，结果让兰花受了这么大的委屈。

我一边琢磨着白如丽为什么会有如此反常的举动，一边身不由己地离开了原来的地方，而把自己整个暴露到白如丽和警察的视线以内。突然，我发现白如丽招手让我过去，还听到她可着嗓门在呼叫我。

去还是不去？听兰花那意思，白如丽此时正在气头上。倘若我这一去使得事态进一步变得严重怎么办？不去的话把她惹恼了又怎么办？

想了下，我觉得还是去。

第二十六章　失而复得

我怀着七上八下的心情走了过去。

没承想兰花依旧像跟屁虫似的跟在了我的屁股后面，结果一打照面就被白如丽骂得不能睁眼：“你来干啥？谁让你来的？你为啥跟他跟得这么紧？他是你男人还是你相好？你还要不要脸？你是不是打算跟他一辈子？他定过亲了你不知道？你让他娶几个老婆？你是不是存心把他的亲事搅和了？”

兰花哭着走了。

我担心她一时想不开寻了短见，就要跑过去劝她。

白如丽却呵斥道：“回来。”

我想说说我的担忧，岂料话没出口，就被她打断：“没什么大事儿，她死不了。”

我虽然还有些不放心，但既然她这么说了，也只好打住。

白如丽看我对她服服帖帖，越发显得趾高气扬。

我问：“婶儿，您有啥事儿？”

“你给我找两根绳子来。”她厉声说道。

“找绳子干吗？”我疑惑道。

“把这两个家伙给我捆起来，绑在化肥厂大门前的两棵大树上，让大家都来评价评价他们俩算什么货色。”

我心说，警察也是捆着玩儿的吗？所以没敢照办。

“快去啊！”

我笑道：“婶儿，您开什么玩笑呢？”

“谁有工夫跟你开玩笑？快去，我等着绳子用呢。”

我不明就里，又不敢盲目去办，便下意识地打量了下两名警察，看他们有什么反应。然而让我不解的是，他们俩都面带愧色。

我实在搞不懂，刚刚他们还耀武扬威，要送我们去见化肥厂的领导呢，现在却不敢进去，反而让被送的人嚷着绑起来，这到底是怎么回事儿？难不成他们是假警察？要不就是在来这儿的路上对白如丽动手动脚了？

我越想越觉得后一种推断最有可能。

我平生最恨的就是耍流氓，何况他们还是警察！我一把揪住高个儿警察的衣领，上来就是两个耳光。

高个儿警察被打，居然不敢还手，只是大喊大叫：“你怎么能随便打人呢？”

“打的就是你。”我攥紧拳头，准备给他来点儿更厉害的，谁知矮个儿警察一把抓住我的胳膊，从而使得我的拳头只是在空中画了一个圆圈，根本没有击中任何地方。

“去你妈的。”我恼羞成怒，一脚踹在矮个儿警察的腰部。

矮个儿警察倒退了几步，摔倒在地上。

我正要再施暴力，却被白如丽一把拉住。

我怒不可遏：“婶儿，别拉我，他们胆大包天，竟然敢欺负你。”

“就知道瞎猜。”白如丽道，“谁说他们欺负我了？”

“要是没欺负你，你干吗让我找绳子捆上他们？”

这时高个儿警察叫苦道：“误会，误会。”

“误会？”我走到高个儿警察面前，一字一顿栽赃地问道，“明明我们昨天夜里什么都没干，你硬要栽赃，还逼着我们写什么口供，到底谁误会谁了？我们还没喊冤呢，你倒喊起冤来了，你要是没干缺德事儿，我婶凭什么要把你绑起来？”

高个儿警察支支吾吾，说不出一句响亮的话来。

最后矮个儿警察告诉我，他们来到化肥厂大门前，看见聚集了那么多人，自然要问问情况。结果不问不知道，一问吓一跳。

五年前何厂长离奇死亡案正是他们两个负责侦破的。他们俩整整花费了两年时间，却一点线索都没找到，甚至连何厂长葬在哪儿都不知道。局长觉得这是公安局的奇耻大辱，一气之下把他们俩从局机关调到了县派出所。

每当想起这桩案子，他们俩就头痛得要命，没想到今天又碰上了，而且又跟何厂长扯上了关系，吓得想溜之大吉。

偏偏白如丽不让他们走，于是就发生了争执。

我弄明白了事情的来龙去脉，就问：“婶儿，他们愿意走就让他们走呗，你干吗拦着他们？”

“我说你是没长脑子，还是脑子进水了？”白如丽很生气道，“离了他们俩，咱能进得去化肥厂吗？进去了也轮不到咱说话。”

真是话不说不明。我简直对她佩服得五体投地。可是我又不得不想，事情一步步发展到现在，好像一切都在她的掌控之中似的。那么这到底是巧合呢？还是冥冥之中老天就做了这样的安排？

那两位警察一听这话，吓得没了主意。不过高个儿警察还是要问：“你们俩到底是不是化肥厂的职工？”

“这不重要，重要的是从现在起你俩得配合我行动。”白如丽毫不客气地对他讲。

“怎么个配合法？”矮个儿警察小心地问。

白如丽开怀一笑：“放心，我既不捅破你们没破案的旧事，也不让你们开枪杀人，你们待会儿帮我说句话就行。”

很快，我和白如丽在两名警察的关照下，很顺利地走进了化肥厂。那个刚刚阻挡过我的门卫看我神气十足的样子，居然连个屁都没敢放。

此时厂长正坐在办公室里发呆。他的面前放着一碗面，一口都没动，烟倒是吸了不少，整个房间都笼罩在烟雾之中。

看见警察来了，厂长倒水让座，一阵忙乱。

两位警察却不敢就座，而让白如丽先坐。

白如丽一点儿都不客气，就跟到了自己家里一样。

厂长看警察小心谨慎，倒是这个女人大大咧咧，不禁要问："这位是……"

高个儿警察马上介绍说："她是白……"刚说了个"白"字，却不再往下说了，因为他实在不知道该如何介绍她才好。

白如丽刚喝了一口水，还没来得及下咽，看见高个儿警察可怜的样子，"噗"的一下把嘴里的水全喷了出去，喷得厂长还有两名警察脸上身上全是茶水。

当众出了这么大的洋相，白如丽一点都不显得尴尬，反而责备我说："你还愣着干啥？还不快找条毛巾来替他们擦擦？"

有了这个小插曲，厂长不便再问她到底是什么来头了，把昨天发生的事情详细说了一遍。两位警察和我都听得很认真，只有白如丽交头接耳，就跟没事儿人似的。

厂长说完了，白如丽便起身道："那麻烦你带我们去何厂长办公室瞧瞧。"

一听说要去何厂长办公室里，厂长愣了一下。

"不敢去？"白如丽很不高兴地说。

厂长忙解释说："这位女同志好像还没听懂我刚才的意思。我说了，从何厂长走了以后，那个办公室根本就没人进去过，它那门上的钥匙就在我抽屉里面锁着。我可以负责任地说，开锁的钥匙绝对没人碰过。再说了，去那儿也没啥用。"

"我看没那么绝对。"白如丽说，"就目前的情况来讲，群众对这桩案子说得最多的就是'邪乎'。既然这样，咱也不走寻常路，要都像你这样，只会坐在办公室里绞尽脑汁地想，想到啥时候才能断案？”

厂长有些不服：“看看你就会破案？”

白如丽明确告诉他：“你现在带我们走一趟。这就是超常规超逻辑的方法。”

厂长用怀疑的目光看了她一眼，什么都没说，但意思再明白不过：警察都没说什么，你一个老娘们儿有什么资格对我指手画脚？

白如丽看他不肯配合，只好对警察说：“我的话不灵，那就请你们俩跟他说：带我们去何厂长办公室走一趟。”

两位警察已经彻底领教了白如丽的手段，丝毫不敢讨价还价，就像鹦鹉学舌似的把白如丽的话重复了一遍。

厂长可以不听白如丽的话，但不能不听警察的话，于是就带我们去了。

何厂长的办公室在院子的最后面一排。这排房子已经作为危房不再使用了。从这排房子到前面的建筑物之间少说也有五十米。这中间除了砖头瓦块，就是树木荒草，根本就没有人来过的痕迹。可见厂长并没有骗我们。我倒怀疑是我们村的会计在说谎，说不定他根本就把买化肥的钱私吞了。

厂长走在前面，我们几个跟在他的身后。脚下磕磕绊绊的，我们都走得很慢。厂长每走几步，就回过头来看我们一眼，似乎怕我们半道上偷偷折回去了。

此时虽然是中午时分，阳光很灿烂，可我还是感觉到这里阴森森的，似乎有某种神秘的东西躲藏在草丛里或者其他什么地方。要不是白如丽就在我身边，没准儿我的腿还得抽筋儿。

明知不可为却偏要为，厂长免不了还得唠叨几句：“我都说了一百遍了，这儿根本没人来过，可你们就是不信。你们都看见了吧？草都长这么深了，别说人了，连鬼都见不着。”

正走着，我突然发现附近草丛里有什么东西晃动了一下，随即就没了动静。我连忙拉了下白如丽的衣裳，小声对她说："婶儿，那边好像有什么东西在动。"

刚说完，高个儿警察便证明了我的说法："我也觉得是。"

厂长一听这话，立即停下了脚步。

警察看厂长停下了脚步，也跟着不走了。

白如丽看他们都不走了，便指着他们的脸说："瞧你们这点出息！还男人呢，胆子还没芝麻大。知道什么叫经不起风吹草动吗？说的就是你们这种人。"

我小声对她说："我确实看到有东西在动。"

"是吗？其实我也看到了，是只黄鼠狼。"她一边说，一边随手捡起一块砖头朝那草丛晃动的地方扔去，果然有一只黄鼠狼窜跑了。

大家虚惊了一场，刚平静下来，又遇到怪事了。

只听何厂长的办公室里有人的笑声。可是我们能清楚地看见那门上的锁还锁得好好的。一时间，我吓得毛骨悚然，再看看他们几个，也都脸色蜡黄蜡黄的。只有白如丽依旧不为所动。

白如丽让厂长把门打开。

厂长浑身颤抖，不敢开门。

白如丽从他手里抓过钥匙自己去开。

门被打开的一瞬间，几只老鼠像刮风似的从屋里跑出。

不用问，刚才那笑声分明就是老鼠们打架时弄出来的。

由于办公室长久没人来过，半空中结了不少蜘蛛网。桌椅虽然摆放得有序，但由于上面的尘土太厚，早看不出原来的颜色。

厂长没等大家站稳，又开始唠叨了："你们总不相信我的话。情况怎么样？还说交易是在这地方办的，你们那个会计编这瞎话你们也信。不如就这会儿把会计同志叫过来，问问他是咋把钱交给何厂长的。"

白如丽本来不想搭茬儿，一听提到会计，却说："是该让他来一下。"

不一会儿，会计就在高个儿警察的关照下来到这里。

会计是一个五十多岁的老头儿，老实巴交的，在俺们村已经干了几十年的会计了，在村里的口碑还算不错。

会计是带着满脸的忧伤和惶恐进来的。很显然，这地方实在无法跟他所描述的地方画等号。一进屋，眼前的一切让他不禁惊诧："不对，不对，怎么之前还干干净净的？这……这……是咋回事儿啊！"

"之前是啥样子？"白如丽问道。

会计满屋子看了一眼，连连摇头，却一口咬定："不是这个样子，绝对不是这个样子。"

"你是不是觉得屋里的摆设跟昨天不一样？还是屋里的东西比昨天多了还是少了？"白如丽换了个问法。

会计又仔细看了一圈儿，说："没啥不对，就是没昨天干净。"

"你的意思是，里面的东西除了不如昨天干净以外，一切还是昨天的样子，对吧？

"没错。"会计肯定道，紧接着又补充说，"还有，我昨天来的时候，也没看到房子外头有那么多的荒草，一点都没，干干净净的路，咋一晚上就全都变了样儿了？"

白如丽又问："你昨天把钱亲手交给何厂长的时候，旁边还有人吗？"

"没了。就我一个人。"

"这就不好说了，"高个儿警察插话道，"谁都知道，何厂长早在五年前就死了，你说你把钱交给了他，而且还没有第三者做证，你是不是想来个死无对证？"

"我冤枉呀，警察同志。"会计两腿一软，"扑通"一声跪倒在地上，"我当会计三十多年了，经手的钱堆积起来比我的个子都高，我一分钱都没昧过，您随便打听槐树村的人就知道。"

高个儿警察冷笑道："你叫我打听我就打听啊，俺们断案子要证据。"

会计磕头如捣蒜："警察同志，您要这么说，我一点儿活路都没了。

我也不怕死，我怕糊里糊涂死了，冤枉死了啊。”

我看他哭得如此伤心，就跟杨白劳欠了黄世仁的阎王债似的，很想对他说：“大爷，您不必伤心，共产党和毛主席会为您做主的。”无奈这里没我说话的份儿。

令我愤慨的是，即便到了这个份儿上，高个儿警察也没有忘记逼供的策略：“我们党历来主张坦白从宽、抗拒从严，我想这个你应该明白。只要你老老实实交代你所犯下的罪行，并且把不该拿的钱一分不少地退还给集体，我们会给你一个改过自新的机会的。”

“警察同志……”会计哭得鼻涕和眼泪满脸都是，只是不知道怎么才能洗清自己。

这时白如丽说话了：“起来吧。”

会计仍然跪着。

白如丽急了：“叫你起来你就起来，跪着能破案？”

会计也许觉得这不是一般的案子，对白如丽也抱有一丝希望，听白如丽命令他起来，于是就起来了。

白如丽问：“你把钱交给何厂长，看没看见他把钱放哪儿了？”

“我想想，啊，是放这个抽屉里了。”会计肯定道。

白如丽嘿嘿一笑：“那好办了，钱应该还锁在里头呢。”

“这怎么可能啊？”不知谁说了一句。

白如丽马上问：“谁说不可能？要不要打赌？”

没人敢搭茬儿。

白如丽于是命令厂长：“把抽屉打开。”

厂长倒吸了一口凉气：“我不敢。”

“你怕什么？”白如丽不依不饶道。

厂长只好哆哆嗦嗦地拿出钥匙，可是怎么插都插不到锁眼里去。我怀疑他太紧张手有些不听使唤，就主动帮忙去插，却同样也插不进去。原来锁里面早已生了锈。

“砸。”白如丽当机立断。

我赶忙找来一块砖头，却不敢去砸，生怕砸出什么祸事来自己承担不起，就让厂长去砸。厂长也不敢。

“两个没用的东西。”白如丽骂了我们一句，就从我的手里抓过砖头，对准那把生锈的锁，“嘭”的一下，就砸开了。

紧跟着，她“唰”地拉开抽屉，看都没看，从里面拿出一样东西来，“啪”地撂在桌上。

那是整整齐齐三捆十元版的人民币。

大家一时目瞪口呆。

好半天会计才反应过来。他一头扑过去，把那沓人民币紧紧地搂在怀里，就像搂着自己失散多年的孩子一样，还用发颤的声音说道：“这不是嘛。”

“你怎么能确认这钱就一定是你的呢？”白如丽冷冷地问道。

“你看——”会计指着捆钱用的字条说，“每一捆的字条上都有我的名字。”

大家围过去，果然每一张字条上都有“张学辉”三个铅笔字。

为了让两位警察和厂长更加心服口服，白如丽又特别指示道：“你先别太高兴了，你仔细数数，是不是正好是你丢的那三千块钱？”

会计数了数，不多不少，正好是三千块。

白如丽又让两个警察以及厂长分别数了数，果然一张不多一张不少。

这太不可思议了。

第二十七章　庆功宴[redacted]

一回到村子里，大队立即为白如丽举行了庆功会。在庆功会上，白如丽饶有兴趣地告诉大家：“其实那个死去的何厂长没想骗咱们，只是想捉弄捉弄咱们而已。”此时已经是夜里的十点多钟了。作为她的特别助理，我也有幸参加了这次庆功会。

“捉弄咱干啥？咱们也没招惹他呀！”有人说。

“你敢说没招惹他？这话连我都不信。”白如丽反驳道。

“是谁啊？”

白如丽扫视了下众人，最后把目光停留在我爸的脸上：“你们问他吧。”

一下子，我爸成了众人瞩目的焦点人物。

我爸一头雾水：“我没干啥啊！”

“你当然不记得，晓军记得。”

我自然也是一头雾水。

白如丽说：“还记得昨天打井的时候打出的那副棺材吗？躺在棺材里的那个人就是何厂长。”

大家一听此言，惊得目瞪口呆。

我早就说过，我总觉得哪儿不对劲儿，只不过我肉眼凡胎缺乏慧眼罢了。毫无疑问，当棺材被发现的一瞬间，那棺材里的人的阴魂已经漂流在外了。他很想找个合适的人帮忙说通我爸，别动这棺材。无奈在场有那么多人，居然没有一个人能说通我爸。后来我出现了，我想用一番肺腑之言说通我爸，可是我爸非但不听，还对我动粗。你说这个时候何厂长能不站出来帮我一把吗？正因为有了他的出手相救，我才躲过了一场杀身之祸，然而我爸却在错误的道路上又迈出了更加坚实的一步。这样想想，我不能不为我爸的处境担忧。

只听有人问白如丽：“听化肥厂的人说，何厂长死得奇怪，这又是咋回事儿？”

白如丽告诉大家说：“就是谁都知道他死了，却没人知道他死在哪儿、啥时候死的，连个追悼会都开不成。活不见人、死不见尸，这点奇怪。”

“他因为啥死的？”

“这得从一次诈骗案说起。五年前的一天，厂里来了一位业务员。几句好话就把何厂长给说蒙了。厂长就派人带钱跟这位业务员去了东北某厂。可是钱交上去以后，人却没了。”

刚说到这儿，就有人打岔道：“是交钱的人没了？还是收钱的人没了？”

“当然是收钱的人没了。”白如丽说道。

“那收钱的人是不是那个业务员？”

“嗯。”

“那被骗的钱后来又找到了吗？”

“找到了，而且一分不少。”

“那不跟咱们遇到的事情一样吗？”

“是有点相似，只不过等这钱找到的时候，何厂长已经死了。”

“啊？”很多人都很惊讶。

“他发现化肥厂被人骗了，主要是自己的责任，心里内疚，就去死呗。”说时，她有意无意地看了我爸一眼。那眼神怪怪的，似乎话里有话。我爸好像也从她的眼神里读懂了什么，却低头不语。我心知不妙，也不敢多嘴。

又有人哀叹道："这个何厂长，也真是的！他就不能多等几天？"

"事情离奇就离奇在这儿。知道被骗了，第二天他就消失了。几天以后，化肥厂收到一份从东北寄来的遗嘱。遗嘱说，自己犯了罪，没脸再见化肥厂的人，所以就自杀了。后来警察去了东北，调查后才知道遗嘱不是何厂长本人寄来的，而是他托人寄来的。"

"他咋被埋在咱海子凹了？"

"这个何厂长思想是挺进步的，可就有一样儿跟不上时代，就是不赞成火化。临死前他嘱咐家人不要把他火化，偷偷埋到一个没人知道的地方，埋得越深越好。就这样，他家人在他死的当晚大老远给拉海子凹来了。"

大家听了这番话，一片唏嘘。

我不由得在想，既然今天发生的事情跟五年前发生的事情惊人地相似，那么我爸会不会也像何厂长那样一时悔恨而做出傻事呢？

恰恰就在这个时候，我发现我爸阴沉着脸出去了。起初我以为他去了茅厕，就没有在意。可是过了一个多小时，他还没有回来，我就有些坐不住了。

其他人都你一杯我一杯地敬白如丽，没人注意到我爸。白如丽也很给大家面子，不管对方年长还是年幼，只要敬她，她就不推辞，而且酒倒杯干。谁说阴阳人不喝酒？那是扯淡。

趁大家正乱的时候，我出去了。

尽管我知道我爸现在不可能在茅厕，但我还是先去了那里。果然没有在那里找到他。

从茅厕出来，我又四处寻找了下，还打听了几个人，也是一无所获。我不得不赶回家去问我妈，我妈说："不是跟你在一块儿吗？"

这就奇了怪了，明明庆功会是他提议举办的，也是他亲自主持的，眼下除了他（当然也包括我），其他人都在，他会去哪儿呢？

为了不让我妈担心，我没有跟她说太多，就直接回了庆功会现场。还是没看见我爸。

事到如今，我不得不把我爸出去的消息告诉大伙了。

大伙一寻思，都跟着着急起来。

“你都去哪儿找过他？”有人问道。

“该去的地方我都去了。”我说。

“别不是跟何厂长一样寻了短吧？”有人怀疑道。

“闭上你这张臭嘴。”马上就有人骂道，“没看见吗？大师就在跟前，咋会出那事儿？”

“那可说不准。”白如丽接过话茬儿，“如果一个人真的想死，老天爷都救不了他。”说时，她指了下空着的酒杯，示意身边的人给她满上。

话说得如此瘆人，谁还敢再给她倒酒？

白如丽看没人给她倒酒，就动手给自己满上，然后端起来就喝。

我一把抢过酒杯：“婶儿，您就别再喝了。”

“拿来。”她生气道。

我没有听她的。

她急了：“你管我呢，你是我儿子，还是我男人？”

我哀求说：“婶儿，您说我爸能去哪儿啊？”一边说，我一边跪下给她磕头。

大伙见状，也都纷纷问白如丽。

无奈不管大家说什么，白如丽只是嚷着喝酒，只字不提我爸。

看看实在是没辙儿，明德大伯只好做出决定：“留下两个人在这里照顾她，其余的全出去找人。”

该去的地方都去了，黑天半夜的去哪儿找啊，大家刚迈出大队部的大门，就开始犯难了。

这时我突然想到，既然我爸是在海子凹惹下的麻烦，肯定是去了海子凹。

我马上把这个想法告诉了明德大伯。

明德大伯当机立断："就去海子凹。"

要说七八个男人结伴而行，没什么可怕的，坏就坏在现在是多事之秋，人人都显得胆战心惊，既不敢走在最前面，也不敢落在最后面，真是人心惶惶。

我们出了村子又走了很远，开始隐隐听到海子凹那边有男人在哭。我们走近后越来越清楚地听出那是我爸的声音。可是据我所知，我爸从来就没哭过，即便在我爷爷死的时候。

那么，他为什么跑到那地方去哭呢？

等我们走到跟前才发现，他原来是坐在何厂长的新坟旁边哭的，说得更准确些，他是来忏悔的。

我太了解我爸了，一般情况下他做错了事，是不会轻易承认的，只有通过实际行动去弥补自己的过失。而眼下他跑到这里来忏悔，可见这件事给他造成的心理创伤还是很严重的。

如果我的分析没错，那么接下来的事情就太让我大惑不解了。

他的同事们看他在这里哭，纷纷劝解道："这事儿也不能全怪你，要怪得怪大家……"然而我爸居然责怪劝他的人说："你们都跑到这里来干什么？"

"我们不是怕你出事吗？"有人说道。

"我能出什么事？"

"那还哭啥了？"

"谁哭了？笑话，咱们共事这么多年你见我哭过？"

我看他病得不轻，便小心地劝他说："爸，快别这么说了，家里人都等着你呢，快回家吧。"

"回家？"我爸道，"回哪个家？我现在不是在家里吗？"

看来我不得不对他实话实说了："爸，这不是咱家，这是海子凹。"

我爸忽然清醒过来："怪事儿，我咋来这儿了？"

回到村子里，我是一百个不放心，于是恳求大家，好歹帮我关照他一夜。

大伙一致同意。

按照分工，晚上由我在屋里看守着我爸，其他人轮流在大门外头值夜。

可是，刚回到家里，大队部那边就告急了。

白如丽又吵又闹，说是让我陪她喝酒。

我说："这不是瞎胡闹吗？"

"谁说不是？可她死活要你去。"

"我不去。"

"不去不行。"

"能咋样？"

"她就使劲儿闹，影响不好。"

"我去了影响就好了？"

"那总比不去强。"

我一时为难起来："我要是去了，我爸怎么办？刚才你是没看见，我爸他……算了，还是别说了。"

"你爸不是又找回来了吗？再说有这么多人看着呢，你着什么急呀？"

这时明德大伯插话道："去吧，晓军。"

我知道明德大伯德高望重，在村子里的威望绝对高于我爸。既然他都这么说了，我只好硬着头皮过去。

第二十八章 陪夜[redacted]

没想到我前脚走，后脚我爸就带领他的人马赶了过来，并且扬言他要摆平此事。

我不想跟他抢风头，也巴不得把机会让给别人，只是我担心他说到未必真能做到。

好就好在我们赶到时，白如丽已经趴在桌上睡成了一头死猪。

屋里杯盘狼藉，空气中弥漫着残酒剩菜的味道。

一进门，那位负责照看白如丽的年轻干部就像遇到救星似的说："你们总算来了。"

他满脸都是汗，衣服都被汗水浸透了。看得出在我们来这儿之前，他吃了不少苦。

面对如此凌乱的局面，有人问我爸："咋办？"

我爸说："抬，把她抬回家去。"

办法有了，可是没人行动。

我爸着急道："你们还愣着干啥？"

"怎么抬呀？"有人问道。

"你说咋抬？"我爸冲那人嚷道，"你没有手是吧？那长在胳膊上面的东西是鸡爪子啊？"

那人担心道："要是她半路上醒了呢？"

我爸显然没想这么多，只得另出主意："那就找辆地排车把她拉回家去。"

很快地排车找来了。白如丽被小心地抬到车上。

一路无话。

当几个男人要抬她上床时，她突然醒了：“你们干啥？快给我滚出去，滚出去。”

此时蜡烛已经点亮。烛光把她妩媚的脸照得比白天又动人了几分。

马上有人解释道：“嫂子，刚才您喝醉了，是我们哥儿几个把您抬回来的。”

“出去。”白如丽一点儿都不买账。

然而大家刚走出门去，她又叫道：“回来。”

对于这么一个反复无常的女人，大家别无他法，只有让我爸去应对。

我爸虽然夸过海口，但真正面对她时，也跟众人一样小心：“如丽，还有事吗？”

“把你儿子叫来。”白如丽毫不避讳道。

听到要让我过去，我的心立刻“怦怦”地跳动起来。

“叫他干吗？”我爸问。

“这是你该问的吗？”

我爸不敢顶撞她，只能拐弯抹角地说：“我是不该问，可是我回到家里，他妈要是问起，我该咋说啊？”

“你就说，他在陪我说话。”

“这不太合适吧？”我爸苦笑道。

“有啥不合适的？”

我爸哼唧了一阵子，最后说：“天都这么晚了，有啥话我看不如等明儿个再说。”

“不行，必须今天说。”

我爸还想再打折扣，白如丽却说：“别以为我喝醉了什么都不知道，刚才你一个人跑到海子凹何厂长的坟前哭去了，差点儿回不来。实话告诉你吧，就你身上的那股子冤气，要不是你儿子为你扛着，你早就死了八回了。我叫他陪我说说话你都不愿意，好好好，不说就不说，不过我得把丑话说在前头，你可不要等到无药可救的时候再来找我，门儿都没有。”

这话不仅让我爸吃惊，让在场的每一个人都吃惊。

我爸虽然对我很不放心，但从自身考虑，也不得不妥协。

一时我爸等人离开这里，屋里只剩下我和白如丽。不，还有那只小花猫。不过，小花猫并没有像以前那样很舒适地躺在主人的怀抱里接受主人的爱抚，而是趴在了柜子上面，做出一副似睡非睡的样子。也许它最懂得主人的心思，它不想看到主人因为自己而影响对另一个人的关注。

白如丽和衣躺在床上，面朝外，直眉瞪眼地望着我，却什么都不说。她的脸上泛着红晕，在烛光的映照下更显得楚楚动人。

我坐在她对面的一条长凳子上，见她不说话，自然也不敢多言。

这样的情景持续了五分多钟，我实在有些沉默不下去了，就想找个话题。

我满屋子里搜寻了一遍，发现梳妆桌上有一个暖瓶，于是说：“婶儿，您得多喝点水，我给您倒。”说时，我已经站起身来。

“别忙活了，我不想喝。”她终于说话了，不过听上去并不是那么动听，倒有点病恹恹的味道。

“不喝水怎么能行呢？刚刚您喝了那么多酒。”我还是把水倒上了，并且双手捧给她。

“放那儿吧。”她有气无力道。

我把水放下，又回到原来的位置，但心里却在打鼓：她究竟要对我说什么？

差不多那杯水都要凉了，她才用一种难以捉摸的口吻问道：“我坏吗？”

我不知道她为什么会突然问出这么个不着调的问题，一时难以回答。

“问你话哪！”她的声音变得柔和起来，跟平时教训人的情态相比，反差巨大，这更增强了我心中的不安。

我不知道她需要什么答案，只能按照常人的理解来回答：“谁说您坏了？婶子，您是这个世界上最好的婶子。”

看得出，她并不满意我的回答，用脚丫子在我的胳膊上钩了一下，说：“瞧你这张猴嘴，就跟涂了蜜似的，你觉得我会相信吗？”

“那么，婶儿，我怎么回答您才相信？”

她似乎意识到这个话题问偏了，便莞尔一笑：“算了，既然你不愿回答，那我也就不勉强了。你回答我另外一个问题。”

“婶儿，您问吧，我保证如实回答。”嘴上这么说，但我心里还是有些担忧，万一她问个同样难以回答的问题，我的保证不成空话了吗？

“那你说，你是不是每当单独跟我在一起的时候心里总有一种不舒服的感觉？”

果然这个问题更让我难以回答。说实在的，跟她接触这几天，我的心里酸甜苦辣各种滋味都有。说我不想亲近她吧，可是一旦见不到她，我就满心在想她；说是想亲近她吧，可是一看她那古里古怪的样子，就后悔不该来找她。

“这个问题是不是也很难回答？”她看我沉默不语，又问了一遍。

“婶儿，我不想骗你……”我犹豫着，不知道后面的话怎么说她才肯接受。

“我也不希望你会骗我。”

“婶儿，这么跟您说吧，”我尽可能真实地对她讲，“您在我心目中的地位非常高大，高大得谁都替代不了，可是一旦跟你坐在一起，我就感到别扭。”

“是吗？”她饶有兴趣道，“那你说说，到底怎么个别扭法儿？”

“我也说不准，反正就是有点儿别扭。”

“你是不是觉得我这人很古怪？”

“我可没那么说。”

“要不就是觉得我是个寡妇，跟我接触影响不好？”

“更不是。”

“那到底是因为啥？”

“婶儿，您别这么看我好不好？您这一看我，我就觉得别扭。”

“哈哈哈哈……”她开怀地笑了，在床上滚来滚去，就像个孩子。

“您别笑，我说的都是真的。”

可能我当时的样子很可笑，她忍了再忍，还是一直笑个不停。

“婶儿，您今天把我留下，就是想跟我说这些的吗？”

“怎么？”她突然认真起来，“说这些不行吗？你想让我说什么？”

我知道她这人说恼就恼，连忙解释：“不、不、不，婶儿，我没别的意思，就是好奇，您都喝成那样了，得好好睡一觉，却把我留下来陪您说话。我就想，您肯定有重要的事情要跟我说。”

“刚才我是喝了不少酒，不过酒劲儿已经过去了，现在闷得慌，想找个人说说话，怎么，你不想陪我？”

“哪儿的话！您不留我我还主动上门呢，再说您这么瞧得起我。”

“这话我爱听，那咱们就一言为定，一直说到天明。”

哎哟，我的妈呀！我暗暗叫苦，后悔不该拍她的马屁。

“那你说说看，跟我接触这么多次，你对我有什么感觉？”

我觉得这个问题跟刚才的问题没什么区别，所以能回避的还得回避：“感觉嘛！我还真没想过，不过有几个问题我很想向您请教请教。”

“啥问题？”

“以前我总不相信世上有鬼，可是最近一段日子，发生了那么多邪门歪事儿，我不信也得信了。那您能不能告诉我，这鬼到底是咋回事儿？”其实这样的问题我早该问了，只是每次见到她，都没有说这话的机会。

然而出乎预料的是，这回她同样不给我机会：“深更半夜的你问这事儿干吗？挺吓人的，你就不能说些轻松愉快的？”

“婶儿，瞧您说的，跟您在一起我有什么可怕的？”

“等心情好的时候再说吧。”

“您现在的心情不是很好吗？”

“我说不行就不行。”她脸一下拉得老长，又恢复了一贯的霸道。

我实在是没辙儿，只好装起了孙子。

不过，经历了这个小插曲，她说话的兴趣也基本消失殆尽。她把被子裹在身上，把头蒙上，做出要睡觉的架势。

当然这个时候我最明智的做法就是悄悄地离开她。可是直觉告诉我，她让我留下来的目的，绝非想跟我“说说话”那么简单，而是有很重要的事情要对我讲。我要是走了，指不定又会有什么灾祸发生。

想明白了这一点，我决定无论如何也得在这里耗下去。

大约过了半盏茶的工夫，被窝里开始传出轻微的打鼾声。不到半分钟，打鼾声就由轻变重，大有地动山摇之势。

又过了一会儿，被子开始蠕动起来。我就纳闷，都这么大的人了，怎么还像小孩子似的睡觉不老实？

正想着，只见她一脚把被子踢开，将整个身子裸露在外面——别误会，她此时是穿着衣服的。

原来她要挠痒痒。她把手伸到肚脐下面某个位置挠了一阵子，似乎觉得不过瘾，索性把腰带解开，把手伸进内裤里面。与此同时，她的脸上呈现出一种很惬意的表情。

让我难以想象的是，她的动作幅度那么大，居然没有影响睡觉，而且打鼾声依然呈强劲的势头。

随着她的手触摸到的位置不断发生转移，身子也发生着不同程度的扭动，她时而面朝外，将手伸进脊背位置；时而面朝内，将手触到大腿根位置。

我觉得一个大老爷们儿直眉瞪眼地看着一个女人做这些动作很没

意思，就想转过脸去。可是，就在我转脸的那一刹那，我忽然发现从她裤兜里露出一样东西来，于是变得不安起来。

那是红丝带。

真没想到，今天早晨她那么着急地要跟高个儿警察一决高下，居然还能把我丢失的东西重新捡回来。与她相比，我真是该死。

难道今天夜里她想借红丝带之事对我说点儿什么吗？

好在她已经睡熟，我不如偷偷地拿回来，省得以后再因为这事挨批。

这样一想，我便伸手去拽红丝带。无奈她看似睡得挺熟，其实比谁都警觉。我的手刚触到红丝带，她就醒了：“你要干啥？”

“我……我没干啥。”我一时脸烫得要命。

“把手都伸到我身上来了，还敢抵赖？”她不依不饶。

“婶儿，我向您发誓，我绝对没干坏事儿。”

“发誓有用吗？男子汉大丈夫敢作敢为才对，别让我瞧不起。”

有道是急中生智，我忽然想起曹孟德献刀的故事来，于是说：“我看您把被子踢开了，怕您着凉，想帮您盖上。谁知好人没做成，反让您误解，真是该死。”

“原来是这样。”她笑道，然后自己盖上被子，又呼呼大睡起来，一直睡到天亮。

这一夜她睡得好香，可是苦了我了。我居然在凳子上坐了一夜。

“你就这么坐了一夜？”她醒来问我说。

“不这么坐一夜难道我还有别的办法？”我苦笑道。

“我看你真傻。”

我原以为我白白陪她坐了一夜，她醒来会对我说点什么，至少会道声辛苦，没想到她张口就骂我傻。我心里好生不爽，便告辞说：“婶儿，如果没别的事儿的话，我走了。”

“等等。”

“还有啥事？”

“回去告诉你爸，有两条路让他去选择：一，把正打着的那口井填上，把何厂长的棺材埋回原来的地方去，注意，一定要保持原来的状态。二，棺材不再移动，但是你爸还有他那帮同事要整一桌像样的供品另外再加上一个罩子，然后把何厂长的亲属叫来，好好祭奠一下，白天晚上都行。说到这儿，我不得不替你爸感到侥幸，这事儿也就是遇到何厂长吧，人家省事儿，要是遇到个多事的，不把你爸折腾死才怪。”说话工夫，她已经起床，并且洗好了脸，现在正拿着镜子和梳子，开始梳妆打扮。

望着她娴熟的样子，我怎么也无法将她跟一个阴阳女人联系在一起。因为多看了她几眼，我居然忘了回家复命了。

她看我还愣着不动，便煞有介事地说：“你怎么还不走？哦，我明白了，你准是觉得我今天打扮得很好看想多看几眼，才舍不得走。没事儿，婶子我又不是黄花闺女，脸皮没那么薄，不怕你看。你越看我这心里就越美，心里越美脸上就越好看。哪怕你坐着看到天黑，我都没意见，就是别偷偷摸摸地看就行，那样我可就要骂你了。”

我不好意思地笑笑，然后一本正经道：“婶儿，是不是按照您吩咐的那样做了，我爸就没事儿了？”

“怎么？我的话你也不信？”

“当然相信，可是您为什么不早说啊？”

她放下镜子和梳子，脸色带怒道：“你以为昨天夜里我只是在睡觉？实话告诉你吧，自打合上眼睛我就一直在跟何厂长合计你爸这事儿，等把事情合计成了，我一分钟都没耽搁，立刻就睁开眼睛通知你。真是个不知好歹的浑小子，还怪我不早说。”

“对不起婶儿，我是凡人，别跟我计较。”我连忙道歉。

“好了，快回家去吧，你爸还等信儿呢。”

我答应了一声就走了。

第二十九章　蒙羞[redacted]

回到家里，我把白如丽的话告诉了我爸。我爸喜不自胜，并且表扬了我，说我会办事。

饭后，我爸去了大队部。我要回屋睡觉。这时，晓燕悄悄地进来，小声对我说：“哥，我有事儿跟你说。”

“啥事儿？”

晓燕没有回答，先把门关上，紧跟着又拉上门闩。

我很纳闷：“到底啥事儿？”

“哥，这儿就咱俩，你得说实话，你能保证不能？”

我望着她那张俊秀的小脸，不无好奇道：“晓燕，有啥事儿说吧，还跟你哥神秘兮兮的。”

“这我不管，反正这回你得讲实话。”

“好好好，讲实话，讲实话。”

“不行，你得发誓。”

“好，我发誓：晓燕问我啥我就说啥，有一句假的，叫我一辈子没妹夫。”

晓燕生气地给了我一拳，然后踮着脚趴到我耳朵上问：“你跟兰花姐到底咋回事儿？”

这话问得太突然，我心里一惊，怎么又跟兰花扯上关系了？急忙问：“你听见啥了？”

晓燕正色道："我在问你呢，你还没回答我呢。"

我没工夫给她打这种口水官司，便做出一副凶狠的样子："你先说，到底谁在背后说我的坏话了？"

晓燕看我这么凶，愈发觉得我做了亏心事。再说她年幼无知，经不住我这么吓，转头要跑。

我一把拽住她，好声好气地哄道："好妹妹，别跑啊，你这样出去还不叫咱爸妈都知道了！你也不想想平常我对你咋样，要不是我经常护着你，就咱爸那脾气，不让你天天就着泪吃饭才怪。说白了，在咱家，除了咱妈，就数我最疼你了。怎么着，哥问你句话，嗓门大点儿，你就跑？"

架不住我这么连蒙带劝，她总算平静下来了，接着说道："哥，以前我以为你是世界上最优秀的哥，现在看来是我错了。秀秀姐对你那么好，再说你们俩都订婚了，凭什么你背着秀秀姐去跟兰花姐好？兰花姐有哪点好了？我就问问。"

"胡说，你听谁说我跟兰花好了？"

"我谁也没听说，是我猜的。"她直言不讳地说。

"猜的？"我被她气糊涂了，"真服了你了！你还真能猜！看你脑子里天天装的都是啥，你就天天给我造谣吧，还是不是我妹妹？"

她看我说得这么骇人听闻，只好为自己辩护："谁说我瞎猜了？我是怀疑。我的怀疑是有根据的。"

"啥根据？"

晓燕很警惕地开门探出头看了一下，确认没有人偷听，这才压低声音对我说："昨晚上兰花姐总共找了你三次，如果你们俩没啥事儿，她来找你这么勤干吗？"

"真的假的？"

"千真万确。"

"她找我啥事儿？"

“我咋知道！”

“既然她来找过我，我怎么没听咱爸咱妈说起这事儿？”

“这正是我要告诉你的。昨晚上咱爸从白如丽家里回来以后就睡了，咱妈一宿都没敢出门，一直守着咱爸。半夜我起来解手，听到大门外头有人说话，就悄悄地走到墙根底下偷听。我听到明德大爷小声说：‘兰花，都这么晚了，明儿个再来吧。’可是兰花姐非要见你，还说有大事儿。明德大爷死活不让她进，还数落她了。这事儿本来就过去了，没想到过了一会儿她又来了，来了两次呢。所以我猜你跟她肯定有啥关系。”

我不知道怎么向她解释，再说我也是一头雾水。与其坐在家里瞎掰，倒不如找兰花问个究竟。

晓燕看我要出去，一把拉住我：“你去哪儿？”

“找兰花去。”

“你不能去。”

“为啥？”

“我说不能去就不能去。”她小小年纪，竟然能说出如此大话，我都被她气乐了。

毕竟我长她几岁，比她更有底气：“你放心，你哥哥我有分寸，绝不是那种朝三暮四的人，以后还要干大事业呢，人生大事上，我还不知道走正路？”

晓燕看我说得理直气壮，这才松手放我出去。

半路上遇到了兰花她娘，我就上前跟她打招呼。她显得特别热情，就跟见了女婿似的：“是晓军呀！你这是要去哪儿？”老太婆五十多岁，人高马大，嗓门特别高，说起话来，手口并用，就跟吵架似的。

“大娘，兰花姐在家吗？”我问。

“在呀。”她爽快地回答，看上去还有几分惊讶。

“她吃饭没？”

“吃啦，不过吃得很少，就那么一点点，还是我硬逼着她吃的。怎么，你找她有事儿？”

“没什么大事儿，就是书上有几个字我不认识，想问问她。”为了不引起她过多的猜疑，我就顺口编了个瞎话。

“那你就快去呀，这阵儿她不定又在想啥心事儿呢。”瞧她眉飞色舞的样子，恨不得立刻就把我和兰花关到一个屋子里去。

然而她越是这么急着要我们俩见面，我心里就越是不安。

所以，我不得不做一下冷处理：“她心情不好，那我还是别去了，反正我又不急。”说时，我已经转过身去。

她赶忙走到我的前面拦住我的去路：“你这是说哪里话啊？她心情不好又不是说谁都不愿见，你去了她心情准好。你还不信是吧？要不咱娘俩打个赌？”

我笑道：“大娘，打赌就不用了吧。我今儿个还是不去打扰兰花姐了。”

“你说这话我可不爱听。”她佯装生气道，“你轻易不进俺家的门儿，今儿个都快到家门口了又退回去，这事儿要是让兰花知道了，不把老天爷闹下来才怪。”

“没那么严重吧？”我笑道。

“咋不严重？她的气性大着呢。”她煞有介事道。

“您要这么说，那我就更不敢去了。”我开玩笑说。

“瞧我这张臭嘴，”她自打耳光道，“又让你多心了。”

我看她一副受刑的样子，只好说：“您这是干吗呢，大娘，我这就去还不行。”

“这就对了！”她满面春风道，“走，咱娘儿俩一块儿回去。”

我心说，我去你家串串门，又不是走亲戚，至于这么隆重吗？因此笑道：“大娘，我又不是不认路，还用您陪？”

“那不行，你轻易不去俺家，大娘还不赶快回家给你准备好茶好水的。”

这显然又让我受宠若惊。可是无论我怎么谢绝，她都坚持己见。不得已，我只有悉听尊便。

谁想，刚要进家门，她就突然改变主意："我看我还是别进去了，你们年轻人坐在一块儿说说笑笑的，怎么都行，多我一个老婆子，谁都不方便。"

这话说得又让我一愣，只见她嘴巴一张，就像大喇叭一样朝院子里喊道："兰花，快出来呀，晓军找你来了。"

不到半分钟，兰花就满面带笑地迎了出来。

我回头冲兰花她娘说："大娘，您忙吧。"

"你这孩子，说话办事就是有礼数，怪不得兰花经常夸你呢。"

"娘，你都瞎说啥呢？"兰花不好意思道。

"不说了，你们俩快进屋说话去吧。"兰花她娘一边说，一边一步三回头地望着我们。那目光虽然充满了善意，但无形之中也给我造成了一种巨大的精神压力。

走进大门，迎头遇上了兰花他大哥王大虎。我就主动叫了他一声"大哥"。他居然不理我。我不知道我什么时候得罪过他，但想想他一向不善言辞，也就没有往心里去。

可是兰花不肯放过他："人家跟你说话呢，你怎么不吭声？"

王大虎三十岁不到，长相可怕。见妹妹这么责怪他，就勉强看了我一眼，目光怪怪的，但依旧没有说话。

"光看有啥用？说句话就那么难吗？"兰花道。

我说"算了，姐，大哥的为人我又不是不知道，你较这真儿干吗？"

兰花嘟囔了一句："真是的，人家都来到咱家了，连句话都不说，真没礼貌！"

"说谁呢？"王大虎终于说话了，不过样子特别凶，跟要吃人似的。

"你说我说谁呢？这么没礼貌，你还是我大哥吗？咋啦，我说得不对吗？"兰花得理不饶人。

“我就不许你这么说我。”王大虎很霸道地说。

“我就说了，看你能把我咋样？”兰花姐毫不相让。

“你再说一遍。”

“你听好了：你没礼貌，没礼貌，没礼貌。”

“好啊你，看我不打断你的腿。”王大虎气得如同一头疯牛，这就要寻找家伙，企图武力说事。

我看要出乱子，急忙把他拦住。

兰花却在那边哭骂：“什么狗屁大哥！连小孩儿都不如。”

我一边恳求道：“你就别再火上浇油了。”一边又劝王大虎，“大哥，别理她。”

岂料王大虎根本不拿我当回事儿，还威胁我说：“你要再敢拦我，我连你一块儿打。”

我知道他说到做到，一旦跟我动起拳脚，十个我也未必是他的对手。

眼看形势危急，我只好冲着院子里喊：“快来人哪，要出事了！”

一下从院子里跑来一男两女，分别是兰花她二哥、大嫂和二嫂。

王二虎虽然没有王大虎那么粗壮有力，但是无论城府还是震慑力都远远超过后者。

当下王二虎来到王大虎的面前，就像训牲口似的训道：“都快三十的人了，有你这么添乱的吗？你觉得咱家的乱子还不够吗？家丑不可外扬，还这样咋咋呼呼的！”

我晕，还没进家门就招致如此祸端，而且我怎么听都觉得王二虎不是在教训他大哥，而是在对我指桑骂槐。我不知道自己到底做错了什么，使得王氏兄弟对我如此不共戴天。退一步讲，假如我做了对不起王家的事情，那么兰花她娘也应该像她的两个儿子那样把我拒之门外才对，却为何又对我热情有加呢？

但无论怎么说，此地不可久留，我得马上走。

可是兰花坚决不让我走，非得当着家人的面为我讨回公道不可。

我说不必了，大家心情都不好，等以后有机会了再解疙瘩也不迟。

无奈兰花就是不让我走。我就奇了怪了，兰花从前不这样啊，怎么去了一趟县城就变得这么固执起来?

再说，王二虎本来就对我有气，如今看到妹妹又拉着不让我走，自然要把对妹妹的火往我身上引:“谢晓军，我们王家平时对你不薄啊，你怎么能昧着良心勾引我妹妹呢?”

我大喊冤枉，说:“二哥，请你把话说清楚，我什么时候勾引过她?”

“谁是你二哥?我王二虎压根儿就瞧不起你这种人!”

我的自尊心再一次受到伤害，因此我不再跟他客气:“你以为我愿意叫你二哥?如果不是看在大娘的份儿上，你这门儿我都懒得进。”

“谁是你大娘?”

我不想在称呼上跟他争辩，依旧跟他就事论事:“王二虎，你说我勾引你妹妹，你有什么证据?”

“你现在站在我家大门口，这就是证据。”

“你这叫胡搅蛮缠。”

“说我胡搅蛮缠，现在让大家给评评理，到底谁在胡搅蛮缠。”

说话工夫，大门前已经站满了看客。

再说王二虎是在无赖堆里泡大的，别的本事没有，抬杠是他的拿手好戏，而且听的人越多，他就越有精神。如今他胡言乱语、东拉西扯起来，说我是人队干部的儿子仗势欺人，还说我假正经真流氓等，全都是血口喷人。

我啥时候受过这种冤枉?再说我已经两天两夜没有睡觉了，精力亏欠得很，不能也不可能站在这里跟他骂街。

我只觉得眼前一黑，紧跟着脑袋一片空白……

第三十章 寻找梦中情人

当我醒来的时候，已经是三天以后的事了。

我躺在公社（就是今天的乡镇）卫生院的病床上，面朝里，不管谁来看我，谁对我说些什么，我都一概不理。我要让所有的人都觉得我已经死了。我有时一天只吃一顿饭，有时几天都不吃一口饭。我爸每次来看我，不是长吁就是短叹，可又不敢对我多说一句话。那日子真叫难熬。

屈指算来，我在医院里整整待了三十天。这期间，地里的麦子早已收割完毕，并且被磨成了面粉，又做成了馒头吃进了肚子里。我不知道村里的人们都在忙些什么，也不知道学校又在开展什么社会活动。仿佛一阵大风，把我一切的一切都吹得烟消云散。

追根溯源，这都是兰花跟那个陌生男人的合影照闹的鬼。提起合影照，我又想到了另一张更加离奇的照片。当时因为事情太多，我没有来得及提及，甚至连思考都没顾得上。现在想来，我必须从这张离奇照片寻找根源。

趁现在屋里没别的人，我转过身来对照料我的晓燕说道："你把爱兵和秀秀给我叫来，我有话要对他们说。"

晓燕看我终于说话了，一时惊喜交加，眼泪都出来了，却对我的话置若罔闻。

"快去啊！"我着急道。

“哥，我以为你这辈子再不说话了呢，你等着，我这就告诉妈去，叫她也高兴高兴。”她一边说，一边拔腿就跑。

“回来。”

“哥，还有啥事儿？”

我简直被她气乐了，就把找人的话又重复了一遍。

“你找他俩干吗？”

“你咋那么多废话，叫你去你就去。”

晓燕看我说话这么冲，没敢再问，答应了一声就走了。

很快，爱兵和秀秀来到病房。

我让晓燕到外面站会儿，对他们俩说：“现在满世界的人都说我跟兰花关系不清白，你们俩相信吗？”

爱兵说：“我不信。”

秀秀没那么爽快，反而问我道：“你把我们俩叫来，就是说这的吗？”

“别绕弯子，是相信，还是不相信？”

“绕弯子的是你，不是我，所以我拒绝回答。”秀秀不依不饶道。

我被她将了一军，只好说：“这么说，你就是不相信了？”

“我没这么说。”

爱兵很不愿看到我们俩一见面就斗嘴，于是说：“你们俩还有完没完？再这样斗下去，我现在就走人。”

“别走，”我笑道，“我这就说正事。不过在说正事之前，我得告诉你们一个秘密。”

“什么秘密？”他们俩异口同声地问道。

“我……怎么说呢？”我极力想寻找个合适的措辞说明我的心事儿，无奈一时怎么也想不出，不得已，我只好告诉他们，“我有个梦中情人。”

一听说梦中情人，他们俩都蒙了。

我知道秀秀正瞪大了眼睛看着我。我一时不敢正面看她的眼睛。

爱兵说："得了吧你，刚说秀秀没事儿了，你又突然冒出来一个梦中情人，你是不是成心想把她气死？"

我知道他们俩都想偏了，就把我经常梦到的那个女孩以及那天夜里被她的阴魂所迷惑的事情详细说了一遍，末了说："原本我不想告诉任何人，可是后来发生的事让我不能对你们俩再隐瞒了。"

"到底咋回事儿？"秀秀问。

"说了你们不一定会相信，那天我在照相馆里真的见到她的照片了。"

无疑这话又让他们俩大吃了一惊。

"那你的意思是……"秀秀试探着问。

"我想请你们俩协助我弄清楚那女孩到底姓什么、叫什么、哪儿的人，是死人还是活人？如果死了的话，你们帮我弄清楚她是怎么死的；活着的话，打听她现在是做什么的。"

爱兵听了，一个劲儿地挠头："这也不难，关键是她要是活着的话，你想咋办？"

"我不想咋办。"

"不想咋办是咋办？"

我没法回答他这种绕口令似的问题，便用征询的目光望了秀秀一眼："你咋想的？"

秀秀没有正面回答我，而是问了我一个非常尖锐的问题："平白无故的你去照相馆干吗？"

"是兰花要我去的。"我心里一急，居然把兰花供了出来，惹得秀秀老大不高兴。

我赶快解释："是这样的，兰花在城里照了张相，等取照片的时候，发现自己的照片被当作样片挂在了墙上。兰花对照片不满意，不同意他们这么做，就要求摘下来。可是照相馆的人不干，就编了一大堆理由哄骗她，死活不摘。兰花说不过他们，正好遇上了我，就求我帮她摆平这事儿。我想，这也不是什么大事儿，就跟她走了一趟。”

秀秀看我说得顺理成章，便不再怀疑。

这事儿说透以后，我找了个替身，让晓燕帮我周全一下，然后跟爱兵和秀秀每人骑了辆自行车，去了县城。

我们是早上八点多离开的村子，赶到照相馆时，正好又是中午的十一点钟。门前依旧冷落无人。门窗的玻璃反射的日光，让人的眼睛很不舒服。

在来时的路上我已经反复跟他们俩磋商过了，鉴于上次我跟梁摄影师闹得很不开心，这次我就不进去了。我相信他们俩会把事情办好的。

毕竟他们俩出门不多，在与人沟通方面大不如我，所以在他们进去之前，我千叮咛万嘱咐一定要把话说得委婉些。

他们刚要进去，我又突然想起一事：“回来。”

“又怎么了？”秀秀不解地问。

“过来说。”我把他们带到一个离照相馆很远的地方才停了下来。

“跟做贼似的，你又干吗？”爱兵不耐烦道。

我告诉他们：“你们进去以后，很可能看不到人。不过没关系，柜台后面其实就坐着一个人，只是那人身材太矮，冷不丁看不到。看见他以后，你们也不要跟他多说话，因为他是个南蛮子，他的话咱们根本听不懂。你们跟他简单打声招呼就直接上楼去找梁摄影师——梁摄影师，你们都记住了吗？”

“记住了。”

“那快去吧。”

望着他们离去的背影，我的心里一阵阵发虚，因为我实在无法预料接下来会发生什么事情。

不料他们俩进去还不到三分钟，就慌里慌张地回来了。凭我的直觉，他们肯定遇到了危急的事儿。

“怎么了？”我急忙问道。

“这里不是说话的地方。”秀秀回答着，然后我们来到一个离照相馆更远的地方。

我越发觉得事情严重：“快说，啥情况？”

秀秀只是大口大口地喘气，却不知从何说起。

我只好问爱兵：“你说。”

不知爱兵是故弄玄虚，还是不想跟秀秀抢风头，居然说：“还是让秀秀告诉你吧。”

我急得心都快要跳出来了，可又不能对他们着急，只能使劲儿忍着。足足忍了三分多钟，我才大包大揽道：“放心吧，大风大浪我都挺过来了，我啥都不怕。”

“可是我害怕。”秀秀却说。

“没事儿，有我呢。”我不知打哪儿学来的烂词，居然在这里用上了。

秀秀看我一副若无其事的样子，这才说：“看来照相馆真有点儿邪。”

“怎么个邪法？”我马上问。

秀秀又四下里看了一眼，小声道：“听里面的人说，那位梁摄影师跟你吵完了架，刚回到家里，就莫名其妙地死了。”

“啊？”我心头一颤，半天说不出话。这倒不是说我对梁摄影师的死有多么伤心，我甚至觉得他死了活该。但问题是，怎么不早不晚，他刚刚跟我吵完了架就死了呢？我回忆了下他当时的状态，他并不像得了病的样子。而按照内部的说法，他是莫名其妙死的。莫名其妙死的是什么概念？按照我的理解，就是在毫无病因、没有预兆，而且健康状况良好的情况下死的。

这显然又是一个难解之谜，我决定去照相馆走一趟。

“你干什么去？”秀秀看我说走就走，连招呼都不打，马上追到我的前面。

“去照相馆。”此时我的心全被照相馆的事情牵制住了，所以，我以为去照相馆就是天经地义的事。

“疯了吧你？躲还躲不及呢！”

“我为啥要躲？”我质问道，“你是不是觉得梁摄影师的死跟我有关系？”

“你胡说什么呀？我什么时候说过这种话？”

“既然他的死跟我没有关系，我为什么不能去？”

“我说不能去你就不能去。”

“你是谁呀？我为什么要听你的？”

秀秀看拿我没办法，就对爱兵说：“你把他拧起来。”

爱兵头脑简单，听了这话，当真就对我行动起来。

我一文弱书生，哪是他的对手，结果连挣扎都没来得及就被他控制住了。

我气得嗷嗷直叫：“爱兵，你昏了头了？你敢拧我？还不快放开我？我问你，你到底是她的哥们儿，还是我的哥们儿？要是她叫你干啥你就干啥，那你娶她做老婆好了。你这样做讲义气吗？”

经我这么一咋呼，爱兵顿时没了主意：“是啊，我到底该听谁的？”

“听我的。”我说。

“听我的。”秀秀抢着说。

我知道来硬的根本解决不了问题，就对他们讲：“你们俩好糊涂啊，咱们是来查我那个‘梦中情人’的。你们还听不听我指挥？再拦我，我就回去啥都不管了。梁摄影师的死跟我又没关系，我躲啥啊，再说我也不怕死！”

爱兵看我说得在理，便不再拦我。

秀秀失去了援助，只好长叹道：“既然你不怕死，那我也豁出去了。”

第三十一章 媒人难当

又像上次那样，一进门我的两条腿就开始抽筋。我不由得停顿了下。这时，秀秀很敏感地问我："你是不是后悔啦？"

"没……没有。"我咬紧牙关想挺过去，只听东窗户下面有人重重地咳嗽了两声。

我不禁有些奇怪：刚刚我都看了好几遍了，没发现门两边有人啊！那么，这咳嗽声怎么解释？难不成照相馆外面也在闹鬼？

我循声望去，差点笑死。原来在鞋摊后面坐着一个人，正是那位南蛮子。

啊，我终于明白了，国营照相馆根本就没这个人，只是工作人员临时不在，让他帮忙关照一下门面而已。

虚惊了一场，我的腿倒是奇迹般好了。

推门进去，大厅里依然空无一人。

既然楼下没人，那我们只能去楼上找人了。

这时，我有意无意地看了一眼东山墙上悬挂的那张女孩的照片。她笑得非常灿烂，也非常真实，根本无法跟"幽灵"两个字联系在一起。我可以负责任地说，就她那模样，跟当红的八大样板戏的影星相比，也不在其下。只是我绞尽脑汁也想不明白，我跟她到底有着怎样的联系？

来到楼上，跟上次不同的是，灯全都亮着，一个年纪在三十岁左右的男人正坐在一条长凳子上看书。不用问，他肯定是摄影师。

听到脚步声，摄影师合上书本，面无表情地问道："照相吗？把单子给我。"

可能是他旁边的灯光太亮的缘故，我发现他的脸色非常苍白，苍白得简直让我怀疑他不是活人，而是道具。

我慌忙给了他一个笑容，然后非常客气地说道："师傅您好，我们不是来照相的，是想向您打听点事儿。"

"向我打听事儿？"摄影师非常警惕地问道，"打听什么事？"

"是这样的师傅，您楼下挂了一张女孩的照片，我非常好奇。看模样，她很像我失散多年的表姐。所以我想问问师傅您，她叫啥名儿？哪儿的人？"这套说辞完全是我临时编造出来的。真没想到我在思绪极端混乱的状态下，还能编造出这么漂亮的说辞。

然而，摄影师做了个很遗憾的表情："对不住，我也是新来的，你还是到楼下去问吧。"

"可是楼下没人。"我解释说。

"会有的。"摄影师爱理不理地说了这三个字，便重新打开书本，又看起了书。

我不好再多问什么，只好碰了下秀秀和爱兵："咱们走。"

来到楼下，还是见不到工作人员的影子，无奈之下我们就满大厅里转了起来。

不到一分钟，一个三十来岁的女人摆弄着裤子上的拉链从后门慌慌张张地走来，想是刚才去了卫生间。她一眼看见我们，马上把手从拉链上拿开，绯红着脸问道："你们几个要照相吗？先到我这里开个单。"她一边说，一边把单据和油笔准备好，随时按照我们的要求开单收钱。

我走过去，微笑着对她说："大姐，我们不是来照相的，是想向您打听点事儿。"我看她长得颇有几分姿色，打扮得也格外入流，知道她的虚荣心一定很强，就我这种年龄的人叫她阿姨她肯定不高兴，所以就叫了她一声大姐。

果然她听了这个称呼，马上还了我一个笑脸："打听什么事？"

我把刚刚跟摄影师说的那番话又重复了一遍。为了能自圆其说，我还特别指了下照片上那女孩的某些部位跟我做了对比："您看，这眉毛，还有这眼睛，特别是这鼻子，都跟我有点像。"反正我也就是说说而已，知道她不一定较真儿，再说了，谁那么仔细能一眼看得出我跟那女孩到底有没有相像之处。

谁知她听了我的对比，还真的端详起我来，以至于让我都有些不好意思。不过这样也好，至少我们之间缩短了距离，这是花钱都买不到的。

端详了一阵子，她摇头说："我看不像，我看你们俩有夫妻相，呵呵。"

"开什么玩笑大姐？她是我姐。"我把秀秀推倒她面前，"您瞧，这才是我对象呢。"

秀秀没料到我会拿她开涮，一时羞得面红耳赤，使劲儿甩开我的手，赶快溜走。

那女人饶有兴趣地说："像你这么帅气的小伙子，跟哪个漂亮女孩站在一块儿，都挺般配的。"

"大姐真会说笑，我只要不把人家吓跑，就谢天谢地了，好了大姐，咱不开玩笑了，我还没请教您贵姓呢。"

"我姓陈。"

"陈大姐，"我刚叫了一句，就马上纠正说，"怎么叫起来这么别扭？还是叫您大姐吧。大姐，咱说正事儿，刚才我问到的这些事您能给我答复吗？您不会对这些事情也保密吧？"

"你挺逗的哈，这有什么保密的？你让我好好想想。"

"那您好好想，我不打扰您。"我装出一副很滑稽的样子，但心里却是七上八下的，天知道那女孩到底是什么来头。

陈大姐皱着眉头思索了一阵子，然后说："要说这女孩叫什么，我还真有点印象，只是一时想不起来了，至于她在哪个村，这我就更说不上了，一般不会问人家这么多。”

“这倒也是。”我赞同道，但同时也期盼着她能为我提供点其他方面的线索。

她又思索了一阵子，自言自语道：“不过有一点我倒记得挺清，她是四中的学生，正在上高一。”

这一点太重要了。那个年代农村的高中只有两个年级，每个年级只有两个班，每个班最多有五十个学生，而在这五十个学生当中，女生通常也就是十个左右。可想而知，要在这么小的范围内寻找一个人，太容易了。

高兴之下，我连说了好几个“谢谢”，甚至把“大姐”的“大”字都省略了，干脆叫她“姐”，就差扑过去亲她一口了。

陈大姐看我欣喜若狂的样子，不由得讥讽道：“瞧你这高兴劲儿，你就不怕你女朋友吃醋？”

“管她呢！”我只顾高兴，哪管那么多？可是一眼瞅见秀秀的脸色特别难看，还以为她真的吃醋了呢，然而冷静一想，不由得惊出一身冷汗。

陈大姐看我笑着笑着突然不笑了，便打趣道：“我就说嘛，你女朋友还在这儿呢，不行了吧？还是悠着点儿吧！”又转过来对秀秀说，“姑娘，你还当真？傻吧你？”

秀秀一声不吭，脸色阴沉。

爱兵似乎也想到了什么，原本他就一言不发，此时更是呆若木鸡。

陈大姐看我们三个都变了脸，便不再说话，只是将疑惑的目光在我们三个人的脸上扫来扫去。整个大厅里静得怕人。

停了一会儿我问：“大姐，这张照片是什么时候照的？”

陈大姐想了下说：“大概两个月以前吧！”

我们三个听了这话，同时“啊”了一声。

“怎么啦这是？”陈大姐一脸雾水地问。

我不好说破，又问了一句：“您不会记错吧？”

“怎么可能啊？那个时候天刚暖和，很多人也都刚刚脱下棉衣。哦，对了，你看她穿的这身衣服也能知道是啥时候照的相，我绝对不会记错。”

如果真像陈大姐说的那样，那么事情就太扑朔迷离了。明明就在一个多月前，我跟随这女孩的阴魂到她灵界的家里走了一遭，如果说她在两个月前就已经死了，那么埋葬她尸骨的土一定得是新的，至少上面不会有庄稼出现。可是我认真研究过，那上面的土分明堆积了好几年了，而且连一点被人动过的痕迹都没有。如此说来，只有一种可能：这女孩人已经死了，她的阴魂却在四中读高一。

别管这种可能存不存在，至少有一点是千真万确的：这女孩绝对是我经常梦到的那个，并且带我去阴司的也是她。

这么说来，我们必须去四中会会她了。

陈大姐看我魂不守舍的样子，便用油笔敲了下桌面，就像老师拿教鞭敲教桌一样，要我把注意力集中到她的脸上。看得出，她跟我挺谈得来的。

“想什么呢？”她笑道。

我当然不能告诉她。不过，看在她这么给我提供方便的分儿上，我又不好让她太失望了，即便我不能把心里话说给她听，至少也得找个托词把她打发过去，反正我心里在想什么她是不知道的。

“保密是吧？也好，算我多嘴。”她佯装生气的样子，骨子里却流露出一种非常友好的姿态。

我临时想不出合适的话题，忽然想起梁摄影师莫名其妙死去的事情，于是说：“大姐千万别多心，不是我对您保密，只是有些话不知该说不该说。”

她爽朗一笑：“瞧你这小样儿，都叫了我那么多声大姐了，还有什么话不该说的？”

看她这么有兴趣，我就试探着说：“大姐，不瞒您说，在来这儿的路上，我们听很多人讲，一个月前，姓梁的摄影师跟一位年轻的顾客吵了一架，回到家里就莫名其妙地死了。我觉得这事挺邪乎的。他们两个就打起了退堂鼓，怕沾上不干净的东西。我说没事儿，只要咱们不多说话就行。刚才他们俩看我话多，想提醒我少说话，我才说着说着突然不说了。”

我在说这番话的时候，一直留意着陈大姐的表情变化。发现她的喜色一点一点地在消失，我赶快补充说道：“要不是看您面善，我才不会那么话多呢。”

“你还别说，”陈大姐忽然像想起什么来似的，“你跟我弟弟真有点儿像。”

一语未了，只听门外响起一个女人的说笑声：“谁跟你弟弟有点像？”紧跟着走进来一个四十多岁的女人。

陈大姐连忙跟她打招呼：“张老师，这么早你就来了，怎么没休息一下？”

“休息什么呀？还不如早一会儿让你回家去呢。”张老师一边说，一边把手提包放在柜台上，做出要交接班的架势。

陈大姐并不忙着交班，而是意犹未尽地对她说：“刚刚我还在跟这位小兄弟逗呢，说他跟我弟弟有点像。您觉得呢？”

张老师上下打量了我几眼，附和道：“是有点像。”

陈大姐越发高兴：“我就说嘛，早晨吃饭，拿得好好的筷子掉到地上，没想到今儿个真的就遇上客人了！”

“瞧你，就跟平白又多了个弟弟似的。”张老师见她这么高兴，也跟着高兴。

“你说得没错，我还真有这样的感觉。”

两人说笑了一会儿，陈大姐突然长叹道：“眼瞅着这么相像的两个人却偏偏没有血缘关系，看上去一点儿血缘关系都没有的两个人，却又有着某种机缘。真是的！”

张老师当然不明白她这话是什么意思，就问了下根由。真是无巧不成书，张老师不仅能叫出那女孩的姓名，还私下里翻拍了她的照片。原来张老师有个侄儿，没事儿的时候常来照相馆找姑姑聊天，一眼看上了相片中的女孩，就央求姑姑托人帮他求亲。张老师受此重任，就四处打听，最终知道了女孩的姓名和住址。她正苦于找不到媒人，突然遇上了我，自然就把我当成了救星。

我接过张老师递给我的女孩的照片，心情非常复杂。如今那女孩是人是鬼我都一头雾水，哪有本事当她的红娘？

张老师看我面有难色，便问："小伙子，你是不是对你这位表姐也有点意思啊？"

陈大姐快人快语："你想哪儿去了？人家有女朋友，这不——"她正要把秀秀指给她看，却发现秀秀此时正站在门外跟爱兵说话，于是招手道，"姑娘，快过来，认识一下你这位大姨。"

秀秀因为不适应这种场面才跑一边去的，如今听到陈大姐在叫她，自然以为陈大姐又要拿她开涮，因此红着脸就是不肯过来。

"过来，快过来呀！"陈大姐还在喊，张老师却阻止道："不就是证明你的话对吗？我信还不行吗？"

我一心想着四中那边的事儿，无心听她们啰唆，因此说："陈大姐，张老师，天不早了，我们还有事儿，就先走了，我表姐的事儿有信儿了我及时报告。"说罢，我转身要走。

"等等，"陈大姐叫道，"咱们一块儿走。"

说实在的，我真不想跟她一块儿走，因为我觉得这个时候她除了想帮张老师当当说客，不会再有别的意思，而我最想回避的就是这件事。

然而出门没走几步我就发现其实我错怪她了，因为她头一句话就是："这媒人你可千万不要当。"

"为什么？"我问。

她说："当着她的面我不好说破，她侄儿根本配不上你表姐。都怪我一时糊涂说了你有女朋友的话，我现在很后悔。”

她的话不禁让我感动：“姐，您真是好人哪。”

也许我真的跟她弟弟很像，以至于当我们要分手的时候，她还不说再见。

好不容易说再见了，她又想起一件事情，还得让我再等等。

原来她要告诉我梁摄影师的一些情况。

“跟你说啊，老弟，前两年俺这楼上死过一个女的，是上吊死的。是另外一个摄影师的老婆。从那以后，这楼里就经常出怪事儿，时不时大家正用着的东西突然就没了，或者无缘无故会冒出来一样大家都没见过的东西。俺们向上头报告多少次了，想换个地方，上头不批啊，放出话谁要是再宣传封建迷信就斗斗他的思想。搬地方的事儿就没人敢提啦。梁摄影师的死跟吵架没关系，早在他死的几天前，他就老说做梦梦见一个年轻人叫他回去，他问去哪儿，那人就是不说。就在他死的那天早晨，他说他又梦见那人了，说住的地方都给他收拾好了，不能再等了。赶巧就在这一天梁摄影师突然死了。照相馆里不干净，我刚就没跟你说。”

根据陈大姐的透露，我分析梁摄影师所梦到的那个年轻人就是混到兰花照片中后来又变成了我的那个年轻人。而在他的阴魂缠绕下，梁摄影师已经莫名其妙地死了，这就是说，下一个将要死亡的人极有可能就是兰花或者我。

那么我梦中的这个女孩到底在这中间扮演了什么角色呢？或者说，她是在保护我呢？还是在落井下石，以求得在那个世界里与我相见呢？这个问题，我必须得搞清楚。也许只有搞清楚了这个问题，兰花和我才能重获新生。而种种迹象表明，兰花目前已经病入膏肓，以至于连累得我也求生不得、求死不能。

好就好在我现在已经有了这个女孩的确切地址，还有了她的照片，而且知道了她的姓名，这是我们三个此次来县城的最大收获。哦，对了，她叫孟晓蕾，名字蛮好听的，甚至还有几分诗情画意。但她是不是来者不善就不好说了。

“你咋心神不定的？”陈大姐看我老不说话，便怀疑道，“吓着你啦？”

“没……没有。”我连忙否定。

“我看这样吧，都中午了，让你们几个去我家里吃饭，你们肯定不去，要不我请客，咱们在外头随便吃点儿东西。”

我说：“不啦，姐，您的好意我们都领了，我们真的还有事儿。在县城遇见您真是好运气，等哪天我们几个再来县城，啥事儿不办也得先过来看看您。”

“那咱就说定了，你只要来县城，就一定得来照相馆找我。”

“一定。”

第三十二章　校园风波[redacted]

眼瞅着陈大姐美丽的身影从我们的视线中渐渐消失，爱兵于是开玩笑说：“你真行，陈大姐比你大那么多，还跟你那么亲热。这本事你都打哪儿学的，教我几招行不？”

我啐道：“狗嘴里永远吐不出象牙来，人家陈大姐好心要请咱们吃饭，你歪心眼儿都动到哪儿了？”

“瞧你说的，就跟我真吃了她什么似的。咱不过欠了她的一个空人情。”

“空人情也是人情呀！”

“你要这么说话，我就没啥跟你说的了。她明明是看你的情面，才捎带着关照了下我和秀秀。没有你，她会请我们吃饭？做梦吧。”

“得，还做梦呢，你没听陈大姐说吗，梁摄影师就是因为天天做梦才莫名其妙死的，还有我，经常梦见那个女孩……”

话没说完，我的嘴就被秀秀的手给堵上了。她嗔怪我说：“胡说，你做的梦跟梁摄影师做的梦咋扯到一块儿去了？”

这下爱兵又看不惯了：“婚还没结呢，就这么在乎他，等结了婚睡一个被窝里，还不得天天把晓军抱怀里头？”

秀秀遭此讥讽，马上把我放一边，追着爱兵喊打。

我们三个笑闹了一阵子，都觉得饿了，然后找了个摊点，美美地吃了一顿。饭后，我们就下午去四中的事儿展开了讨论。

我的观点是，鉴于我要找的人是人是鬼难以下定论，我们必须谨慎从事，千万不能太张扬了。为了稳妥起见，我建议我和秀秀等在学校门外，让爱兵把她叫出来，然后我跟她谈话，如果不出现意外其他人最好不要掺和。

我这样考虑的根据是：第一，爱兵胆子大，别说光天化日之下跟女鬼打交道他不怕，就算深更半夜把女鬼从坟墓里请出来，他也绝不含糊，这是他亲口说的。第二，本来这事应该我先出动，但考虑到我身份特殊，万一我请不出她，后面的事情就不好办了。

爱兵看我这么拿他当回事儿，反倒有些踌躇："我行吗？"他习惯地挠了下头皮，脸上展现出一种怪怪的笑意。

见此光景，我知道他又想到邪路上去了，因此欲擒故纵道："怎么，让你去会会一个貌若天仙的女孩子，你害羞了？那行，还是我来办吧，你和秀秀在外面等。"

"别、别、别，"他果然撑不住了，"还是我去吧，说得我也太窝囊了。"

"那也行，咱们就说定了。等事情办完以后，我好好地请你们吃上一顿。"

"吃，吃，就知道吃！我不同意。"秀秀突然说话了。

"你为什么不同意？"我问。

"不同意就是不同意，哪儿有那么多为什么？"她没好气地说。

我知道秀秀最爱耍小孩子脾气，多半是刚才我跟爱兵议论这件事的时候没先征求她的意见，她气不过所以才设置障碍的。于是，我笑道："秀秀，本来你进去找人最合适，毕竟你们都是女生，见面也容易沟通，但我担心万一她是鬼……"

没等我说完，秀秀就冷笑道："她是鬼倒好了，就怕她是人。"

我明白了，秀秀所担心的是，孟晓蕾一旦以人的面目出现，极有可能在最短的时间内跟我搞得火热，就像刚才陈大姐跟我搞得火热那样。到那时，她最多也就是个旁观者而已。与其眼睁睁地看着自己的男友跟另一个女孩子亲亲热热，倒不如率先一步亮明自己的身份，也好让那女孩一开始就保持冷静的头脑。

我做了个很无辜的表情："秀秀，这都什么时候了，你还想那么多？"

"是我不能想得少。"秀秀不依不饶道。

"你们俩在叽咕什么呢，我咋一句都听不懂？"爱兵昏头昏脑地问。

我赌气说道："既然这样，爱兵，你就别进去了，你跟我等在外面，让秀秀进去。"

"这又是为啥呀？"爱兵显得很不理解。

"没那么多为啥，不让你进去你就别进去了。"

"我是驴呀我？蒙着脸给你们拉磨盘？"爱兵突然叫了起来，瞧那傻乎乎的样子还真像头驴。

"爱兵—"我既好气又好笑，"有这么打比方的吗？听我的安排吧，别瞎闹，一会儿用着你的地方多着呢。"

爱兵虽然很不乐意，但也只好打住。

四中跟县城相距三十里路，跟槐树村也相距三十里路。四中、县城、槐树村三点相连，呈等腰三角形之势。

当我们来到四中校门口时，已经是下午三点多钟了，学生正在上课。

说是上课时间，其实很多学生是三三两两分布在学校的各个角落里，甚至大摇大摆地在显要位置抽烟者也不乏其人。学校的大门始终都是敞开的，这用当时的话来说："我们不能关起门来办学，要让学校成为社会的窗口，要让学生面向工农群众，面向三大革命运动。"

再说秀秀正在读初中，还没有踏进过高中的校门，此时来到这里，只往里望了一眼，就有点紧张。

不过我倒觉得，她不仅仅是因为羞口难开才显得紧张，更重要的是，她要找的人实在有些与众不同，弄不好随时都有灾难降临到她的头上。

为了能让她改变主意，我故意表现得阴阳怪气："你到底敢不敢进去？不敢的话，干脆把机会让给别人，别在这里磨磨蹭蹭的，就跟丢了魂儿似的。"

爱兵见我在嘲笑她，也跟着起哄："是啊，你要是不敢进去，我进去。我保证把事儿办得漂漂亮亮。"

有道是开弓没有回头箭，她既然把事情揽了下来，无论如何也得充一回英雄："谁说我不敢进去了？不就是找个人吗？你们只管把心放肚子里，我现在就去。"说时，她已经迈开了步伐，只是那步伐看上去有些艰难。

想想接下来很可能就是一场亘古未有的人鬼对话，我的心里不由得"怦怦"地跳起来。

秀秀走进校园也就是四五分钟的事儿，之后我们就看到校园里乱成了一锅粥。只见人群都往实验室方向跑去，还有人喊"出大事儿了！"

我的第一反应就是秀秀出事了。很可能秀秀进了校园，两眼一抹黑，见了男生不好问，想找个女生一时又见不到人，发现实验室里有人，就直接进去了，然而不小心打坏了某个化学容器……

我也顾不得孟晓蕾是人是鬼了，马上冲进了校园。

毕竟人太多，而且又吵吵嚷嚷的，我根本就挤不过去，挤了半天，也没看到秀秀的影子。

正着急上火，只听救护车拖着一长一短的号子声由远及近进入了校园。庞大的人群立刻给它闪开一条通道。

很快，伤者就被抬上了救护车。人群开始渐渐凌乱起来，不时听到有人在问："到底是怎么回事儿？"被问者多半都摇头说不知，只有一个人用极不肯定的语气说："好像有个女生突然晕倒了。"

一听说晕倒的是个女生，我便猜想那女生应该是秀秀了。因为秀秀所办的事情本身就很诡异，再加上她一时紧张话说不太完整也在情理之中。

我马上走到说这话的人跟前问："那个晕倒的女生是不是叫秀秀？"

那个男生用一种怪怪的眼神打量了我一眼，反而问我："她是你什么人？你怎么对她这么关心？"

"她是我女友。"我毫不隐瞒地回答。

"既然她是你的女友，你还不快去医院？"慌乱中我听不出他这是在妒忌我，还是在责怪我。

我于是就昏头昏脑地要去医院。这时，爱兵一把拉住我："你要去哪儿？"

我说："找秀秀呀！"

"疯了吧你？那不是秀秀，你找哪个秀秀去！"他一边说，一边指给我看。

果然秀秀正站在一棵大树底下。

我又惊又喜，马上冲过去，看了又看，发现秀秀好好的，心头的一块石头这才落了地。

我正要叫着秀秀和爱兵找个地方说话，忽听有人议论说："真奇怪，怎么有这种事？"

之后，便听到校长说话了："刚才那位同学是不小心才晕倒的，看看医生就好了。同学们，快去上课吧！快去上课吧！"

在校长一遍又一遍的督促下，老师和同学才各忙各的去了。

我不能马上就走，因为我要找的人还没有找到。一眼发现校长正望着我，我便走上去给他鞠了个躬，然后搭讪道："老师您好，我想向您打听个人。"

"打听谁呀？"

"请问孟晓蕾同学在哪个班？"

校长原本已经平静下来，经我这么一问，脸色"唰"的一下就变了，变得非常难看。

然而，他并没有回答我，却用狐疑的目光上下打量我。

我不知道我身上哪个地方不同寻常，值得他如此打量，倘若他是个女孩子，对我有所迷恋，这我能理解。可是，他是个大老头子，难道也对我一见钟情？这怎么可能啊？

我被他打量得有些头晕，只好又给他鞠个躬，重复问道："请问老师，孟晓蕾同学在哪个班？"

"你是她什么人？"他总算说话了，但口气非常生硬，很不像一位校长应有的态度。

我无法准确回答他的问题，只好临时找了个说法："我是她的亲戚。"

"什么亲戚？"

我晕，心说什么狗屁校长！查户口啊？

不过我还不能跟他急，大不了接着编，反正我也不是编了一回两回了。

"我是她表弟。"

站在我身边的秀秀用手碰了我一下，像是在提醒我说错话了。我没有理会她。

校长听了我的回答，显得很不相信，而且问："是真的吗？"

说实在的，我从上小学到上高中，见到的校长多了去了，还从来没见过像他这种不通情理的校长。我大老远跑来找一个人，你能告诉我就告诉我，不能告诉我就拉倒，有这样没完没了地追问下去的吗？

我不能再这么耗下去了，马上拉了秀秀和爱兵一把，气嘟嘟地说："咱们走，找个明白点儿的人问问去。"

然而，我刚转过身去，校长就叫道："别走。"

我回过头来："有事吗？"

校长马上换了一副笑脸："请到我办公室里来一下，好吗？"

我不知道校长有什么话要请我到他办公室里去说，出于好奇，我拉了爱兵和秀秀一把，让他们俩跟上。

可是校长却说："对不起这两位同学，你们先在外面等会儿，有几句话我想跟他单独谈谈。"

秀秀和爱兵同时看了我一眼，希望我表个态。

我对他们说："听老师的话，你们俩就在外面等会儿吧。"

来到校长办公室里，校长反身把门关上，然后示意我坐下。我也不客气，大大咧咧地坐下，只是心里在打鼓：一个外校的学生找个人，就值得校长如此接待吗？

只有一种可能：孟晓蕾的确就像我怀疑的那样，原本就不是一个普通的女生，而是有着诸多秘密的怪异女孩，没准儿她所展露的怪异现象校长早就有所耳闻。

我越发想知道有关她的情况。

然而，校长坐定以后并没有首先提到她，而是询问了不少关于我的材料，诸如姓名、籍贯、所在学校及班级、班主任老师、家庭关系及社会关系，等等。我一一作了回答，每一句话都掷地有声、言之凿凿。看得出校长对我的回答并没有表现出太多的怀疑。

问了那么多，我想他该涉入正题了。可是他还不，还在孜孜不倦地向我问这、问那，比如学习成绩啦，个人爱好啦，理想与抱负啦，等等，甚至连我晚上做不做梦都要了解一下。我终于忍不住了，便打断他的话："校长，您跟我聊天呢？"

校长看我玩世不恭的样子，也好像觉得问得是有点多，便苦笑了一下说："晓军同学，实在是因为刚刚发生的事情太不可思议了。"

"什么事？"我问。

"你知道刚刚被送进医院的那个女生是谁吗？"

"这我哪知道。"

"她就是你要找的人——孟晓蕾。"校长一针见血地说。

我禁不住"啊"了一声，赶忙问："她到底出什么事了？我才来找她，她就出事了？"

“我也觉得不对劲儿。”

“您能不能说得更具体点儿？”

校长清了下嗓子，然后做了介绍。

就在几分钟前，孟晓蕾和她的同学正在实验室里上实验课，一切都跟平常一样。

突然，孟晓蕾说：“老师，我想请个假。”

“你要干什么去？”老师当然会问。

“校门口有个男生来找我，我见见他就来。”

老师感到很奇怪：实验室离校门口那么远，况且这中间还隔着好几排房子，你怎么知道外面有人找你？

要说就当时的教学环境来说，上课时间学生随便找个理由出去一下，老师没有不准许的道理，可是孟晓蕾找的这个理由实在是太不靠谱了。所以，老师完全有理由怀疑她出去办的肯定不是正事儿。本着对学生高度负责的态度，老师不光没有答应她的要求，还让旁边的同学看着她，不准她离开教室一步，有什么事情等下课以后再说。

孟晓蕾觉得自己的自尊心受到了伤害，于是就跟老师吵了起来，没吵几句，就喊头晕，结果一下没站稳，就晕倒在实验室里——整个过程就是这样。

校长说完后，问了我一个问题：“在你来学校之前，你和孟晓蕾同学约好了吗？”

“怎么会呢？我跟她连认识都不认识。”我心里一急，把之前编的谎言全给推翻了。

校长一下就抓住了我这个小辫子：“你不是说你是她的亲戚吗？怎么现在又说不认识她了？”

我懒得跟他解释，得马上去医院。因为我想，在毫无消息来源的情况下，孟晓蕾连我来到学校门口这样的消息都能知道，那么，有关我的事情她还有什么不知道的呢？如今她被送往医院了，我毫无疑问

就得去医院看望她。如果因为她是另一个世界的人，我就不敢与她接触，她一定不会原谅我的。

校长看我说走就走，虽然生气，但还是追到了门外。

“晓军同学……”

我没工夫跟他磨蹭，头也不回地对他说：“谢谢校长了，哪天得空我一定来看望您。”

然而校长要求的并不是这句空话，他紧追几步跑到我的前面：“晓军同学，有件事我得求求你。”

“什么事？”我问。

“你看如今这个社会……”看样子他又要给我讲一通大道理。

我没好气地对他说：“这种话题还是你留着上课时讲给你的学生听吧。我现在还有事，先走了。”

他看我急了，只好长话短说：“我求你别把今天的事情说出去，你能答应吗？”

“这没问题。”我向他保证。

告别了校长，我把校长对我讲的话有所保留地告诉了爱兵和秀秀。

他们俩都坚持不让我去医院。可是谁也说服不了我。

他们只好随我来到了公社卫生院。

由于病情特殊，孟晓蕾被单独安排到了一个病房里，正在接受观察。护送她过来的学校老师已经离开了医院，眼下守候在她身边的是她的妈妈和她的叔叔。她的爸爸出差还没有回来。

我和秀秀在病房外头站了下，只听她又哭又闹：“你们不要拦我，我要出去见他。”

“又没人来找你，你去见谁呀？”妈妈说。

“谁说没人来找我？他现在就站在门外。”孟晓蕾坚持说。

我好生奇怪：她怎么知道我站在门外？看来校长没骗我，真有这样的怪事！

秀秀看我很惊讶，忙用手捏了我一把，像是提醒我当心。

只听孟晓蕾的叔叔劝道：“好孩子，别闹了，叔叔不骗你，确实没人来找你。”

“我不信，我不信。”孟晓蕾尖叫道，“他就在外面，要不你去把他叫来。”

“好，我去叫，我去叫。”孟晓蕾的叔叔答应着，当真走了出来……

第三十三章　都是照片惹的祸[redacted]

孟晓蕾的叔叔三十多岁，是个挺帅气挺有气质的男人。如果我猜得没错，她爸爸也应该是这种类别的男人，或者说跟我爸很像哥们儿。

正因为如此，见到他时，我才多了几分亲切，少了几分陌生。

然而那男人一眼看到我，便不友好地问："你是干什么的？"

我并不生他的气，因为这种口气对我来说太熟悉了。我爸每天都是用这种口气跟我说话的。

"您就是晓蕾的叔叔吧？"我小心地问。

"我问你是干什么的？"他显得很不耐烦，这跟我爸说话的态度一点儿都不差。

"我是来找晓蕾的。"我不想对他隐瞒事实，再说我也隐瞒不了，所以我只能对他实话实说。

很显然，他听了我的回答，也很惊讶。

"真的，我确实是来找她的。"我进一步证实道。

站在我身旁的秀秀也为我帮腔："叔叔，他说得没错。"

半天，他才反应过来，结结巴巴地问我："你……你是谁？"

我非常理解他此时的心情，因此很平静地告诉他："叔叔别紧张，我是学生，跟晓蕾一样，也在读高一。"

他反复打量了我一阵子，好像没从我身上发现什么特别的地方，便指了下秀秀，问："她是谁？"

不等我回答，秀秀就抢先做了回答：“我叫秀秀，是他对象，正在读初二。”

他似乎没什么要问的了，就说了句：“你等等。”然后慌慌张张地回病房去了。

只听孟晓蕾一个劲儿地问叔叔：“你把人给我叫来了没有？”

“外……外面。”孟晓蕾的叔叔支吾着，就是不肯把我在外面等候的话说出来。

架不住孟晓蕾对叔叔死死相逼，后者才勉强说出了实情。

孟晓蕾的妈妈也非常吃惊。

孟晓蕾看叔叔还在推诿，自己就要下床。

她的叔叔只好硬着头皮把我和秀秀叫了进去。

我满以为我的出现会让孟晓蕾异常激动，我甚至都做好了降温的准备。谁知她看我进来，一点儿都不热情，反而用一种冷冰冰的声音问：“他是谁啊？”

我晕！刚刚她还哭着喊着要见我，怎么一见到我又说不认识？

“晓蕾，你真的不认识我？”我不想直接把名字告诉她，希望她能叫出我的名字来，那样我在她的妈妈和叔叔面前说话也就有了分量。

然而，她望了我一阵子，还是摇头：“不认识。”

我实在搞不清她在捉什么迷藏，也不知道自己在哪个地方出了岔子，一眼发现秀秀正直眉瞪眼地望着我，于是我想，也许问题就出在秀秀身上。

难道不是这样吗？本来对我挺有意思的一个女孩，突然之间发现我的身边站着另外一个女孩，而且还相当漂亮，她会作何感想呢？

我想把秀秀临时支开，可是在来这儿之前我是答应过她的，必须让她跟随在我的身边，而且一步都不能离开。如果这个时候我让秀秀离开，她肯定不会同意。

正在为难，孟晓蕾的叔叔突然帮我说话了：“蕾蕾，刚才站在门外的那个男孩确实就是他，你不是要见他吗？”

“是的，晓蕾，我不光来这里找你，还去学校找过你。”我发自肺腑地对她说，希望她别再打这种哑谜，那样会对我非常不好。

“你们在说什么呢？我怎么一句都听不懂？”她使劲儿地撕拽着自己的头发，并且努力回忆着什么。看那架势，根本不像在捉弄人。

而在这时，她的妈妈说话了：“好孩子，你难道就不记得你刚刚说过的话了？”

“我说过什么了？”她反问妈妈道。

妈妈正要说，叔叔却使眼色让她打住。

孟晓蕾四下里张望了一下，惊讶道：“这是什么地方？”

“医院呀。”叔叔告诉她。

“我怎么会在这里？”她显得很不理解。

叔叔马上反应过来：“我侄女病好了！”

妈妈听他如此说，也高兴起来。

我看两位长辈是那么欢天喜地，觉得再待在这里实在没什么意思，就对他们说：“叔叔阿姨，既然晓蕾的病好了，我们也就放心了，你们陪她聊吧，我们走了。”

两位长辈看我们要走，也没什么好挽留的，就要把我们送出门去。可就在这时，孟晓蕾又说话了：“你们先别走。”

我急忙回过头去：“有什么事吗？”

“刚才你好像说你一直在找我，那我问你，你找我到底有什么事？”

如此简单的问题，一下就把我难住了。因为按照我的理解，她一眼看到我，肯定会有一种久别重逢的感觉，即便我不告诉她我为什么要找她，她也能准确说出我来这里的目的。谁知闹了半天，她连我姓什么叫什么都不知道。我无法断定她这是在演戏，还是真的不认识我。如果我不分青红皂白把准备好的话全说出来，不定又会惹什么乱子。

因此，我宁可装一回孙子，也不能多说一句话。

她看我什么话都不说，就追问道："咋不说话了？"

我笑了下，说："刚才我看你病得不轻，想让你早点恢复记忆，所以才编了谎话，其实我也不认识你。"

经我这么一说，她的叔叔也立刻为我帮腔："这位同学是想帮你的，刚才你是说了不少胡话。不过现在好了，从现在起，谁都不准再提这事儿。"

孟晓蕾还想再说点什么，她的叔叔已经下了逐客令："两位同学，谢谢你们关心晓蕾，天快黑了，我就不留你们了。"

我们从医院出来，已经是下午六点多了，等回到我的病房时，已经是晚上九点多了。这一夜，我一分钟也没有入睡，反反复复都在思考一个问题：孟晓蕾到底是人还是鬼？她在给我摆什么龙门阵？

次日一早，我对家人说："我的病已经好了，我不需要再待在医院里了。"

全家人听到这个消息，都很高兴。

然而我马上又说："回去可以，不过你们得答应我一个要求。"

"啥事儿？"爸爸问。

我回答说："我想在家待几天，可能是三天五天，也可能是十天半个月，等村里人不再议论那件没影儿的事再说。"

"他们要是一直议论呢？"我爸反问道。

妈妈接过话来："你这不是抬杠吗？自己的孩子还不知道他是啥人。病才好了，也该在家养养了。"

爸爸还想再进一步跟我讨价还价，但只好打住。

其实我提这么个要求，是有着更深一层目的的。这些天来，我遇到的怪事接二连三，而每一件都是无法用我所学的知识解释通的。我唯一可以请教的人就是白如丽。白如丽虽然对我挺好，毕竟她性格古怪、身份特殊，是个颇受争议的人物。我若天天围绕在她的石榴裙下转悠，势必引起更大的口舌，于她于我都不是件好事。我既要学会面对稀奇古怪事情的方法，又能跟白如丽保持一定的距离，最好的途径就是阅读一些不为大众所熟知的隐秘书籍——用通俗的话说就是禁书。关于这类书籍，我有确切的把握能找到相当一部分。

原来村里有个老学究，由于家庭成分太高，经常被揪去批斗。此人七十多岁，鳏夫一个，穷困潦倒，时常揭不开锅。很多人都同情他，只是由于怕连累了自己，所以只能对他敬而远之。倒是我经常趁人不备的时候偷偷送些米面给他。他由此对我感恩戴德，无时不想报答我一二。言谈中得知，他藏了不少旧书，各行各业的都有。如今我若向他借几本瞧瞧，估计他绝不会拒绝我。

主意已定，我便趁夜深人静的时候偷偷来到他的家里。果然如我所料，他把我想看的书全拿了出来。

有了这些书籍，我便关起门来认真研读起来。一天，两天……不知不觉半个月就过去了，我从书中领略了不少知识，这是我做梦都不曾想到的。

由于读书太用功，渐渐地，我连门都忘记关上了。这天，我正在专心致志地看书，我爸突然走进来，我居然浑然不知。直到我寻找钢笔想做下笔记时，才发现我爸正在看我的东西。

这下可把我吓坏了。要知道，我爸是个激进主义者，除了允许我看马列主义的书籍以外，绝不允许我看任何有悖于时代潮流的课外书籍。

然而我万万没有想到，面对那么多的旧书，我爸居然连眼皮都没有翻动一下，只是拿着一张照片，全神贯注地在看。

我不知道我哪张照片会让他如此感兴趣，居然让他比看我本人都专注——我没工夫思考这些，我得赶快把书藏起来。

我三下五除二把书转移到了一个相对安全的地方。然而当回过头来观察一下爸爸的反应时，却发现他还像刚才那样眼睛一眨不眨地盯着那张照片在看。

这么大的动静居然没有惊动他老人家，这太不正常了。我不禁纳闷：我爸今天这是咋啦？难道又中邪了？

我觉得此事非同小可，得去找我妈。这时我爸说话了："这张照片你是打哪儿弄来的？"说话的同时，他的眼睛依旧一眨不眨地盯着照片在看。

我觉得这话很可笑。我自己的照片难道还是偷的不成？看来我爸的确病得不轻，得赶快看医生了。

我不敢再刺激他，尽可能把话说得婉转些："爸，你是不是觉得我一下长大了？"

"不是说你，是说这张照片。"他把照片递给我，然而这一看不打紧，我差点儿吐血。因为那根本就不是我的照片，而是孟晓蕾的。

我想这下完了。先是因为一个兰花，我被她的二哥糟蹋得差点出不了医院。好歹爸妈是了解我的，这事儿也就没有追究。眼瞅着事情就要过去了，突然又冒出来一张孟晓蕾的照片，我还能说得清吗？

好在他没有接着再问，而且看上去还有些沮丧。给我的感觉是，他似乎并不觉得我做错了什么，倒是为自己的某些做法而纠结。

很快，我的这种朦胧的感觉就随着他的一串热泪而变得明朗起来。

我想都不敢想，仅仅因为一张女孩子的照片，我爸居然流泪了。那么，这眼泪的背后到底隐藏着什么秘密呢？

我想问问他为什么流泪，他却含泪问我："她是不是叫孟晓蕾？"

我又大吃了一惊："你怎么知道她叫孟晓蕾？"

他没有回答，却又问我："你跟她是咋认识的？"

我做出一脸的苦相，希望他别问这个问题，因为我实在无法回答。

他没有让我为难，反而告诉我："我跟她爸爸很熟。"

这话我并不感到意外，而且猜也能猜得到，但是我不得不问："爸，你因为啥哭呢？"

他没有回答，看上去比刚才更加伤感。

我越发想知道这其中的秘密。

过了一会儿，他声音凝重地说："说来话长了，十多年前，我还在文艺宣传队，我随剧团来到了孟家屯。几场演出后，我就跟孟晓蕾他爸——孟祥柱拜把子了。孟祥柱说话办事跟我是一个脾性。有一天下大雨，剧团不能演出，他就把我单独叫到他的家里，跟我喝起了交心酒。我俩一会儿就都喝高了……"

刚说到这儿，忽听院子外头有人敲门。

我爸正说到节骨眼儿上，突然被人打断，很不高兴地冲着外面喊："谁啊？"

"是我，大兄弟，你快把门给我打开，我有要紧事（乡下人说话土，把'重要'说成'要紧'）事。"说话的是一个老女人。尽管她把声音压得很低，但是我也能听得出她是兰花她娘。

刚刚我跟她闺女的事情才算消停了，如今她又有什么要紧的事情要跟我爸说呢？一种不祥的感觉立刻涌上我的心头。

只见我爸黑着脸走了出去。我身不由己也跟了出去。不过我并没有跟得太紧，因为兰花她娘指名道姓要找我爸说话而不是找我说话。

我爸把大门打开，立刻冲着门外高声问道："啥事儿？"

"大兄弟，这儿不是说话的地儿，咱们还是到你家去说吧。"言语中带着几分哀求。

"这儿咋不是说话的地儿？我看在这儿说最好。"我爸火药味十足地说道。

其实也难怪我爸用这种态度跟她说话，原本我跟兰花什么出格的事情都没干，结果让她二儿子一顿胡乱猜测，弄得我差点儿成了孤魂野鬼。如今她神神秘秘地跑到我家里来，天知道又会惹出什么闲言碎语。

然而，兰花她娘并没有因为我爸的极度冷落而改变自己的行为方式，而继续苦口婆心地对我爸讲："大兄弟，我知道你心里有气，我那个二小子不是个东西，你别跟小孩子一般见识，我老婆子也不是招人烦的那号人，要不是为我闺女，我也不登你们家的门儿。”

也许我爸听到是兰花的事儿，觉得还是得说清楚，所以又换了一种应对方式：“那咱们就到大队部说吧。”一边说，我爸一边做出要走的架势。

“别，这事儿不能到大队部去说。”兰花她娘急忙拦住我爸的去路。

我爸本来就看她不顺眼，如此被挡，火气更大：“这也不行，那也不行，你到底想让我怎么着？你要去我们家说话，我可明白地告诉你我们家不欢迎你。”

“你小声点儿好不好？这让人家听见了多不好！”

“你还怕不好？我真替你脸红。我儿子还要不要清白啦？你到底安的啥心？”

“大兄弟，别这么嚷嚷好不好？千错万错都是我家那个王八羔子的错，要是老天长眼，说话这会儿一个雷把他给劈了，我一点都不心疼。”

“心疼不心疼我管不着，反正有什么话要么站在这儿说，要么到大队部去说。”

“大兄弟，真没有商量的余地了？”兰花她娘很失望地问。

“绝对没有。”我爸斩钉截铁地说。

眼瞅着事情已成僵局，这时我妈出现了。

我妈对兰花她娘说：“嫂子，有什么话您能对我说吗？”

兰花她娘犹豫了下，说：“也行。”

“那就进来说吧。”

既然我妈发话了，我爸也不好再阻拦，兰花她娘就进来了。

我妈把她领进了堂屋，我爸也跟了进去。

我无法预知兰花她娘此次来我家到底出于何意，但根据近期发生的事情可以断定：这一定不是什么好事。

考虑到我爸一向对我管得很严，所以我不敢离门口太近，只能远远地站在一边，随时关注着里面的动向。

由于离得太远，我根本听不到里面在说什么。越是听不见，我就越是着急上火。

终于，我听到我爸又在咆哮了：“有这事儿？”

“我亲眼见的。”兰花她娘掷地有声道。

“你等着，我把晓军叫过来。”紧跟着他冲外面喊，“晓军，你过来一下！”

第三十四章　说亲[redacted]

我走进屋去，我爸劈头就问：“你大娘说，你跟兰花照过合影照。有这回事儿吗？”

这突如其来的问题，就像给了我当头一棒，实在让我难以应对。

“我再问你一遍，你到底跟兰花一起照没照过相？”我爸咄咄逼人道。

我早就料到那张诡异照片会出事，可是没想到它会以这种形态出事。所以我有充分的理由怀疑这是兰花故意设的套。

忍无可忍之下，我只说了四个字：“无稽之谈。”

我爸等的就是这四个字。他马上把愤怒的目光转向兰花她娘：“听到了吗？我儿子红口白牙、落地有声，他根本就没干过那种龌龊事儿，是你胡言乱语、血口喷人。老实告诉你，如果不是看在你是个妇道人家的份儿上，我现在就把你告上法庭。你这叫诬陷你知道吗？”

“大兄弟，”兰花她娘显得很委屈，“你别把话说得这么难听好不好？耳听为虚、眼见为实，我亲眼看见的东西还会有假？”

“那就拿照片来——”我爸大手一摊，就像一片荷叶。

我暗暗叫苦：她真要把证据拿来，如何收得了场？

然而兰花她娘并不提证据之事，还是尽可能地摆事实讲道理：“大兄弟，你别这么逼我，既然两个孩子都好上了，咱们做家长的为啥就不能心平气和地坐下来谈谈呢？像你这样就跟结下几辈子仇似的，等将来咱们做了亲家，还咋处呀？”

“亲家？”我爸冷笑道，“亏你说得出口，就算我儿子这辈子找不到媳妇，我也不可能跟你们王家做亲家。”

兰花她娘一点儿都不尴尬，反而有一种深明大义的架势：“大兄弟，你别把话说得太绝。两个孩子好也好了，照片也照了，就等着有一天登记结婚了。你也不想想，这都啥年代了，恋爱自由婚姻自主，我老婆子都懂，你还是大队干部呢，连这点开明还没有？”

这话真让我开了眼了，这老太婆平时说话办事又粗又野，真正讲起大道理来，还一套一套的，这都打哪儿学来的？

我爸自然不会被她的话所打动，因为我爸强调的是证据。没有证据的说辞再华美也是自欺欺人。

一直保持沉默的我妈这时也站在了我爸一边：“嫂子，你讲的倒是个理儿，这合影照，你也拿出来让我们看看呀！”

“我拿不出来。”兰花她娘低下头去，极不干脆地说。

我晕！她唯一制胜的法宝就是那张照片。怎么关键时候反而说拿不出来呢？只有一种解释：照片被猫叼去了。但如果猫把照片叼去以后发现不能吃就把它胡乱丢在大街上，或者虽然没有丢在大街上而被风吹到了大街上，那可就惨了。我越想越害怕。

然而我爸想不了那么多，他一看对方败迹可现，越发势如破竹：“拿不出来？拿不出来你跑到我家起什么哄？拿不出来你干吗生拉硬扯地要跟我做亲家？你以为几句大话就能把我唬着吗？你也太小瞧我了吧？”

兰花她娘无法应对我爸，就转而面向我：“好孩子，大娘相信你，你从来就不撒谎。你现在实话告诉你的爸妈，你跟我家兰花到底好没好过？”

我现在最关心的就是那张照片到底跑哪儿去了，除此我什么都不关心，因此我问：“既然你说你见过照片，那你为什么不拿来让我爸妈看看呢？”

“问得好！”我爸立刻为我喝彩，不过他的理解跟我的用意大相径庭。

“孩子，你别打岔，你就说你们好了没？”

“我就想看看是啥样的合照。”

先是我爸为我叫好，如今我妈也成了拉拉队的成员：“嫂子，你这合影照到底有没有啊？”

架不住我们一家三口都在追问同一个问题，兰花她娘终于撑不住了，撕心裂肺道：“撕了！”

“谁撕的？”我爸问。

“兰花撕的。你满意了吧？”兰花她娘用仇恨的目光望着我爸，看那意思，我爸再多说一个字，她就跟他拼了。

我爸不再吱声，我妈也一时成了哑巴。屋里变得很静。

我终于解过味儿来，其实兰花并不是我想象的那样龌龊。多半是她在家里偷看照片不小心被老太太发现。老太太一看那照片中的男人是我，自然以为兰花跟我好上了。做父母的都希望自己的女儿有个美好的归宿，而在众多的男孩子中间，老太太一向是看好我的。于是老太太就顺理成章地跑到我家，希望说服我爸能成全我们的婚事。

难得老太太这么痴心于我和兰花的感情，可她哪里知道这一切都是阴错阳差？我本应该把事情的来龙去脉全告诉她，可是我说不清楚，即便是实事求是地说了，也没人会相信。

按说听到那张罪恶的照片被撕掉以后，我的心里应该会轻松很多。可是我一点也轻松不起来。我甚至觉得一种更大的危险正在悄悄地酝酿。

望着老太太那种无助的目光，我突然觉得她很可怜，便用一种怜悯的口气对她说：“大娘，我是跟兰花姐好过，可是我说的好绝不是您理解的那种。这么跟您说吧，从小到大我一直都拿兰花姐当亲姐姐看，是这种‘好’，可不是什么恋爱啦结婚啦那种‘好’。不光我不会这么想，连兰花姐也不会这么想。别的不说，单是我跟秀秀的事儿，咱村里谁不知道，我再浑，也不能去干那叫人戳脊梁骨的事儿吧。”

兰花她娘看我不像说谎，就用一种平静的语气说：“那这合影照是啥时候拍的？”

“你啥时候见的？”我问。

“昨儿夜里。”

一下子，我就像抓到了救命稻草似的，对她说：“这不就结了吗？晚上看东西本来就模糊，再加上您岁数大了，眼神又不太好使，肯定是看花了眼啦。好了，大娘，别胡思乱想了，天不早了，我也不留您在俺家吃晚饭了。”

兰花她娘似乎被我的话说服了，然而刚要走，又犹豫起来。

她突然说：“不对，我没有看花眼，那照片上的男孩就是你。”

“大娘——”我尽量表现出很无辜的样子，“我都说了那么多了，你怎么还不相信我的话呢？”

“你是说了不少，可是你还有一件事没说。”

“哪件事？”

“那你说照片上的不是你，他是谁？”

这话问得好没道理，他是谁我怎么知道？

因此我说：“大娘，我再重复一遍：您肯定看错了。”

“就按你说的，我确实看错了，那兰花为啥看我发现照片，就把它撕了？”

站在一旁的我爸早听不下去了：“你回家问你闺女去，你犯得着问我儿子吗？别在这儿吵吵个没完没了了。”

我妈是厚道人，赶紧批评我爸：“你少说几句就把你当哑巴了？”

说实在的，对于我妈此时的厚道，我还真不敢恭维。比起这种不合时宜的厚道来，我倒觉得我爸的做法更能解决问题。

不过，我也只好将这台戏继续演下去了：“大娘，瞧您问的！兰花姐的脾气您又不是不知道，心情好的时候，看啥啥好，连砖头瓦块都是宝贝；心情不好的时候，看啥啥不顺眼，金子银子都不值钱。说不定那时候她心里正不痛快就一把把它撕了。”

“我觉得是这么个理儿，”我妈息事宁人道，“女孩子的心一般都很难捉摸。”

我妈说这话本来是好意，可是兰花她娘却冷笑一声，不无讽刺道：“你们娘俩倒挺会一唱一和的，可是我怎么觉着你们娘俩比我这当娘的更懂得我闺女的心思？”

“嫂子，你这话是啥意思？”我妈不高兴道。

“晓军他妈，你跟她还啰唆啥呢？”我爸实在忍不住又说话了。

兰花她娘哈哈大笑道：“今儿咱打开窗户说亮话，不说清我就一头撞死在你们家。”

此言一出，我们全傻了。有道是，人都怕横的，横的又都怕不要命的。兰花她娘连命都不要了，我爸再有本事又能把她怎么着？

我爸想趁机溜掉，却被兰花她娘挡了回来。我妈没辙，只好嫂子长嫂子短地劝了起来，尽管这一切都是徒劳的。

还是那句话，我是从死里逃出来的，我没什么好怕的，再说兰花她娘本身就是冲我来的，所以关键时候还得我说话：“大娘，该说的我全都说了，我跟你去当面问问兰花姐，这准行吧？”

她看我软了下来，突然老泪纵横道：“晓军啊，你们这年轻人做个啥事儿咋就这么没谱儿啊，我的那个娘啊，你还叫俺兰花活不活啦……你跟兰花好上了，那就得抓紧时间把婚事定下来，省得夜长梦多。你把我家兰花的身子给坏了，事后装得跟好人似的，她是个大闺女，只能哑巴吃黄连啊。没办法，我这当娘的不给孩子讨个说法？你个没良心的……”

听了她这番声情并茂的话，我爸我妈又都惊讶地瞪着我。我妈甚至还问我：“晓军，你干那事儿啦？”

我知道，我现在说什么他们都不会相信。直到这时我才深刻地体会到“有苦难言”这四个字是什么含义。

他们看我一句话都不说，越发觉得兰花她娘的话是真的。

我爸长叹了一声，骂道：“王八羔子，我打不死你！”

“够了！”我突然咆哮起来，“你们王家想折腾死我几回？还叫不叫人活了！”

兰花她娘见我发怒了，倒显得平静了许多：“孩子，事情都到了这一步了，你咋还嘴硬？”

“都到了哪一步了？”

“兰花她这几天不吃不喝，就跟失了魂儿似的，问她什么她都不说。于是我就琢磨着……要不，干脆这么跟你说吧，我就担心过不了几天她会挺着大肚子在街上走，到时候丢的可是你们谢家的人啊！”

“好端端的，什么大肚子？”我问。

“我还问你呢？”兰花她娘说。

“我……”

看来我真是跳进黄河都洗不清了，这样关乎个人声誉的大事，连我爸妈都对我动摇了，我决定快刀斩乱麻。索性在大庭广众之下，找上兰花，把事情说个明明白白。

第三十五章　审判[redacted]

原来兰花真的怀孕了。据后来的消息称：兰花这段日子确实每天都闷闷不乐，而且一天到晚活也不干，话也不说，就知道一个人躺在床上睡觉，如果没人催着她吃饭，她甚至连饭都不吃。先是因为她跟我有着扯不清的关系，因此她的二哥把她锁在家里不让她走出大门一步，慢慢地，他们发现，即便是大门敞开着让她出去走走，她也懒得出门。

一个十八九岁的大闺女天天躺在家里睡觉，这可不是什么好事。眼瞅着她的面容一天天在憔悴，家人开始害怕起来。

然而她的家人明明知道她是因为我的事情才落到这步田地的，却没人敢在她的面前提到我半个字。

“闺女，有什么话你就不能跟娘说说？”这样的话兰花她娘私下里不知问了多少遍，却从来没得到过答案，得到的全都是沉默。

终于有一天，兰花她娘发现女儿有点不对劲儿。本来一天都没怎么吃东西的兰花，突然做出要呕吐的样子，却又吐不出什么东西来，憋得脸色一阵阵蜡黄。

兰花她娘是过来人，当然知道这是一种什么生理反应，一时吓得六神无主，却不敢跟儿子们商量这事该咋办。正为难间，她忽然发现女儿偷偷在看照片。出于好奇，她走过去也想看看，顺便跟女儿沟通沟通。谁知她刚看了一眼，女儿就发现了她，随之女儿一把把照片撕了，生怕被拼接，还拿在灯下烧成了灰。

这下兰花她娘就更加意识到女儿的病绝非一般药物可治，而唯一的治疗办法就是让她跟我订婚。于是思前想后，兰花她娘这才上演了上一章那极具喜剧色彩的一幕。应该说，兰花她娘的做法一点都不违背常理，倒是她离开家里之后家里发生的事情让她更为不安。

原来她前脚出门，后脚兰花就喊肚子痛。

好端端的，又没吃坏东西，怎么会肚子痛呢？王二虎要妻子过去问问情况。兰花她二嫂问了半天却什么也没问出来。不得已，王二虎只好亲自动身把村里的老中医叫来给妹妹号脉。

老中医是十里八乡非常有名的老医生，号脉多年，从未出过偏差。当下他坐下来心平气和地为兰花号了一阵子脉，突然眉头紧皱，而且还不停地摇头。

王二虎一看情况不好，马上把老中医拉到别的房子里问话。然而随他怎么着急，老中医就是摇头不说。

王二虎急得直跺脚。

老中医看瞒也瞒不住，只好告诉她兰花已经怀孕。

女孩子没嫁人就怀了孩子，这在农村是最让人抬不起头的事儿，特别是在那个年代。

王二虎没什么话可说，当即就把他的大哥大嫂叔叔婶子以及叔伯兄弟叔伯嫂子叔伯弟媳妇等统统叫来，让大家每人手里拿着一件武器到我家闹事去。

就这样，还没等我迈出家门，他们王家一支浩浩荡荡的队伍就拿着家伙来我家“问罪”了。

说实在的，我真要做了亏心事，遇到那样的情景，等不到外面的人杀进来，我自己也会一头撞死。

可是，我并没有做亏心事，我是清白的，我怎么能死呢？我即使死，也得在死之前拼死他们几个。是他们一而再，再而三地不让我好好活着。

我一不做，二不休，随手操起一把斧头，这就要冲出去跟他们拼命，却被我爸一把拉住。

兰花她娘看我如此不要命，也拉着我不让我胡来，并且劝我说:“你的命比他们值钱，你不能跟他们拼命。”事后想起来还真的多亏了她的阻拦，不然这本书大家永远都看不到。

毕竟大队也是一级行政机构，大队掌控下的民兵连也是一支不可忽视的地方武装力量，他们绝不会对于如此声势浩大的聚众闹事行为坐视不管，何况我爸还是大队干部。所以外面的那伙势力没有持续多久，就被民兵连驱散了。

现在，外面除了极个别顽固势力还在叫骂外，其他肇事者基本销声匿迹，不过看热闹的人还在。

既然危险期已经过去，我爸拉我的劲头也就没那么足了。他稍一放松警惕，我就从他的手里挣脱出去。

我把大门打开，二话不说，对着王二虎劈头盖脸就是一拳。

王二虎被我打得嗷嗷怪叫，当然不会认输。于是我们俩就扭在了一起。但很快民兵就制止了我们的行为，并且把我们带到了大队部。

跟上回不同的是，这回我不希望大事化小，我希望事情越闹越大。他王二虎不是张口闭口就说我因为我爸在大队做事就仗势欺人吗？我说，你就放心好了，咱们的官司不让大队去断，直接让公社派出所或者司法所去断。如果这两个部门都断不了，那咱们就去县，去地区，去省里，实在不行，就算跑到北京跑到毛主席那里也得把官司打明白，不信毛主席也断不了这个官司。

然而大队有大队处理问题的原则，如果遇事都交到上头去解决，那还要大队一级行政机构干什么？所以民兵连连长对我说：“真正到了我们解决不了的时候你再去也不晚。”

我说：“行，不过我有个要求。”

“啥要求？”

“这案子必须公开审，让全村的群众都来旁听，就像平时开群众大会一样。”

“这个嘛……”民兵连长犹豫了一阵子，然后问，“你觉着这样做好看吗？”

“非常好看。”

民兵连长看我说得斩钉截铁，只好说：“好吧，我跟班子商量一下。”

很快，我的要求得到了班子的认可。全村一千多人纷纷来到了大队部的院子里，比开任何一次群众大会来得都整齐。

这是一次别开生面的三堂会审。坐在审判席上的除了大队部的领导成员外，还有八个生产队的队长。他们分两排坐着，神态都很严肃。负责主审的是民兵连连长。我爸因涉嫌我的案子，不得不回避。

作为原被告，我和王二虎分坐在台上的两张椅子上，半张脸对着台上的审判官，半张脸对着台下的广大人民群众，很像两个唱花鼓戏的演员。跟唱花鼓戏稍有不同的是，我们两人身边都站着一名扛枪的民兵。

此时，已经到了掌灯时分，负责后勤的工作人员在台子的上方挂了两个汽灯。汽灯发出一种青白的光，把台上的人们照得如同纸人，那样子煞是恐怖。

“请大家安静，现在开始审判。”民兵连连长就像平时开会那样宣布道。随即，台下轰轰的议论声戛然而止，这是过去任何一次同样规格的会议上都不曾出现的奇迹。

毕竟民兵连连长也没经历过这样的场面，实在找不到可供借鉴的经验。再说他一没文化二不懂得法律，仅凭到上头开过几次会观摩过几次审判活动，就被推到如此重要的位置。显然他心里没底，只能摸着石头过河。

“村里的王二虎状告谢晓军诱奸她的妹妹，现在让王二虎当着众乡亲的面说说，他到底有什么证据能证明谢晓军确实诱奸了他的妹妹。”

王二虎说：“我妹妹怀孕了，这就是证据。”

民兵连连长虽然不曾审理过如此复杂的案子，但他并不糊涂：“这不能算证据。”

“这还不算证据？那什么才算证据呢？哦，对了，老中医给我妹妹号过脉，老中医算不算证据？”其实王二虎也没打过官司，所谓的心里有底儿，也就是比别人多听了几回瞎子说书而已。

“老中医也不能算是证据，最多算是证人。”民兵连连长咬文嚼字道，可是刚说完，他就意识到自己言语有误，马上改口说，“不，现在看来说，他是证人还有点早。”

“为啥不算？”王二虎不解地问。

“这还用问吗？”民兵连连长言辞凿凿道，“老中医能证明你妹妹怀孕了这不假，可他不能证明你妹妹所怀的孩子是谢晓军的啊。”

王二虎皱眉想了一会儿，显然觉得民兵连连长的话是有几分在理，一时陷入迷茫状态。只听他自言自语道：“是啊，我怎么没想到找几样证据呀？”

这时，台下有人高声提醒王二虎：“晓军找过兰花，兰花也找过他。你怎么把这茬儿给忘了？”

立刻，王二虎做出一副小人得志的样子：“对，我想起来了，那天他去我家找过我妹妹，这算不算证据？”

“如果谁去你家找过你妹妹，谁就是奸夫，那么我也得算上一个。”

此言一出，台下一片哗然。有的说这比喻打得太精彩了，有的则说民兵连连长也太不严肃了，这都什么场合，怎么能开这种玩笑。

“肃静！肃静！”民兵连连长学着专业审判官神气的样子，咋呼了一阵子，可是台下没人理会他，依旧议论纷纷。他想找个类似醒木一样的东西砸一下桌面，无奈桌上除了一个喝水用的杯子之外，再无其他任何可供摔打的东西。不得已，他只好用拳头砸了一下。不幸的是，由于没有找准位置，他一拳头砸在了桌楞上，疼得他一阵龇牙咧嘴。

见此情景，我差点笑出来，但想想自己目前的身份，还是咬牙忍住了。

半天，台下才又恢复了正常。

不过，出现了这个小插曲，这同时也为王二虎赢得了充分的思考时间。

王二虎说："村里人从县化肥厂回来的那天晚上，我计算过，我妹妹整个夜晚总共从家里走出去三次。前两次因为我睡得糊涂，只知道她出去了，不知道她去了哪儿，也就没在意；第三次，我清楚地记得，天快要亮了，我都起床了，却发现兰花的屋子敞着门，我叫了她一声，没有动静。我就出去找她了。刚走到晓军家的那个胡同口，就看见兰花走过来了，一问就是去了晓军家。当时我气了个半死，没承想刚吃过早饭，晓军就来我家找她了，后来发生的事儿大家都知道了。从那天起，我妹妹就一天到晚闷闷不乐，可是再没出过大门一步。今儿下午，她突然喊肚子痛，我就把老中医请来给她号了下脉，老中医说我妹妹肚子里的胎儿已经有五十天了。你们算算，从闹事儿那天到今儿个是不是正好五十天？看，多准哪！这还不是证据吗？"

一席话说得台下一片唏嘘。我能清楚地听到有人在骂我，然而我已经顾不上这些了。我只是在想，如果老中医的诊断不出差错的话，兰花肚子里的孩子正是出事那天酿成的。读者为我做证，那一夜我连见都没见到她，即便是前一天中午我们俩去照相馆的时候，也没有发生过出格的事情。那么，这个奸夫会是谁呢？然而，王二虎说得有理有据有鼻子有眼，群众不怀疑我都由不得他们。

好在这个时候明德大伯站出来说话了："那天夜里发生的事情我知道，兰花三次去晓军家里这不假，可是三次都没有见到晓军的面。这事儿不光我可以做证，他，他，还有他都可以做证。"

"你怎么知道兰花没有见到晓军的面？"王二虎马上问道。

"那天夜里我们几个都在值夜，正好碰上兰花敲晓军家的门儿。当时我劝她回去，她还很不乐意。不信你问兰花是不是？"明德大伯铿锵有力地说道。

王二虎生性狡诈，只要有一点空子，他就能钻进去，此时也绝不例外：“好，就算她去了三次被你挡了三次，那么三次以外呢？你不是说你们几个那天晚上都在值夜吗？你们不会是为他一家值夜的吧？说不定你前脚走，她后脚就进去了。再说晓军又不傻，他听到兰花在外面说话，能不趁你们离开的时候把她引进去吗？”

“这……”明德大伯一时支吾起来。不难想象，明德大伯本来是想把那天晚上的情景清楚明了地摆在桌面上的，只是考虑到这是一次非常隆重的审判会，如果把我爸被何厂长的阴魂迷住的事情说出来，显然是在宣扬迷信，别说王二虎这边过不了关，就连台下的群众也很难解释得通。

就在明德大伯为找不到辩词而急得满头大汗的时候，突然一个人“噌”的一下从台下跳到了台上。由于她穿着一身白衣，所以看上去就仿佛一只白天鹅蓦然飞到了台上。

当下白如丽亭亭玉立地站在台子的正中央，一下成了众人关注的焦点。

“她怎么上去了？”很多人提出这样的疑问，但也有不少人在赞美她的风姿。但不管怎么说，她的出现很难让人接受。

民兵连连长还有坐在审判席上的各位陪审员显然也被这突如其来的一幕惊得目瞪口呆。

半天，民兵连连长才反应过来：“你这是要干什么？”

“我要为晓军做证。”白如丽不卑不亢道。

“你能证明什么？”民兵连长问。

“我能证明晓军那天晚上没在自己家。”

“有啥证据？”

“出事的前一天晚上晓军是在我家里过的夜。”

此言一出，台下又是一片哗然。这个说：“晓军怎么能干这种事儿？”那个说：“不管咋说，晓军终归不是好人。”大家足足议论了五六分钟，才被白如丽一顿臭骂被迫停止下来。

白如丽之所以敢骂台下的任何人，不光是因为她身份特殊，还因为她能治疗各种病。我敢说，台上台下所有人都找她治过病，都从感情上亏欠她。白如丽治病的方法也很特别，说来读者都不一定相信。举个最典型的例子：某日，有个不三不四的年轻人找她治病，她看都不看、问都不问，一顿大骂之后就打发他走。年轻人自然不服："我找你治病，你不给治也就罢了，为什么要骂人？""骂你那是瞧得起你。""我宁可不被瞧得起。""那你就回家好好待着去。"说来也怪，那年轻人一回到家里，病就奇迹般地好了。于是这位年轻人逢人便说："能被白如丽骂一顿说不定也是福。"当下她跑到台上又去骂人，很多人都以为这骂人的背后肯定在警示人们什么。

白如丽骂过之后，紧接着说："你们都瞎叨叨个啥呀？一听说他在我家里过夜就认为是整那事儿呀？那天我喝得烂醉，吐得满屋子都是，如果不是他帮我清洗，三天五天味都散不去。得，不说这些了——说得再多也不顶用。另外，光我一个人能证明还不行，他们俩也能证明。"说着，她指向另外两位大队干部，就是那夜为我站岗放哨的，"现在让他们俩说说，那天晓军是不是在我家过的夜？"

那两位大队干部本身就对白如丽很敬畏，再说他们确实能证明这一点，于是就为我做了证。

顺便交代一句，那天我爸就怕我事情解释不清，于是就派了两个眼线在外头守着。没想到这事白如丽也知道。

另外，我还发现一个问题。如果那天白如丽不是硬逼着我去她家里过夜，今天的事情我永远都说不清。

按说在证人证言面前王二虎应该放过我了，可他偏不，他非得一条道走到黑："你们这是在合起伙来欺骗我。我要上告！我要上告！"

经他这么一咋呼，那些本来就不太会明辨是非的人开始动摇起来。一时间，台下说什么的都有，审判陷入僵局。

可就在这个时候，王二虎的一个叔伯兄弟、叫王小三的慌慌张张地跑到台上，趴在王二虎的脸上耳语了几句。王二虎立刻神色大变。

作为主审官的民兵连连长，如此被搅局，显得非常生气："王小三，到底什么事情这么神神秘秘的？你的眼里还有没有我这个审判官？"

"不神秘不行啊，兰花跑啦。"王小三压低声音说道。

出现如此变故，使得本来就不太平静的台下又掀起了一层波浪。大家交头接耳，做着各种各样的猜测……

这回民兵连连长没有让大家肃静，而是跑到后面跟众审判员嘀咕了一会儿，然后回到自己的位置，对着台下的听众宣布："今天的审判会就先开到这儿，大家都回去吧。"

"怎么？不审啦？"有人问道。很快，各种非议声响成一片。

"到底谁对谁错？总得有个说法呀！"

"这不是虎头蛇尾吗？"

"没见过有这样审案子的。"

……

不过话说回来，大家非议归非议，该走的还得走，反正再议论下去也没人管饭。很快，台下的人就走光了。

我实在忍不住，就问民兵连连长："到底出了啥事？"

民兵连连长没有理我，而问白如丽道："你看这事儿该咋办？"

"你说咋办？追呀！"白如丽没好声气地说。

"往哪儿追呀？"其中一位大队干部又问。

"你们都跟我来。"白如丽一边说，一边带领大家走。我一时成了没人管没人问的苦孩子。

我不甘心落单，就跑上去问民兵连连长："到底出啥事了？就对我一个人保密？"

民兵连连长虎着脸说："你就别再添乱了，还是回你的家去吧。"

我不回家，我非要跟他们一起走。

第三十六章 兰花的遭遇[redacted]

出了村子我才隐约知道，就在十几分钟之前，兰花离家出走了，好像是被一个男人拐跑的。

如果情况属实，我可以断定，拐她的男人应该就是让她怀上孩子的那个奸夫。

既然这样，只要能追上她，一切的一切都会真相大白。

但问题是，我们能追到吗？再说黑灯瞎火的，谁知道他们往哪个方向跑了？我承认，白如丽在沟通阴阳两界上是有两下子，可是在处理男女私情上未必也有两下子。

没有月亮，道路坑坑洼洼。我一出村子，就迷失了方向。好在人多，他们往哪儿走，我跟着往哪儿走就是了。

大约走了个把钟头，我才发现，原来我们来的地方又是海子凹。

远远地听到有个女孩子在哭，我们不由得放慢了脚步。随着由远及近，我们越来越清晰地分辨出那哭着的女孩子正是我们要找的人。

这时，白如丽让我们停止脚步，仔细听听她在哭些什么。

只听兰花一边哭，一边数落，就像某个男人做错了事，他的老婆数落他一样。

“你说你怎么这么缺德？我不就是掐了你一朵花吗？这能值几个钱？大不了我赔你，你也犯不着变着法儿地折磨我呀！你已经把我折腾得够苦了，我又怀上了你的孩子，你让我以后怎么见人？就这还不算，你还愣把屎盆子往人家晓军头上扣……”

听了这些话，我总算明白了一点：兰花是因为掐了人家的花，才惹出后来的麻烦的。

但我还是搞不懂，一朵花就把人折腾成这样，这也讲不通啊？再说兰花被人欺负为什么不告诉家人，反而让我替那个男的背黑锅？

此时，我不觉得兰花可怜，倒觉得她可恨。

也不管白如丽是否反对，我第一个冲过去，要狠狠揍那个男的一顿。

然而我走到跟前才发现，那里根本就没有男的，只有兰花一个人在哭。

我以为那男的提前一步溜了，就问兰花：“人呢？”

说话的工夫，众人也都一齐跟了过来。

兰花一看“呼啦”来了这么多人，反倒疑惑道：“你们要干啥？”

“你还好意思问？”王二虎把我挡在一边，自己要跟妹妹对话，“咱王家的脸全让你给丢尽了。快说，那个找死的家伙是谁，我要剥了他的皮！”

兰花反而问哥哥：“你咋知道的？”

王二虎气得哇哇怪叫：“你以为我们都是聋子啊？刚才你说过的那些话难道我们都没听见？”

“刚才我说啥了？”兰花委屈道。

王二虎看她还在抵赖，便举起拳头：“都走到这一步了，还不说实话，找挨打不是？”

我一把抓住王二虎的手：“你干啥呢？”

王二虎气得够呛：“她都把你害成这样了，你还护着她。”

我说：“二哥，你冷静冷静，我看事情没这么简单。”

王二虎实在冷静不了：“我看你是书读多了，都什么时候了，还这么文质彬彬？”

白如丽看我话里有话，忙制止道：“王二虎，不许胡闹，听晓军说下去。”

见白如丽出面制止，王二虎才暂时作罢。

于是我对大家说："大家还记得一个多月前的事吧？我爸就是莫名其妙地跑到这儿来哭的，跟兰花差不多，而在我爸来这里哭的前两天，我也莫名其妙地来过这里，不同的是，我没有哭。那么，同样的事情接二连三地出现，这里头肯定有蹊跷。"

"有长进。"白如丽赞赏道。

接下来，她告诉大家，现在什么都不用问了，有什么问题回家去解决。

当下十几个人回到兰花的家里，兰花她娘一看闺女找到了，喜得又是烧香又是拜佛，完全忘了大队干部一再强调不准搞这种封建迷信。

农家的房子一般都很窄小，根本容不下这么多人，所以除了少数几个比较有代表性的人物坐在屋里之外，其余的人全都站在院子里。根据白如丽的安排，我有幸坐在了屋里。

白如丽坐在堂屋当门最显要的位置，就像供奉的一尊女神。

兰花一家几辈子没出过有头有脸的人物，也很少跟有官衔的人打交道，家里一下来了这么多有身份的人，这不能不是的一件大事。所以，兰花她娘拜完了佛烧完了香，马上就去找座位烧水招待客人，一时忙活得不可开交。

屋里屋外点燃了好几盏灯，几乎把每个房里的灯都使用上了。虽然煤油灯的火光不算太明亮，但由于灯盏较多，所以还是挺亮堂的。

等大家全都坐定，白如丽对兰花说："兰花，其实我早就知道，你有个心结，却一直都不敢对别人讲，总是幻想着有那么一天这个心结会自然而然地消失。你错了，你这么做到头来只能是既害了自己，也害了别人。眼前连晓军也跟着受连累。当初我让他帮你去摆平照相馆的事情，其实就是想让他……"

刚说到这儿，兰花她娘就惊讶道："连这事儿你也知道？那你说兰花跟晓军是不是照过合影照？"

“什么合影照？”王二虎接过话来。

白如丽分别瞪了他们娘俩一眼：“你们能不能不插嘴？”

兰花她娘一看白如丽生气了，赶快把嘴闭上。

白如丽接着说：“兰花，我都说了这么多了，你还执拗是吗？我白如丽给人家瞧病有个特点，病人哪里不舒服得自己说出来，我才能对症下药，你要是啥也不说，我也帮不上你了。”

兰花她娘看兰花还不说话，又忍不住了：“闺女，听你婶儿的，你婶儿这都是为你好。”话刚出口，她就发现自己又错了，连忙打了自己一个嘴巴。还好，这回白如丽没跟她计较。

兰花从进门那一刻起，就一直低垂着脑袋，如今勉强抬起头来，极不情愿地说：“婶儿，既然您什么都知道，为什么还让我说？”

“问得好！”白如丽赞扬道，但随之也问了对方一个问题，“知道什么叫讳疾忌医吗？”

兰花当然知道，不过她并没有像学生回答老师的提问那样把这个成语的字面意思解释出来，只是轻轻点了下头。

然而白如丽却说：“你根本就不知道。”

兰花没有跟她争辩。

白如丽说：“治心病最有效的手段就是病人自己把心里的小九九说道出来，这至少能减轻你一半痛苦。不信你试试。”

兰花听了这话，脸上不由得燃起了一线希望，但看了下自己稍微隆起的腹部，又看了下在座的每一个人，不禁犹豫起来。

白如丽说：“你不要有心理包袱，其实你是无辜的。你只有把隐藏在心里的话全部说出来，大家才能还你一个清白，要不然神仙都救不了你。”

在白如丽的一再开导下，兰花终于说出了那段埋藏在心里许久的诡异事件……

大约两个月前的一天早晨，兰花去田野里拔草，不觉来到了海子凹。那时候，麦子才刚刚拔尖，满地里一片绿油油的。

兰花拔了一早晨的草，正要满筐而归，忽然发现野草丛里有一朵野花开得特别好看，就想把它掐下来拿回家去。可是，她的手刚要接触那朵野花，就听到有人喊道："别掐，那是我养的花。"

兰花觉得奇怪，刚刚没看见附近有人啊，怎么突然有人向她喊话？于是，她就四下里看了一眼，却连个人影都没看到。

她想，这也许是错觉，于是又把手伸了过去。奇怪的是，那声音又出现了，还是不让她掐，说那花是他养的。跟上次相比，这次的声音更清晰，分明就是一个男孩的声音。

兰花虽然还是没看到那男孩长什么模样，但凭着一个女孩子特有的那份儿直觉完全可以断定：这肯定是哪个浑蛋小子不怀好意，隐藏在某个地方搞恶作剧。

作为她这个年龄段的女孩子，被某个男孩子盯上这并不稀奇，何况她长得又不赖。

兰花自然会想，蒙谁呀，野花长在野地里，又不是长在你家墙头上，凭什么说是你养的？我还说是我养的呢。

这样一想，兰花觉得那男孩很可笑。所以，她不仅要掐，还得唱着歌去掐，目的就是气气他。结果是：花掐了，那男孩反而不吱声了，而且自始至终都没有露面。

男孩子不吱声，女孩子当然更不会多事儿。于是，兰花就手拿着鲜花，肩背着篓筐，嘴里还哼着乡间小调，优哉游哉地回家去了。

吃过早饭，兰花刚走出家门，就遇上了要去县城办事的舅舅。舅舅说你愿不愿意跟我去城里玩呀？兰花早就想去县城照张相，于是就顺理成章地搭着舅舅的拖拉机去了县城。

女孩子嘛，天生爱美，那朵花自然也就成了她照相时所使用的最好的道具。

这本来是一桩再平常不过的事情，然而半个月过后，她再次来到县城，却惊讶地发现，照片中的花朵居然变成了一个男人。

接下来发生的事情前面已经介绍过了，这里不再赘述。不过有一点我得补充交代一下，兰花发现那照片上的男人顷刻之间变成了我的样子时又是一种什么样的心情。

根据她的交代，从第一眼看到那照片上的男人起，她就恍惚之间产生了一种幻觉，老觉得有个男人在她的身边晃悠，还不时地用下流话来调戏她。她无论用什么办法都不能将他赶走。她很需要有个人能够照顾她一下。

我的出现，一定程度上实现了她这一心理满足。当她发现那照片上的男人突然变成了我的模样时，她也惊讶过，但是惊讶过后，她反而觉得这是件好事儿。或许她在潜意识里就希望那照片上的男人是我，而不是另外一个男人——这是她清醒以后给出的说法。另外还有，她能够跟我出现在同一个画面里，而且还保持着那么亲密无间的姿态，这让她无形之中又多了一份安慰而少了许多恐怖。甚至可以这样说，她把照片留在自己身边，就好像我随时守候在她的身边似的。所以，她宁可将这张照片永久地保留着，却不肯把它毁掉。

然而事实并非像她幻想得那么乐观。她回到家里，那个男人非但没有离开她，而且对她的骚扰愈演愈烈。她走到哪儿，他就跟到哪儿。她去厕所，他就跟她去厕所；她上床睡觉，他就钻到被窝里跟她一起睡。

她问：“我跟你无冤无仇的，你为什么要欺负我？”

“谁说没仇？”

“那你说啥仇？”

“那天你去掐花，我警告你别动它，那是我养的，可你就是不听，非把它掐了。你说，这算不算得罪我？”

兰花想想那天的情景，不禁吓了一跳。

然而事已至此，她也没什么好办法，就说：“那天是我不对，我赔你总行了吧？”

“你赔得起吗？”那男人不依不饶。

“不就是一朵花吗？我在原来的地方再栽上一枝，不，是两枝，十枝八枝都行。这不完了？”

“那不行，这么跟你说吧，你栽的花是常见的花，我那花独一无二，就算你是神仙你也栽不出。”

兰花想想那花，的确平生第一次见到，甚至连花的名字都叫不出来。她还记得她在照相的时候，工作人员都对那朵花大加赞美。

兰花不得不问：“那你说，我到底怎么做你才满意？”

“做我的情人。”那男人厚颜无耻地说。

兰花当然不会答应他，但又不敢拒绝，就寻找理由说：“你是鬼，我是人，我咋能跟你有那种关系呢？”

那男人笑道：“亏你还读过几年书，难道你就不懂得爱情的核心就在一个‘情’字吗？只要你心里有我、我心里有你，你我就是情人，这跟人鬼殊途没有任何关系。”

“那也不行。”

“为啥？”

兰花本来就嘴笨，面对如此尴尬的事情，更是有口说不清。

那男人不容她僵持下去，便用威胁的口吻说道：“别敬酒不吃吃罚酒，面子我已经给足你了，你要是再不答应，我就来硬的了。”

说话的当儿，兰花只觉得浑身奇痒难忍，就像被人抓摸的感觉一样。兰花又羞又气，又实在拿不出什么办法来对付他。走投无路之下，她想起了那张照片，以为只要把照片拿出来，那照片上的我就会像孙悟空那样从照片里一跃而出，然后把那男人打得跪地求饶。

谁知等她拿出照片，那男人并不害怕，还阴沉着脸说道：“原本我把照片上的花朵幻化成我想象中的男人的样子，只是想跟你好。没想到半道上真杀出这么个人来，这让我很不舒服。干脆把我换成他，看你能跟他怎么着？没想到你对他居然这么一往情深。实话告诉你吧，我活着的时候，就没人敢跟我作对，死了就更不怕了。你想指望他把我赶走，我会让他死得很惨！”

“你不能害他，他是无辜的。”兰花极力为我主张正义。

然而，那男人铁了心要置我于死地，兰花只好连夜找我诉说真情，而且一找就是三次。可悲的是，三次都没能见到我。

由于这是一桩离奇得不能再离奇的诡异事件，除了我，她跟谁都不能说，所以无论她的二哥再怎么逼问她，她一概守口如瓶。

二哥离开她的房间的时候，天还没有大亮。她一时心里很乱，可又见不到我的面，越发坐卧不安。然而刚躺下，她就觉得那个男人压在了她的身上。她想把家里的人张罗起来把他赶走，可是嘴巴被堵得死死的，一点声音都发不出来，而整个身体就像瘫痪了似的，动都动不得。就这样，那个陌生男人在她极不情愿的情况下，强行占有了她。

从那天起，那男人隔三岔五就来骚扰她，恨得她手指缝都痒痒。如果她能抓得住他，她会一刀砍了他，即使跟他同归于尽都没得说。可惜的是，她只能感觉到他的存在，却无法动他分毫。

要说一个女孩子还没有结婚就被一个陌生的男人占有了身子，而且还不止一次，她实在没脸再活下去，但是那男人再歹毒也只是虚幻中的人物，不可能对她的肉体造成实质性的伤害。所以，她虽然苦不堪言，却也只能打了牙往肚里咽。即使到了这步田地，她也没有毁掉那张照片，而且每当想起我时，就拿出照片来偷偷看上几眼，总希望能有奇迹出现。直到有一天这个秘密被母亲发现，她才把照片毁掉。

谁知照片的事刚暴露，紧接着老中医就诊断她为怀孕。

这简直就是一声晴天霹雳。

就在男女老少集中在大队部开审判会的时候，恍恍惚惚，她觉得那个男人又来了。她别无他法，只有又哭又骂。哭累了骂完了，她又央求他开恩。可她万万没有想到，她在说这番话的时候，并不是坐在自己的床头上，而是坐在海子凹的草地上。

以上就是兰花的整个遭遇。

听完了她的陈述，她二哥更像一只掐了头的苍蝇乱碰乱撞，却不知如何是好。

兰花她娘跪倒在白如丽的面前，涕泪交加道："她婶子，你可得救救我闺女呀！我统共就这么一个闺女，她要是有个三长两短，我也不活了。"

紧跟着，兰花她二哥、二嫂，大哥、大嫂，另外还有叔伯兄嫂等，也都稀里哗啦地跪下了。

王二虎发誓赌咒道："白婶，我王二虎打小没求过人，今儿破天荒求您一次，把糟蹋我妹妹的那个妖怪捉了。我这辈子愿意给您当牛做马。"

白如丽笑道："捉鬼之事我从来没做过，也不想那么去做。不过，让那个欺负过你妹妹的野鬼从此不再骚扰她，这个我能做到。"

不等王二虎说话，许多人替他说道："能做到这样，就已经足够了。"

王二虎好像也觉得自己的话说过了头，马上纠正说："婶儿，您只要救了我妹妹，我的发誓仍然算数。"

白如丽又笑道："发誓的话就不要再提了，提了我也不会当真。我现在只让你答应我一件事。"

"别说一件，就是十件一百件一千件我都答应。"

"你现在给晓军赔个不是。"

我说："不用了。"

白如丽生气道："啥叫不用了？我说赔就得赔。"

我不敢再说别的，只好听之任之。

然后王二虎说了几句"我不是人，我该死"之类的话，还自打了耳光，这事儿也就过去了。

接下来，白如丽把兰花叫到跟前，跟她耳语了一阵，大概是几句咒语，完了问："都记住了吗？"

兰花点头道："记住了。"

然后，白如丽把兰花送入卧室，回头对众人说：“大家都回去吧，这里没什么事儿了，我也回去。”

兰花的家人对大家千恩万谢，并且把大家送到大门外头。

这时兰花她娘忽然想起一事，急忙拉了下白如丽的衣角：“他婶，先别走，我还有句话要问。”

白如丽说：“问吧。晓军，再等会儿。”

我不知道此时把我留下来又有何意，却不敢多问，只能依言行事。

当下兰花她娘把我们请回家去，说：“刚才你说能把那个野鬼赶走，让他永不再来，这我一百个放心，可是兰花肚子里的孩子呢？孩子咋办？总不能让她生下来吧？”

不等白如丽说话，王二虎便自作聪明道：“这有啥难办的？打掉就是了。”

“你懂个屁！”兰花她娘嗔怪他多嘴，“那是邪胎，咋能说打就打的。”

王二虎一想也是，便不再多话。

兰花她娘再求白如丽：“他婶，你的法子挺多，就教我一个吧。”

“法子嘛……”白如丽说了半截，却不往下说了。

兰花她娘一看她卖起了关子，便双手合十道：“他婶，我求求您了，您倒是说啊。”

白如丽看她这么有诚意，只好说：“法子倒有，只是不知道你们同不同意。”

“谁敢不同意？”王二虎马上抢过话来，“我说行就行。”

“那好，我告诉你们：要想除掉兰花肚子里的邪胎儿，唯一的办法就是让晓军今天夜里睡在兰花的房里。”

此言一出，大家立刻都变成了哑巴。

半天，兰花她娘才反应过来，忽然变得欣喜若狂起来：“你是说让他们俩今晚成亲？那成，我现在就给他们收拾屋子去。”

第三十七章　爸爸出事了

“你想哪儿去了，”白如丽笑道，“我只是让晓军一个人晚上睡那屋，谁说让他们俩成亲了？”

大家一听是这个意思，这才放下心来。

接下来白如丽解释说：“兰花肚子里的邪胎，不光是由阴气聚集所致，阴气之外，还有冤气。要想除掉它，就得找一个集阳气与冤气于一身的人来完成。晓军就是最合适的人。”

这话让我眼睛一亮。跟她接触这么久，我还是第一次见她在公开场合下阐述阴阳之说，不妨向她请教一二：“婶儿，我有个问题。”

“讲。”

“阴气也好，冤气也罢，横竖那邪胎儿是在病者的身体里聚集的，在我跟病者不发生肉体接触的情况下，那邪胎儿又咋消除呢？”

白如丽莞尔一笑：“怎么，你还想跟她发生肉体接触？”

我连忙避开这个话题：“婶儿，我在跟你说正经事呢。”

“既然聚集在病者身体里的胎儿是邪胎，而且是由气所聚集的，那就只能用气来完成。什么叫气？气就是一种游离于实体物质以外同时又跟实体物质有着密切关系的虚化物质。我让你睡在兰花那屋，就是想通过你身上的阳气加冤气跟兰花身上的阴气加冤气进行一次水火交融来化解邪胎。”

听她这么一解释，我总算明白了个大概，本想再进一步请教，但看看周围的每一双眼睛都是茫然的，只好打住。

当下白如丽教了我几句咒语，让我在睡前默默念诵七七四十九遍，然后睡在兰花睡过的被窝里并且搂着她穿过的内衣内裤。我完全照办了。

次日，白如丽让兰花换上我搂着睡了一夜的她的内衣内裤，并且交代说，要穿上七天七夜，并且这期间再脏也不能换洗，必须等到第八天的辰时才能脱下来。

兰花当然不敢打一点折扣，一切都按白如丽说的去办。果然等到第八天，家人再让老中医检查，老中医惊讶地发现，胎儿已不翼而飞。这是后话。

现在我要说的是我离开兰花家以后发生的事情。

因为老早就有人把我晚上睡兰花房间的话提前告诉了我爸和我妈，再加上王二虎还专门去我家给我爸我妈赔了礼道了歉，所以早上回家我一点都不觉得有什么难言之隐，反而有一种救人于水火的侠士感。

正走着，只见晓燕哭哭啼啼地跑来告诉我："哥，我正找你呢，你快回家吧，爸出事了。"

"爸怎么啦？"我紧张道。

晓燕哭道："一大早他吐了一口血，咱妈要去请医生，他坚决不让去；问他咋回事，他又不说，只嚷着要见你，你快去吧。"

刚进大门，我就听到我妈埋怨我爸说："有啥话你就不能对我说吗？不跟我说跟孩子说，你是想干啥！"

大概从我记事儿那天起，我爸就没有好好跟我说过话，有的全是冷酷与严厉，时不时地还会夹带一些拳脚。平时我只要看见他心里就发憷。可是今天他居然连我妈都当成外人，非嚷着要见我，我觉得这不是什么好兆头。

我推门进去。只见我爸面朝里躺在床上，一动都不动。妈妈坐在他的身边，就像伺候一位久病不愈的病人那样。

我的到来无疑让我妈感到莫大的欣慰："儿子你总算来了，你爸就等着跟你说话呢。”然后拍了一下我爸，“你儿子回来了，有什么话你就说吧。”

我爸听说我来了，勉强转过身来，脸上露出一种漠然的笑容，很难断定他到底是喜还是忧。

我没有马上让他讲话，而是先问了下他因何发病，发的什么病，为什么不让请医生，并且告诉他：“不管你同不同意，我现在就去请医生，先治好你的病再说。”

我妈看我说得在理，也坚定不移地站在了我这一边：“儿子说得对，治好了病再说。”

“你瞎嚷嚷啥呀？”我爸焦急道，“我啥时候病了？我这不是好好的吗？”

“爸骗人！刚才我都看见了，他明明吐了一口血还不承认。现在血还在那儿呢，不信哥你去看。”晓燕不知什么时候也进来了，一听我爸说没病，连忙分辩说。

“谁让你进来的？”我爸没好气地说。

我爸让晓燕和我妈都出去了。

对此，我万分不解。论在家里的地位，我妈绝对不是我一个做儿子的可以比拟的，说句难听的，就算我爸不在了，家里有什么事情我也得听妈的意见。

有那么四五分钟，我们爷儿俩谁都不说话，屋里静得可怕。

我不想老这么僵着，又不知道怎样才能打破这种僵局，忽然想起王家那边的事情，便没话找话道：“爸，我猜得不一定对。我想你大概对王家那边的事情气不过所以才这样的。我在那里帮人家一把也是应该的，况且又是在白如丽的指使下做的，你说说，我能见死不救吗？再说了，人家王二虎不是给你赔过不是了吗？杀人也不过头点地，你还想让人家怎么着？”

“儿子，”我爸终于说话了，不过声音很低，这跟他一贯张扬的个性完全两样儿，“我是那无情无义的人吗？我就是平常对你管得严点儿。”

我觉得他话里有话，便不再提王家的事情，而用一种平和的语气对他说：“爸，您不要怪自己，哪有父亲不教训儿子的？”

“咱不说这个，我叫你来……”刚说到这儿，他又卡住了，少不了又是一阵长吁短叹，停了一会儿，他才说，“我把你叫来，是想告诉你，昨晚上我做了个梦。”

“爸，”我忍不住打断他，“就为这事儿您也吐血？”

“你先不要插话，等我把话说完。我梦见一个女孩……”说到这儿，他又有些说不下去了，连忙用枕巾擦了一把脸上的泪。

我越发不能理解：就他这种年龄的人也会梦到女孩？难不成他对年轻时谈过的某个女孩还念念不忘？可是，这完全不符合他这种人的行为特征。

只听我爸接着说：“就是孟晓蕾的姐姐孟晓蓓。”

一听“孟晓蕾”这三个字，我一下就震惊了，忍不住问：“你认识孟晓蕾？她还有个姐姐？咱们跟她有啥关系？”

我爸没有回答我，而是进一步肯定道：“是的，我确实梦见她了。”

“她说啥没？”我明明知道这是在说梦，但还是跟询问真事儿似的要刨根问底。也许我比他更关心这个梦。

“她啥都没说，见了我只是哭。”

“啊？”

“你先说你跟孟晓蕾是咋认识的。”

“咱先不说这个，你先说你跟孟晓蕾是咋认识的？”

“你先说。”

“你先说。”

……

通常情况下，两个人争论问题总是会争着自己先说，让对方听着，可这回正好相反，谁都不肯先说。这显然是一种极不正常的现象。

毕竟我爸的涵养是阶段性的。我们爷儿俩争来让去没几个回合，他就火了："到底你是老子还是我是老子？我让你先说你就先说！"

我不敢跟他较真儿，就从自己经常做的那个梦讲起，一直讲到那天我到医院看望孟晓蕾为止，其中每个细节都讲得细致入微，甚至连跟这件事有着密切关系的那张合影照的种种问题都没有落下。

我爸听得非常认真，也从不插话。等我讲完了，他才喃喃自语道："作孽呀，这都是我作的孽。"

我不明白他在说什么，便问："爸，咋回事儿啊？"

"你哪知道十年前的事儿。"

"十年前发生了什么事儿？"我迫不及待地问。

我爸长叹了一声，便陷入了对往事的回忆之中。

原来，孟晓蓓跟孟晓蕾是孪生姐妹。姐俩打小就长得非常可爱，就像一对含苞欲放的蓓蕾，因此一个叫孟晓蓓，一个叫孟晓蕾。

我爸在她们家喝醉那天，拉着晓蓓的手问："孩子，几岁了？"

"六岁。"晓蓓童声童气地回答。

"好孩子，做我的干女儿好吗？"

没等晓蓓回答，她的爸爸就替她做了应答："做干女儿有啥意思？你要真喜欢她，不如让她做你儿媳妇。"

"那敢情好，晓蓓愿不愿意啊？"

毕竟晓蓓才只有六岁，不过她的回答也着实让大人们大吃一惊。

"那得看你儿子配不配得上我。"

我爸看她小小年纪，居然这么会说话，越发喜欢得不得了，便逗趣道："这就难说了！不过我这里有他的照片，你看看他能不能配得上你。"说时，我爸就拿出来我刚照了不久的照片让她看。

晓蓓还当真拿着我的照片认真端详起来。

此时晓蓓她妈也在跟前，看女儿这么有意思，也跟着凑趣："闺女，你觉得这个小哥哥长得怎么样？能配得上你吗？”

晓蓓点头道：“还行吧。”

大人们听了这样的回答，都一齐笑了起来。笑过之后，晓蓓的爸爸很认真地对我爸说：“我女儿都答应了，你说句话吧。”

我爸没得说，当即就爽快地定下了这门亲事。

毕竟那天我爸多喝了几杯，所以酒醒之后，就把这事给忘了。当然，女家那边虽然没忘，但也不能老挂在嘴上，只要心里惦记着就足够了。

转眼七八年过去了。孟晓蓓已经由一个不太懂事的孩童成长为一个有知识有理想的青春少女，而且容貌出奇漂亮。这期间上门求亲的越来越多。然而她的爸妈都以打小定了娃娃亲为理由将求亲者拒之门外。孟晓蓓也一直期盼着在不久的将来能跟我走到一起，以实现夫唱妇随的人生理想。

毕竟大家都不是生活在真空世界里，很快我跟秀秀定亲的消息就被孟晓蓓的爸爸知道了。他一气之下找到了我爸：“当年你红口白牙说的话还算不算数？”

我爸被问蒙了。

孟祥柱就把当年的事情捋顺了一遍。我爸一时后悔得要死。然而我跟秀秀青梅竹马，早在三岁以前就已经定过亲了，岂能把这门亲事推了再跟孟晓蓓修好？我爸绝对不能这么做，那样的话，秀秀怕是活不到今天。

有道是一家女难许两家男，如今是一家男许了两家女，这麻烦似乎更大。

我爸是大队干部，那得有大队干部的范儿，不管做什么事情，都不能给别人留下把柄。所以要想摆平这件事情，我爸必须得求助于槐树村之外的亲朋好友，而不能让村里的任何人知道，包括我妈。

假如我的样子不怎么好看，或者其他方面有缺陷，那倒好了，孟祥柱正好可以借此机会为女儿另择良缘。偏偏我各方面都很优秀，任何做父母的都希望找个像我这样的女婿。可以想象，在这样的背景下，把一桩定了七八年的婚事推了又不闹出一点动静来，是何等艰难。然而我爸居然做到了。我至今都不知道他使用的是什么手段。当然这主要还得归功于孟祥柱夫妇的通情达理。

不过这样一来，我爸从此与这个结交了七八年的好朋友绝交了，准确地说，是人家舍弃了他。

每当想起这件事来，我爸就心如刀绞。而最让他无法承受的是，这件事过了没多久，孟晓蓓就郁郁而死，据说临死的时候，还拿着我小时候的照片在看呢。

一个对未来充满着无限希望的如花少女，仅仅因为一个外姓男人的一句戏言，就含恨走完了十四岁的人生历程，想想这该是多么大的人生悲剧！就因为这个，我爸大病了一场。即便到了这个时候，他对之前的事情还是守口如瓶。这就是男人。

外表的威严并不能取代内心的懦弱。我爸在愧疚中挣扎了很久，满以为随着时间的流逝，埋藏在心里的阴影就会一天天淡化，谁知忽然有一天，他在我的房间里发现了孟晓蕾的照片，那是何等悲哀与伤痛！

听完了爸爸的讲述，我的心情复杂极了，也伤痛极了。我恨不得现在就钻到孟晓蓓的坟墓里，乞求她原谅我爸，不，应该是原谅我，因为我才是置她于死地的罪魁祸首，至少我这样认为。

痛定思痛，刚刚恢复了健康的我不得不再次躺到病床上。这一躺就是好几十天。当我离开病床时，已经是秋高气爽的时节了。

而在养病期间，孟晓蓓的笑容依旧像过去那样每隔些时日就出现在我面前一次。而每次与我相见，她还是只冲我笑，却一句话都不说。

我听说梦中见到已故之人，他（她）不同你说话，这说明他（她）很在乎你，一旦同你说话，哪怕只简单叫了下你的名字，你就离死不远了。由此看来，孟晓蓓即便因我而死，也丝毫未对我产生敌意。

这不能不让我感动。一个热血青年，一旦为某人或某事所感动，即便为之去死都心甘情愿。当时我还真产生了为她去死的念头，甚至我把后事都料理好了。

可就在这时，我又梦见她了。跟以往不同的是，这次她没再冲我笑，而是一见面就耷拉着脸，似乎看见我就恶心。

醒来后我对这个梦进行了认真的研究和分析，并且结合《周公解梦》的说法，最后得出结论：她反对我为她去死。

是啊，我确实不能去死，至少现在不能。别的不说，光是秀秀就难逃厄运，没准儿在我死后的当天也会随我而死。到那时，我们同在阴间，一边是秀秀，一边是孟晓蓓，两人都对我好，我应该娶谁为妻呢？

死又不能死，活又活不出名堂来，我该怎么办？

无奈之下，我又想到了白如丽。我觉得也只有她才能在我人生的十字路口上给指出一条明道。

这天吃罢早饭，我独自来到她的家里，正要敲门，却发现门板上粘着一张字条。

字条上写道："今儿我回娘家去了，若来找我，等到晚上十点以后。"

话虽简单，但我一眼就能看出，这话是专门写给我的。

我的心不由得跳动起来，怎么又是晚上？而且还是十点以后？难道命中注定我跟她相见，必须赶在深夜？

第三十八章 坟场上的婚礼

就跟约会似的，晚上十点我准时来到白如丽家里。

她坐在床上，怀里抱着小花猫，我坐在她对面的长凳子上。按说我早已习惯了这种情景，可不知为什么，今天面对她，我总觉得有几分别扭。

“说吧，找我干吗？”她心不在焉地问。

我一时不知道从何说起，因此犹豫起来。

“你瞧你，到底什么话那么碍口？”她揶揄道。

我怕她生气，只好吞吞吐吐道：“婶儿，有好几年了，我经常梦到一个女孩……”说到“女孩”这两个字，我的心莫名其妙地跳了两下子，一时不知道下面的话该怎么说。

“孟晓蓓吗？”白如丽问道。

“您是怎么知道的？”我惊讶道。

白如丽没有回答我，而是进一步说明事情的来龙去脉：“孟晓蓓跟孟晓蕾是同胞姐妹，孟晓蓓是姐姐，孟晓蕾是妹妹。十年前仅仅因为你爸在她的家里说了一句醉话，导致孟晓蓓伤心死了，你实在不知道接下来该怎么做。你来找我是让我给你指条道儿。我说的是不是？”

“神！太神了！”此时我觉得除了这个“神”字，再也找不到另外的词来评价她，然后我问道，“婶儿，这些事情您是怎么知道的？”

她笑道：“很简单，你晚上会做梦，我晚上同样也会做梦；你在梦中能看到啥，我也能看到啥，而且一点都不比你看到的少。”

我的天哪，就连我在梦中看到了啥她都知道，她还有啥不知道的？

真人面前说不得半句谎话，所以我如实对她说：“婶儿，您说得没错，我找您来就是要跟您说这些话的。既然您什么都知道，那就请您给我指条道儿吧。”说完，我把嘴巴闭上，做出一副洗耳恭听的样子。

然而，她说的只是一句让我抓破头皮都想不明白的话：“你回去吧，明天这个时候再来找我。”

“您不把话说清楚我就不走。”反正她早就不拿我当外人了，索性我就跟她要一回赖。

“我让你明天这个时候来，这还不清楚吗？”

“那我也不走。”

“你还想干啥？”

“您还没告诉我您给我指什么道儿呢！”

“明天这个时候来，这就是我给你指的道儿。”

我实在搞不明白这到底算是什么道儿，不过以前的例子是，不到最后关头，她是不会点破玄机的。

这样一想，我不敢再纠缠她了，简单说了声晚安，就跟她道别。

然而走到半路，我越想越觉得不对劲儿，于是又赶了回来。

“你怎么又回来了？”她问。

“有几句话我得问问您。”

“说。”

“记得您在兰花姐家里说过，您给人家瞧病，必须让病人先把病因说出来，然后才能对症下药。我想说说病情……”

“亏你还能记得‘对症下药’这四个字，那你说说啥叫对症下药？”

我知道她肯定不是让我简单解释下这四个字的字面意思，因此没有回答。

她接着说：“对症下药，谁都知道就是对啥病用啥药。可是你别忘了，那天我让兰花说那些话的时候，你跟她的官司还没了呢。如果我不让她亲口说出来，你这官司永远都是个悬案。这就叫对症下药。如今你来找我，本就不想对我隐瞒，我又知道你的意思，再听你说不就是浪费时间吗？这也是对症下药。”

一席话说得我哑口无言，又不得不让我发自内心地敬佩她。

是啊，如果不是她硬逼着兰花说出自己的遭遇，没准儿我今儿个走在大街上，还被人家戳脊梁骨呢。

看看再没什么话要说了，我这才真正跟她告别。

这一夜，我辗转反侧，怎么都不能入睡。我在想，白如丽既然都答应给我指条道儿了，为什么非得等到明天？今天怎么就不行呢？明天到底是个什么日子？明天对我来说真的很重要吗？

整个白天我都是在焦虑中度过的。

天一擦黑，我就有些坐不住了，屡屡想过去与她见面，可又不敢盲目过去，因为她说得再明白不过：“明天这个时候你再来找我。”也就是说，我必须在晚上的十点以后才能过去，早一分钟也不行。

十点的钟声终于敲响了。我怀着诚惶诚恐的心情再次走进她的家门。

跟昨天一样，门是敞开着的，屋里也亮着灯。

一听到我叫婶子，她在睡房里应道：“怎么才来？快进来吧。”

补充交代几句：自从她把房子收拾干净以后，屋里又多了一道屏障。不过那屏障并不是用什么复杂材料做成的，只是拉了一块布幅而已，说白了就是把睡房变成了视觉意义上的一个独立空间。

然而如此一改装，屋里顿时增添了不少神秘感，特别是我，每次走进她的房间，总觉得里面隐藏着什么。

也不知道是潜意识在作怪，还是我突然之间出现了幻觉。当我走进她的睡房时，映入我眼帘的除了她，还有一个女孩。

我敢打赌，给你一万个机会让你去猜，你也绝对猜不出跟她在一起的那个女孩会是谁。

她竟然是孟晓蓓。

没错，就是孟晓蓓，并且我敢保证，她绝对不是孟晓蕾。孟晓蕾虽然跟孟晓蓓长得很像，但骨子里缺乏她那种少有的气质。这一点，我恐怕比任何人都清楚。

难道我又遇上鬼了？这不可能呀！那天我稀里糊涂地跟随孟晓蓓的阴魂进入她的墓穴，是因为我忘记佩戴红丝带，现在想起来还后悔呢！可是现在白如丽就在眼前，孟晓蓓怎么可能出现在我面前呢？

难道我又是在做梦？我连忙掐了下自己的手背，生疼生疼的，证明我并没有处于睡眠状态。既然不是做梦，那就说明我眼前的孟晓蓓是真的了。

难道白如丽真有起死回生之术？

烛光之下，我看得清清楚楚、明明白白，孟晓蓓浑身上下被一种鲜红的绸缎衣服裹住，就连头发都是用红纱巾扎上的，只有一张白里透红的脸和裸露出来的少许头发是另外两种颜色。那样子比我梦中见到她时又俊俏了好几分。

这分明就是一种出嫁时的打扮，而且从她那含蓄且丝毫不带有张扬意味的笑容上来看，也完全能证明她确实是在准备即将举行的婚礼。

这到底是怎么回事儿？

我不得不把目光从孟晓蓓的脸上转移到白如丽的脸上，却见白如丽正瞅着我笑。

“婶儿，这……这是……”我嗫嚅着，希望她能告诉我答案。

白如丽没有回答我，而是稍微挪动了下身躯，然后往后面一指：“你看这是谁？”

这时从她的身后突然冒出一个人来，是个男的。

我不看则已，一看差点儿魂飞魄散。

原来那男的不是别人，正是我本人。

这就更加离奇了。我明明就站在这儿，怎么突然之间又冒出另外一个我来？难道我有分身术？可我并不记得我有这方面的特长啊！

如果事情发生在今天，我一定会怀疑白如丽使用的是克隆技术，可是那个年代还没有这项发明，就连“克隆”这两个字我都没听说过。所谓的分身术等，那也只是神话传说而已，根本就没有这回事儿。

可是，眼下站在我面前的这个“我”的的确确就是我，跟我分毫不差，就连眉毛和头发都一根不多一根不少。

不行，我得问问他。

“你是谁？”

他只是瞅着我笑，就是不回答。

我急了，便满嘴带刺道：“说话呀你！哑巴了不是？”

“好了，好了，”白如丽在一旁打趣道，“你就算问到天亮，他也不会回答你的。”

“为什么？”我疑惑道。

“他是个纸人。”白如丽一语道破天机。

“哎呀，这怎么跟真的一样？”我惊叹不已，连忙走过去用手摸了一下，确实是纸人。

白如丽却拉了我一把：“小心别弄坏了它，回头我还得把它派上大用场呢。”

“用它干啥呢？”我问。

“这还看不出来？”白如丽揶揄道，“你把这两个纸人放在一起，看看是啥样子？”

我一时没明白她的意思，便把两个纸人放在了一起，这才发现，纸扎的那个“我”被“打扮”得很像一个新郎官。

我不由得恍然大悟道：“您是说为他们俩……”

“对，我要为他们俩风风光光地举办一场婚礼。”

其实我早就听说过民间有这样的说法。有过婚约的青年男女，其中一个死了，而另一个又实在从感情上放不下他（她），那么活着的那个就可以用替身跟他（她）举行一场婚礼，以实现他（她）生前未了的心愿。至于这种做法管不管用，没人能给出个确切的说法。

不过话说回来，就算再不管用，也终归算是一种生者与逝者进行感情交融的渠道。

从这个意义上来说，我无论如何也得认真对待这件事。

为了把今晚的这场婚礼举办好，白如丽不仅扎了两个以假乱真的纸人，还扎了许多结婚用的物品，看上去都跟真的一样。

更让我感动不已的是，除了这种虚头巴脑的东西之外，白如丽还做了一桌正儿八经的酒席，正是真实的婚礼上所用的那种。

“婶儿，您把这么多东西都做出来，得花不少力气吧？”

“现在你才解过味儿来？不埋怨我昨天没给你指道儿了？”她笑道。

我语塞。

“好了，好了，现在天不早了，准备准备上路。”

其实我没什么好准备的，该准备的她早替我准备完了。

那些纸扎的东西看上去挺多、挺占空间，其实没几斤重量，一个人拿过去是轻而易举的事儿，关键是酒席，大大小小四十几个盘子，而且里面都装得满满的，另外还有酒具啥的，咋说也有百八十斤重，得用两个大木盒子挑着才行。我义不容辞地承担了这份差事。

然而白如丽却说：“这活儿我来干。”

“怎么能让您来干呢？”我当然不同意，从槐树村到海子凹少说也有七八里路，况且又没有一条正儿八经的路，一个女人挑着这么重的东西走过去，累不垮才怪。

“我来干。”白如丽执拗道。

“不行，这么重我来担，您拿轻的。”

“别这么话多，我要你咋做你就咋做，都听我的。”

“那不行。”

“不行就给我滚蛋。”

“偏不滚。”

“那我现在就把这些东西砸了。”

我知道她说到做到，只好赌气去收拾那些纸扎的东西。

“这些也不用你拿。”她制止道。

这我就更不能接受了：“酒席不让我挑也就算了，连这些纸扎的东西也不让我拿，那您让我拿什么东西？总不能让我空着手跟在您屁股后面走吧？”

“你还有差事。”

“啥差事？”

“你背着她走。”她指着那个纸人孟晓蓓说。

我晕，禁不住问：“您连挑带拿的，我却只拿着它走，这也太便宜我了吧？”

“不是拿，是背。”她纠正道。

“就算是背，那也没有几两的重量，跟空着手走有啥区别？”

“区别大着呢。不信你背上试试。”

“试试就试试。”

我这一试不当紧，奇迹出现了。趴在我肩上的那个纸人一下变得跟活人一样重，而且整个躯体也变得有血有肉起来。我甚至能感觉到她如兰的呼吸。那丰满的肉体贴在我的身上，跟我背着秀秀时的感觉没什么两样。

“怎么样？这么重的一个美人儿拿在手里你能拿得动吗？”白如丽开始嘲笑我了。

我惊奇万状，没什么话可说。

“还愣着干啥？走吧！”说时，她已经挑起了木盒子，并且拿起了剩余的所有纸糊的东西，开始走动了。

我不敢稍有怠慢，马上也跟着她走。

要说一个大小伙子，背上背着个如花似玉的女孩，应当是一件最最快乐的事情，可是我一点儿都乐不起来，一来她压得我连气都喘不过来，走路就更加困难了；二来她毕竟是鬼而不是人，至于即将举行的这场婚礼也完全没有我的份儿，我充其量也就是个脚夫而已。

出了村子，只见白如丽快步如飞地在前面行走，我却像蜗牛一样很吃力地跟在后面。眼瞅着我被甩远了，她不得不停下脚步，等我一起走。

“不行了吧？我早就说过，别在我面前逞能，逞能对你一点儿好处都没有，可你就是不听。看来不让你吃点苦头，你就永远改不了这个臭脾气。”

“婶儿，我知错了。”

“知错就好。”说时，她从兜里拿出一样什么东西来，然后缠在我的腰间。

说来也怪，有了这种东西，我的力气一下变大起来，走起路来那真叫身轻如燕。我背上的那个纸人虽然还有着活人一样的感觉，可是我再也感觉不到她有多重了。

我好奇道：“婶儿，您这是用的什么法器啊？它怎么这么管用？”

白如丽冷笑道：“就是两次被你丢弃，又两次被我捡回来的那条红丝带。”

我一下又变成了哑巴，但心中却在想，我的确不能再对她的话打一点折扣了，哪怕是一句玩笑的话。

很快海子凹到了。在没有经过我引领的情况下，白如丽居然准确地来到了埋葬孟晓蓓的那个地方。可见说她是半仙之体的话绝非空话。

然后，她开始摆置方方面面的东西，却让我站在那儿别动。我只好一动不动地站在那儿，一切听从她的安排。

很快，东西都摆置整齐，她让我跟孟晓蓓的那个纸人站在一起，而把我的替身暂时放在一边，然后她按照民间婚礼的规矩认真操作起来，无非就是燃放爆竹，一拜天地二拜高堂，等等。因为双方的高堂还都健在于人世，所以这一条就免了。

而在我跟孟晓蓓的替身举行拜堂仪式之前，白如丽早把左邻右舍张罗过来了。

一切都跟做梦似的，一切又都跟真实发生似的。我清楚地看到我同学的老爷爷拄着拐杖前来贺喜，还看到何厂长也来贺喜。另外来贺喜的就是那些我叫不上名字的人，男的女的老的少的都有，就连之前骚扰过兰花的那个男人也来了。他们手里都带着贺礼，热热闹闹，跟民间结婚时的场面没什么不同。

我不可能跟每一个人都打招呼，只能象征性地跟大家拱拱手，说几句感谢的话。

白如丽主持完了拜堂仪式，最后宣布："新娘新郎步入洞房。"

我稀里糊涂地搀着孟晓蓓的玉臂就要进入洞房。

这时，白如丽一把将我拉住。

我不解道："婶儿，在这个节骨眼儿上，您还有什么话要对我说？"

她笑道："傻孩子，醒醒吧，你的任务已经完成了，该回来了。"

我用力揉了一下眼睛，却发现自己还是站在原来的地方。白如丽正在烧那两个纸人。

大火燃烧之时，我看到火光中的我和孟晓蓓是那么亲密地依偎在一起，似乎永生永世都不肯分离。

那一刻，我哭了，忍不住跪在地上对着火光中的那两个新人磕了三个响头，并且默默地祝愿他们俩幸福美满，早生贵子，白头偕老。

做完了所有的一切，白如丽把全部的酒席都倒在灰烬里，把所有的杯盘都摔了个稀巴烂，然后吩咐我："明儿个一早你拿把铁锹来，把这些都用土盖上，这也算是你为他们俩填了下坟。"

"记住了。"

看看再没什么事情要做了，白如丽拉了我一把，说咱们走吧。

一路上我们俩谁都没说一句话，我的心情非常沉重，一直牵挂着刚刚进入洞房的那对新人。

临到村子时，白如丽突然问了我一句：“你困了吗？”

我虽然两天两夜没有合眼了，但此时此刻一点困意都没有，因此回答：“不困。”

“那你还愿不愿意到我家里去坐坐？”

我有些犹豫，觉得现在已经是深夜了，她为我操劳了那么多事情，比谁都辛苦，这个时候再去打扰她，似乎有些不妥。

“怎么？不乐意？”

“谁说的？”我矢口否认。

就这样，从海子凹回来，我并没有马上回家，而是又去了白如丽家里。只是我不知道这个时候她让我过去，又要告诉我什么。

第三十九章　鬼道又被堵上了

黑灯瞎火的，我们俩摸进了她的睡房。然后她点着蜡烛，半躺在床上，显出一副很疲惫的样子。

我有些不忍：“婶儿，您累了吧？要不您休息，我明儿个再来。”

听说我要走，她一下坐起来，很不高兴地说：“你咋那么多废话？来都来了，还不坐下说说话？”

“我觉得您太劳累了，就不打扰了。”我连忙解释说。

她又想骂我，可是刚开了个头，就马上打住，而改口说：“难得你这么为我着想。那这样吧，你去给我兑盆温水，给我洗洗脚。”

要说第一次做这种事，我是有些别扭，可是现在我已经习惯了，再说我亏欠她的太多，能为她做点儿事，多多少少也算是对她的一种补偿。所以我很愉快地接受了。

当下她把两只脚泡在水里，尽情地享受着我为她提供的服务，脸上显得分外舒畅。

我轻轻地为她洗着脚，还时不时地在她的脚底板等位置做些适当的按摩。有关按摩的初级知识，我也是打她那儿学来的，以后我又从她那儿学到了很多这方面的知识。几十年以后，我把这门技术传授给了北京一家濒临破产的洗脚城，从而使得这家洗脚城一夜之间就火爆起来。不过这是后话。

通过跟她接触，我渐渐发现，我们在一起，无论时间长短，也无论做什么事情，我总会有一定的收获。与其说我现在是在为她提供无偿服务，倒不如说我在免费接受她的知识。从这个意义上来说，我每天都来找她甚至每天都为她洗脚都应该。

可能是我在做这种事情的时候不太专心吧，洗着洗着，我居然不出声地笑了。

“你笑什么呀？”她把脚丫子从我的手里拿开，很认真地问。

我连忙收起笑容，装出一副正儿八经的样子：“我没笑呀！”

“还说没笑？我都看见了。”

“您怕是看错了吧？”我狡辩道。

“胡说。我眼又不花，怎么会看错？”

我不好再抵赖，便故弄玄虚道：“婶儿，我要是说了，您可别打我。”

她笑道：“又在胡说，我啥时候打过你？”

“您是没打过我，但保不住这回不打我。”

“放心，不会的。”

既然她都这么说了，我就放开胆子说道：“婶儿，您这脚丫子太好看了，要是让别的男人看见了，怕是连觉都睡不着。”刚说完，我就后悔起来：我干吗扯上别的男人？

还好，她并没有怪罪我，还饶有兴趣地问：“我的脚丫子真有那么迷人吗？”

“千真万确。”

“那既然这样，你就天天来给我洗脚，我让你看个够。”

“没问题！”

“不过咱可有言在先，你千万不能像别的男人那样回去睡不着觉。”

“当然。”

如此一说笑，笼罩在我心头的沉痛逐渐消失，我随之也变得话多起来。毕竟这类玩笑酸拉吧唧的，不宜开得太多，所以我很快就一本正经起来："婶儿，都这么晚了，您还让我过来，想必您还有很重要的话要教导我。您说吧，我保证一切照您的吩咐去办。"

她看我转移了话题，也变得严肃起来。不过她的脚还在盆里，我仍然为她做着按摩。

"晓军，这些日子你连连出事，知道这是为啥吗？"

我以为她要追溯红丝带的事，就赔罪说："婶儿，都怪我平时太粗心大意，不该把您送我的红丝带丢掉……"

"跟红丝带没有太大的关系。"

"您要这么说，我可就说不上来了。"

"想不想听听阴阳方面的事？"

"当然想听，做梦都想听。"这是我的真心话。

"别光说话，还得帮我捏着点儿。这儿，还有这儿都得捏。刚才我是咋教导你来着？咋这么快就忘了？还有脸给我提红丝带呢，保不住明儿个一早，你又把它丢了。"

"我以脑袋担保，以后再不会出那事儿。"

"捏。"

我不敢再出声了，连忙低下头去用心地为她按摩。

"这得从根儿上说起。咱们槐树村以槐树王为中心，往东往西的一条通道，既是人走的道儿，又是鬼走的道儿，这话还是我提出来的。但是好多年来，村里人都半信半疑。自从支书家里出了事儿，大家才开始相信。今天我要告诉你的是，鬼道往东往西出了村子还在延长。"

"还在延长？"我惊讶道，"往西还要延长多远呢？是不是没个头儿了？"

"当然不是。它跟人走的道儿一样，也是有尽头的。"

"那尽头在哪儿呢？"

"在海子凹。"

我禁不住"啊"了一声，心中充满了恐怖。

她解释说：“其实鬼并不可怕，它跟人一样，可不像有些人想的那样，它想怎么着就怎么着，想让谁死谁就得死。这么说吧，只要你不招惹它，一般来说它是不会招惹你的。只有它的利益受到了侵害或者它对某件事一直耿耿于怀，才有可能发生诡异现象。不信你回忆一下之前的这几档子事。兰花、你爸，还有你经的这些事儿是不是都有一个缘故？如今这个社会不兴讲鬼神，所以有关这方面的知识我也不可能在村子里大讲特讲，即使讲了也不见得有多少人会听。只有等到事情出来了，人们才会求神问卜的。其实，日常生活中多注意一些事情，就会减少很多祸事，根本用不着我今天为这家消灾明天为那家解难。平常村里人老怪我脾气不好，总说我阴阳怪气的。他们也不想想，没事的时候一个个都把我躲得远远的，恨不得我死，一旦出了事儿又死乞白赖地跟我套近乎。就冲这，你说我脾气能好吗？”说到这儿，她长叹了一声，目光中充满了惆怅与无奈。

我安慰道：“婶儿，您得想开点儿。其实村里人也并不都像你说的那样固执，比如说我，我就很愿意听您说话，你说不是这样吗？”

她笑道：“你不要老拿你当例子。”

“婶儿，刚才您提到鬼道这个话题，我很感兴趣。您能不能说得再详细一点儿？”

“刚才我说了，鬼道跟人道是一样的，共同的特点就是都是供行走用的。只不过人道用肉眼能看得到，鬼道必须用明眼才能看到。我这么说，很多人都以为我这是故弄玄虚，其实大家都不了解，明眼有的是与生俱来的，有的却是后天产生的，我就属于后一种情形。还有的是在适当的时候运用适当的方法，培养出来的。”

听了这话，我并不感到震惊，因为我在书里就看到过这样的说法，只是不知道什么样的人在什么样的情况下才能被培养成明眼人。

我于是问：“那您说，我能不能被培养成明眼人？”

“现在还不行。”

“为什么？”

“时机还不到。”

我不知道这个时机指的是什么，但我相信这一天不会太遥远。

暂时抛开这个话题，我回过头来问：“婶儿，刚才您说了，鬼道往西，到了海子凹就走到了尽头，那么往东呢？东面的尽头在哪里呢？”

“东面的尽头就是槐树村跟钉子村之间的那片荒地。”

一听说荒地，我着实大吃了一惊。手于是出了偏差。

她马上尖叫道：“哎哟！你的手咋这么重？轻点儿！”

我抱歉说：“对不起，婶儿。”

“算了，水都凉了，不洗了，你把脚给我擦干净。”

我巴不得她这么说，马上用毛巾擦干净她的脚，把脏水倒掉，然后问：“怎么会是那地方呢？”

“这有什么奇怪的？因为那里是个鬼市。”她轻描淡写道。

槐树村跟钉子村相距十多里地，那中间有好大一片土地属于盐碱地，根本不长庄稼，大家都习惯叫它荒地。荒地虽然面积很大，但从来就没埋过一个死人，因为那里不是什么风水宝地，没人愿意把自己的亲人葬送到那儿。可是据很多人讲，那地方每隔上十天半个月，就会出现一些怪事。有时到了夜深人静的时候，甚至会听到那里熙熙攘攘的，像是有很多人在喧哗。如此看来，说那里是鬼市，完全讲得通。

她接着说：“鬼跟人一样，也得生活。槐树村的人们平时在槐树村生活，在田间地头耕种，需要个锅碗瓢勺啥的就到钉子村的集市上去买。鬼神也是这样，平时它们生活在海子凹，买个针头线脑啥的，就得到那片荒地上去买。这一来二去的，鬼道也就形成了。不过，鬼神是白天休息晚上活动。那次你拆掉鬼道的那道墙的时候，正赶上孟晓蓓赶集路过那里。孟晓蓓因为心里总放不下你，所以冷不丁见了你，自然一时冲动，便产生了邀你去她家里一叙的念头。”

我想想那回的经历，觉得她的话完全符合逻辑。

“可惜呀！”她突然感慨道。

“又可惜什么啦？”我问。

“那条鬼道刚刚疏通，又被人堵上了。”

“没有呀！今天下午我还从那条胡同里过呢，难道是在咱娘儿俩说话这会儿被人堵上的？”

白如丽刚要解释，忽听门外公鸡叫了一声，马上改口说：“天快要亮了，你回去吧。先不要睡觉，等把海子凹那边的事处理完了再去睡，省得天亮以后遇到人又得多说话。”

我谨记她的话，家也没回，直接拿了她一把铁锨就去了海子凹。

一路无话。来到海子凹也没发现什么异常。干完了活儿，天还没亮。

从海子凹回来的路上，我一直在琢磨：白如丽说鬼道又被人堵上了，这事到底是谁干的？他为什么要堵？

看看天正在渐渐放亮，我决定先去槐树王那里看看情况。果真是那样的话，我一定要找到那个人，说啥也得让他拆掉。

可是，就在我快要进村时，一件奇怪的事情发生了。

原来就在我卧病在家的那段日子里，在村子外头迥然建起了一座小房。房子的主人是个七十多岁的老汉，此人叫张率更，性格倔强，常常因为一点小事闹得六亲不和，两个月前不知什么原因跟儿子吵了一架，就赌气在村子外头的小树林里建起了一座小房，并且搬了进去。而这座小房正好建在了鬼道往西通向海子凹的那条小道上。这使得大家走了几十年的小道在这里不得不拐个弯儿。

如此看来，白如丽说的鬼道又被堵上的话正是指的这件事。

其实当初就有人反对他在这里建房子，可他就是不听，说这是他的宅基地，谁都管不了。

当然，大队是管得了的。只不过大队干部虽多，但真正敢管这件事的人就两个：一个是支书，一个是我爸。不幸的是，早在几个月前，支书就撒手归西了。我爸虽然活得好好的，但由于家里接二连三地出事，也没有心思去管这件事。于是率更老汉就利用这个相对真空的机会建了一座不该建的小房子。小房子的周围没有院墙，显得孤零零的，跟周围的一切很不协调。

我正想着怎么才能说服率更老汉把房子拆掉，却忽然发现一个久违的身影在他的房屋前面出现了。

你猜那人是谁？说出来能吓你半死，原来他是支书。

支书都死了好几个月了，而且在死的当天他的遗体就变成了骨灰，他怎么会出现在率更老汉的家门前呢？

可见这又是一桩怪事。

此时我距离那身影只有二十来米。我在想，没听说支书在生前跟率更老汉有什么交情啊，那么他此时出现在率更老汉的门前，到底意味着什么呢？

正想着，只听率更老汉的狗叫了，叫得非常急，就像被人打了一棍子似的。而此时，它是被拴着的，如若不然，它一定会四处乱跑。然而这么大的动静居然没有惊起它的主人。

难道率更老汉死了？或者支书是来勾他的魂的？

我忽生怜悯之心：人来到这个世上多不容易，就算这老头儿平时脾气不好，但也没少做好事，至少对我还行。今天这事既然让我遇上了，我就不能见死不救。

反正我身上有红丝带缠着，不怕支书的阴魂找我麻烦，所以我一溜儿小跑来到率更老汉的门前，首先要弄清楚支书来这里究竟要干什么。

狗看我来了，就像见了亲人一样，尽管还叫，但绝不像刚才叫得那样急，而像是在对我说些什么。

要说狗对我亲热，这一点都不奇怪，因为早在率更老汉搬到这里之前，我就是他家里的常客，狗自然也就把我当成了它的好朋友。不过话说回来，就算它对我再亲热，我也无法知晓它究竟要向我传达什么信息。

我正要敲门，突然从房子里传来两个男人吵架的声音，分明是率更老汉在跟支书争吵。

只听支书就像生前教训人那样教训道：“谁给你的权利让你这么无法无天？”

率更老汉反问对方：“我一没杀人，二没放火，凭啥说我无法无天？”

如此问答，至少给我传递出两个信号：一、率更老汉还活着；二、支书果然是来勾魂的。

不过从口气中我还无法判断他们因何事争吵。

只听支书进一步质问率更老汉：“你把房子建在这条过道上，这不叫无法无天叫什么？”原来支书也是为房子的事来的。

我顿生感慨：多么大公无私的一个人！只可惜他活着的时候，大家都惧怕他，却很少有人赞扬他。而在我看来，不管他生前都做了些什么，就冲今天这事儿，也应该为他立一座丰碑。

相比之下，率更老汉显得尤为狭隘和自私。

毕竟人鬼对话是一种很不正常的现象。所以我必须得把这局给搅了，回头再劝说率更老汉别太固执。这样，就算支书再活过来，也不能说我做得不对。

于是，我连叫了好几声“率更爷爷”。支书的阴魂总算是让我给惊散了，只是率更老汉还在呼呼大睡，根本就没有听见有人在叫他。可见刚才那些话都是他在梦中说的。

其实率更老汉是个很矛盾的人，别看他平时因为屁大点儿事就气得寻死觅活，可是真正遇到大事，反而泰山压顶不眨眼。特别值得一提的是，他很能睡，只要睡下，就是炮弹在他身边爆炸，也不会惊动他的美梦。据说“支前”那会儿，他没少在炮弹声中酣睡。

我觉得光叫他几声“率更爷爷”根本不管用，必要的时候得动动家伙，还得说点儿让他害怕的话。

于是，我一方面用铁锨把他的门板拍得山响，一方面又恐吓说：“再不起来，我就把你的房子烧了。”

果然这一手管用，呼噜声戛然而止，取而代之的是呼天抢地的号叫：“谁啊！”率更老汉衣冠不整地把门拉开，一眼看到站在对面的是我，脸上的火气立马消失：“爷们儿咋是你？这么早就把我张罗起来，有啥事儿？”

我虎着脸说：“大清早的你就舍得让我站在大门外头说话？”怕他听不懂，我又加大了下语气，“还不让我进屋坐坐？”

率更老汉一脸的尴尬：“你看你看……我这屋里又脏又乱，怕你笑话，我看咱爷儿俩还是在外头说话吧，反正你也不是外人。”

要说这话出自别人之口，我兴许不会想得太多，可是他就不同。打我记事那天起，这老头就对我格外友好。别说我来到了他的家门口，就算在大街上遇到了他，他都会热情地邀我去他家里坐会儿。

难道他在金屋藏娇？

我想这绝不可能。率更老汉一辈子安分守己，怎么可能到了这把年纪沾染上女色呢？

除此之外，我再也想不出他到底有什么秘密要瞒我。

越是这样，我就越是要进屋看个究竟，反正他也说了，我又不是外人。

他看拦也拦不住我，只好由我进去。

现在，天已基本放亮。屋里的光线虽然比不得外面，但也勉强能看清楚其中的摆设。

他的屋里很简陋，没几样值钱的东西，甚至连个像样的凳子都没有。客人来了，也只能在他的破床上一坐。而事实上，真正来这里做客的人基本没有。今天要不是我想救他一命，也懒得来这个破地方找他说话。

当下我不想跟他东南西北地扯些没用的，一张口就直奔主题：“率更爷爷，刚才有没有人到你屋里来过？”

“爷们儿又说笑了。门插得紧紧的，哪有人来过？要有的话，那也是苍蝇。”看得出，他还以为我在跟他开玩笑。

于是，我很认真地问：“那你刚才又吵又闹地在跟谁说话？”

“敢情我是在说梦话。这谁不知道啊？我有说梦话的毛病。就为了这事儿，我才搬出来住的。”

老实说，这话他只说对了一半，他确实有说梦话的毛病，可是今天这种梦话比不得往常，所以，我必须得问：“那你刚才在梦里都说了些啥你还记得吗？”

老汉为难道：“爷们儿敢情没说过梦话，要是也说过，不会这么问我。”

我想也是，便不再为难他，但是我得实事求是地告诉他：“率更爷爷，你得当心。刚才我听得明明白白，你在跟支书吵架，这绝不是啥好兆头。”

“我在跟支书吵架？”率更老汉不屑道，“这辈子我都没跟他吵过架，怎么他死了我要跟他吵架？”

“率更爷爷，你还别不信，这事儿千真万确，连你们吵了些什么我都能背出来，要不要我背给您听听？”

老汉一下来了兴趣：“连这你都知道？那你说说。”

我把刚才的情景详细描述了一番。

然而他却说：“晓军，槐树村的大人孩子都知道，这房子是我的命根子，我就算把命丢了，也不会把房子拆了。我就不信支书他一个死人能管得了活人的事儿？别再变着法子糊弄我了。爷爷我虽说没你读的书多，可是吃的盐比你吃的米都多，过的桥比你走的路都多。好了，好了，我这儿也没啥好吃好玩儿的，你该干啥干啥去吧。”

看来跟他说什么都是多余。可我又不想眼睁睁地看着他送命，权宜之计，现在先不跟他争论，回去跟白如丽商量一下再作决定。

我正要告辞，却突然发现一个问题：他在跟我说话的时候，眼睛老盯着一个方向，似乎有什么东西一直在吸引着他的眼球。

我顺着他看的方向望了一眼，不由得惊出一身冷汗。

原来在门后面放着一个卷成桶状的席子，那席桶的高度比我的个子还高，所以我无法看到那里面到底藏着什么东西。

读者不知，我们这地方有个忌讳：门后头任何时候都不能摆放东西，哪怕家里的东西多得放不下。如果不懂事的孩子捉迷藏躲到了门后头，大人发现了非揍扁他不可。据说上吊而死的人从梁上卸下来以后，不能先放在床上，而必须让他（她）僵硬的尸体在门后面站上一个时辰再作处理。至于为什么会有这种习俗，我从来就没听谁讲起过，所以不敢妄下结论。

我越想越觉得奇怪，率更老汉就算脾气再不好，也不应该犯如此大的忌讳呀，何况他已经是有了年纪的人了，即使他看见年轻人这么做，也会坚决反对的。

忽然，我想到了支书的身影以及刚才的吵架声，于是就做了个大胆的猜想：会不会是支书幻化出来的身影一时没幻化回去暂时藏在席桶里面了？但很快我就否定了这个猜想。

带着疑问，我决定要看个究竟。

然而，率更老汉一把拉住我："爷们儿，你要干啥？"

"我想看看那里面有啥东西。"

"没……没啥东西。"他开始支吾起来，这跟他刚才理直气壮的气派相比，简直判若两人。

"那你为啥不让看？"我越发觉得事情诡异，还是坚持要看。

他急了："晓军，你是我看着长大的，以前咋没见你这么不守规矩啊？你再这样胡闹，我可得要打你的屁股了。"

我不想把事情闹僵，就暂且把这事儿放过。不过我想，纸是包不住火的，等回去跟爱兵商量一下，不信揭不开这个谜。

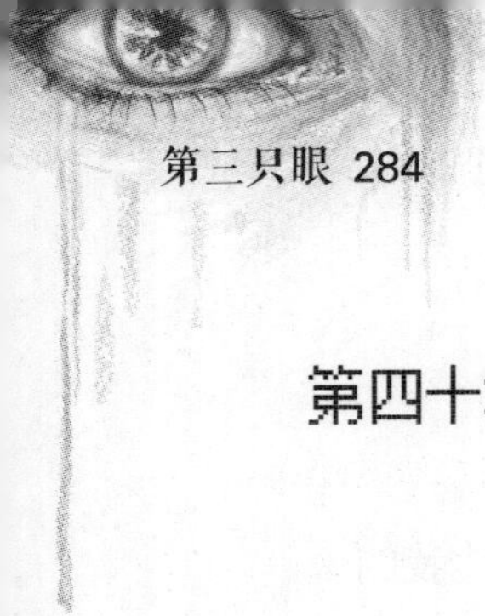

第四十章　奇怪的西瓜

从率更老汉家里出来，我决定先把爱兵找来，让他帮我盯着率更的一举一动，然后我去问问白如丽，看她对这事儿是什么态度。

现在天已经大亮，下地干活的人们正陆续出动。

只见秀秀远远地跟我打招呼：“晓军，起这么早啊！”

“你不也一样吗？”我回应着，一边招手让她过来说话。

“刚才看你从率更爷爷家里出来，有啥事儿吗？”她走到跟前问我。

我正愁找不到人说这事儿呢，一看这么凑巧，想也没想，就直截了当地告诉她：“刚才我看见支书去他家里了。”

“啥？”她吓得舌头伸出来老长，半天缩不回去。

我后悔不该这么冒冒失失地告诉她，好歹得让她有个心理准备，因此改口说：“不信就算了，全当我是开玩笑。”

“你什么意思？我说不信了吗？”看得出她对我的改口很不满意。

“既然相信，那就麻烦你帮我办一件事。”

“啥事？”

“把爱兵找来。”

“找他干吗？”

“先别问，回来再说。”我没工夫跟她解释。

秀秀虽然满脸疑问，但看我焦急的样子，也只能按着我的意思办。

秀秀走了以后，我眼睛一眨不眨地盯着率更老汉那房子，哪怕从里面飞出一只苍蝇，我也得弄清楚它飞到哪儿去了。当然，这得有个大前提：我必须隐藏在一个不能让率更老汉发现的地方，否则的话，下一步的事情是很难有结果的。

很快，爱兵和秀秀就气喘吁吁地跑来。而在这中间，率更老汉根本就没离开自己的屋，而且门一直都是紧闭着的。

我把早晨的发现向他们两个一说，首先爱兵就提出了异议："你说你看到了支书的影子，而且还听到他跟率更老汉在吵架？看来那藏在席桶里的肯定是人而不是什么物件。"

"那你说那人会是谁呢？"我问。

"是谁我不知道，但我可以肯定，那一定是个女的。"

"瞎说。"

"凭什么说我瞎说？"

"率更爷爷根本就不是那种人。"秀秀在一旁打横道。

"不是哪种人？"爱兵问。

"别管他是哪种人，总归不是一个坏人。"秀秀说。

"你怎么知道他不是坏人？"爱兵又问。

不等秀秀回答，我替她做了回答："率更爷爷虽然脾气不好，但为人正派，做事本分，根本就做不出偷鸡摸狗的勾当，再说他都到了这把年纪了。"

"你这就叫知人知面不知心。"

"好了，好了。"秀秀插言道，"别管那里面藏的是什么，我们都得抓紧时间，不然只能后悔。"

我觉得秀秀说得对，就停止了争论，让他们俩在这里盯着，我以最快的速度去了白如丽家里。

白如丽家的大门任何时候都是可以随便进入的，只是睡房的门不是那么好进去。她每天吃饭睡觉，毫无规律。常常村里人都劳作了好半天，她还没有起床，也常常满大街的人都已经进入了梦乡，她才张罗着吃晚饭。

此时她正呼呼大睡。我连叫了好几个“婶儿”，她才勉强回应道：“门开着呢，进来吧。”

我小心地推门进去，一步一步走进她的睡房。只见她大半个身子都裸露在外头，只有一少部分盖着被子。她是侧身睡着的。头部稍微呈仰视状，两条雪白的大腿一伸一屈，给人的感觉是，她好像在攀援一棵大树；两只玉手重合着，又好像是在捕捉一只美丽的飞蛾。如果把这幅画面竖起来看，那简直就是一个仙女在腾云驾雾。

不过此时此刻，我并没有心思欣赏她这种美丽的睡姿，我得赶快给她说正事儿：“婶儿，我发现了一件非常古怪的事儿。”

“怎么个古怪法？”她睡意蒙眬地问，身子一动都没动，就连眼睛都没有眨一下。

我管不了那么多，依旧按照事先考虑好的路份告诉她：“我看到支书了。”

我以为她听到这个消息，至少会睁开眼睛看我一眼，谁知她依然保持着原来的状态：“这有什么古怪的？我每天都能看到他。”

这话我信。她是明眼人，能看到普通人看不到的东西，这没什么好奇怪的。既然这样，我就没有必要把支书的话题作为向她汇报的重点了，而应该直接进行下一个话题：“另外我发现在率更爷爷房子的门后面放着一样东西。”

“啥东西？”她似乎有点感兴趣，但依旧没有动弹一下，也没有睁开眼睛。

“一个席桶。”

“席桶怎么啦？”

“问题是那东西放在门后面。”

“他觉得放在门后面合适就放那儿呗，这有啥大惊小怪的？”

“可是他为啥护得那么紧呢？这说明席桶里面肯定隐藏着一个巨大的秘密。”

“那你说，是什么？”

我晕，这不是废话吗？我要知道那是什么秘密还会来请教你吗？

心里这么想，我脸上还得表现出很谦恭的样子：“婶儿，我一大早跑来找您，不就是想问问您吗？”

“问我？”她冷笑道，“我又没去过他家，怎么知道他家的事儿？”

我看她老毛病又犯了，知道来的不是时候，便告辞说：“婶儿，那您休息，我走了。有什么新情况，我随时向您报告。”

“等等。”

“婶儿，还有啥事儿？”

“看我就这么睡着，也不知道给我盖盖被子？”

我马上给她盖好被子，这才离开她的卧室。

回到爱兵和秀秀中间，我们三人自然又是一阵长吁短叹。

现在看来，要想把问题搞清楚，唯一的办法就是跟率更老汉耗下去。老虎还有打盹儿的时候，不信他的精力比老虎还旺盛。一旦他有急事（比方说去茅厕）临时出门而又忘记锁门，我们会以迅雷不及掩耳之势跑到他的屋里。这样的时间不需太多，只需两三分钟就足够了。

然而令我们失望的是，老汉即使去茅房也会把门牢牢地锁上。

眼看天都要黑了，我们却一无所获，不由得心急火燎起来。

当然，我们还可以趁他下地干活的时候把他的锁砸了。不过，这毕竟不是好人做的事情，再说我们进去以后真要抓住他的把柄还好，万一什么都没找着，而率更老汉又天天叫骂，那整个槐树村今后再没有安宁的日子过了。

有道是三个臭皮匠赛过诸葛亮，况且我们三个人的智商加在一起远非三个臭皮匠可比，我们终于想到了一个办法。

率更老汉的房子前面就是芦苇荡，此时芦苇还没有收割，正漫天飞舞着芦花，而里面的水已经干涸多时了。这段日子，经常出现生产队的牛呀驴呀什么的拴得不结实跑到芦苇荡的现象。

前面说过，这个芦苇荡有半个村子那么大。牲口一旦跑进去，很难被逮住，弄不好逮它的人还会受伤。一旦出现这种情况，生产队队长除了骂娘，还得扣去责任人一天的工分。庄稼人是靠工分吃饭的，辛辛苦苦干了一天，挨骂不说，连工分都被扣去，为此，被罚的人寻死觅活的都有。

率更老汉是赶牲口的老把式，跟牲口打了一辈子的交道，是个责任心很强的人，虽然没有出过上述差错，但架不住有人陷害他。

于是爱兵就想了这么一个损招儿：把他使用过的那头黑骡子的缰绳解开，让它往芦苇荡里钻，然后我们在这边大喊大叫说“黑骡子跑芦苇荡里啦”。率更老汉听到喊声，肯定会不顾一切地去追赶黑骡子。

我说：“不行，不行，咱们的目的只是把率更爷爷引出来，绝不能假戏真唱，真要出了问题，谁都负不起这个责，再说这也太冤枉他老人家了。”

秀秀赞成我的说法。于是，我们三个就在没有放跑黑骡子的情况下在率更老汉的房子附近大喊大叫起来。

此时已到了掌灯时分。率更老汉正在吃晚饭，听到叫喊声，马上放下饭碗就去追赶黑骡子，而完全忘了出门之前先把门锁上。

我们要的就是这种效果。紧接着，我和秀秀做戏给率更老汉看，而让爱兵趁机跑进了他的房里。

很快，追骡子的人纷纷跑来，但是没过几分钟就有人辟谣说：“黑骡子拴得好好的，谁说它跑了？”

虚惊了一场，大家少不了相互埋怨。可是我们的目的达到了。

见了爱兵，我迫不及待地问：“看到啥啦？”

秀秀看上去比我还心急：“那里面到底是人，还是东西？”

“傻呀你，要是人的话，站也站死了。”爱兵冲着秀秀嚷道。

“那是啥东西？”我再问。

“说出来怕你们俩都不会相信。”

“你快说呀。”我急于想知道答案。

“一棵西瓜。”

“啥？西瓜？”我和秀秀同时惊讶道。

“没错，就是西瓜。”

我半信半疑道：“爱兵，根据我对率更爷爷的了解，他的屋里真要长出一棵西瓜，他会满大街去炫耀，起码今儿早上我去他屋的时候，他不会瞒着我。”

“照你这么说，是我在撒谎了？”爱兵不高兴道。

我说：“我没那么想，只是觉得这事儿蹊跷。所以我再问你一遍，你看仔细了没？”

“绝对没错，那确实是一棵西瓜，而且那西瓜已经长成篮球那么大了。”

这就更不可思议了，于是我分析说：“这时候不该长西瓜啊，他屋里却长了这么大的一个西瓜，率更爷爷一天到晚把门关得严严实实的，连一点风都不让吹进去，就更别说阳光了。那这西瓜靠啥来生长？”

经我这么一分析，爱兵也开始怀疑起自己的眼神来了。不过，回忆了一会儿，他还是一口咬定：“我没看错，那就是西瓜。”

“要不，咱们再想个办法，你进去看看？”秀秀征求意见说。

爱兵表示赞成。

我却拒绝说：“没有必要。既然爱兵都看清楚了，我再进去也是一样。”

“那下一步该咋办？”秀秀问。

我说：“听白婶说，率更爷爷的这座房子正好建在了鬼道上。既然这里是鬼道，这就说明在这里建造房子，必然会有怪事发生。早上我亲眼看到支书跑到他家里跟他吵架，刚才爱兵又在他屋里发现了西瓜。看来这棵西瓜绝不是什么好兆头。我看这事儿除了白婶，再没人能说出个四五六来。所以，我得马上去见白婶，看她让咱们下一步怎么办。”

他们俩赞同我的提议。

于是我再次来到白如丽家里。

谁想白如丽还在睡觉。

都睡了一天了，还不起床，这样的女人在槐树村再找不到第二个。

但想想之前的一天一夜她为我忙活了那么多的事情，如今多睡一会儿，也是情理之中的事儿。我甚至有些不忍心打扰她。

不过考虑到率更爷爷已危在旦夕，说不定明儿个一早我们就得为他收尸。所以我还是打扰了她。

我点燃了蜡烛，把西瓜的事儿大致说了下，你猜她是什么态度。

她居然只说了三个字：“杀了它。”

我做了个雷人的表情，希望她再进一步点化。

然而，她只是翻了下身，依旧睡她的觉，却什么都没说。

我知道再问下去，只能让她反感，便带着一头雾水离开了她，却一路在想：率更老汉把西瓜看得比命都值钱，我要是杀了西瓜，他还不得跟我拼命？

我别无他法，只能跟爱兵和秀秀继续商量对策。

爱兵的态度很明确：“我看这事儿咱就别管了。明明咱是好心好意，却跟做贼似的，这不是没事找事吗？”

“我不同意你的说法。”秀秀说，“率更爷爷虽然脾气倔，但好歹也疼爱过咱们，如今他遇到了麻烦，咱哪能坐视不管？”

“可是怎么个管法儿？”爱兵为难道，“那西瓜他看都不让咱们看一眼，就更别说让咱们碰了。白如丽却叫咱们把它杀了，咱咋下手啊？”

“这事儿好办。”秀秀突然活跃起来，“大不了咱再骗他一回，然后趁机下手。”

“说得轻巧！”爱兵撇了下嘴，“你以为那倔老头还会那么容易就上当？我敢肯定，有了上一次的教训，以后他睡觉都得睁一只眼。”

我点头道：“爱兵说得对。”

秀秀不禁叹气道：“这可怎么办？”

“办法总是有的。”我吐了口唾沫，咬牙说道，“软的实在不行，那咱们就给他来硬的。”

“来硬的？”爱兵和秀秀同时惊讶道。

“对，来硬的。”

我说：“咱们三个一齐走进他的屋，后面的事情就由不得他了。我就不信，就咱们三个年轻人对付不了他一个老头子，就算绑架，咱也得绑架他一回。”

“好！”爱兵一拍大腿，叫道，“什么三个不三个的，这事儿你们两个都不要插手，全看我的。我先找一根绳子把他捆起来，然后……”

“越说越离谱了，”我啐道，“谁让你把他捆起来了？我说的绑架那只是一个比方，能不来硬的最好还是不来硬的。”

如此商量了一会儿，我和爱兵的意见基本保持一致，只是秀秀又提了一个至关重要的问题：“软的也好，硬的也罢，总之这都是为他好，可是咱把西瓜杀了，要是出现啥情况咱控制不了咋办？”

“是啊，咱要是把西瓜杀了，结果鬼来了，还得请白如丽去？”一时兴奋得忘乎所以的爱兵这时也冷静下来。

其实这个问题我早就考虑到了，只是我也不知道接下来该怎么办。如今被问，我只能这样告诉他们：“这个你们尽管放心，西瓜切开以后，肯定会有异常情况发生的，到时候见机行事吧。”

就这样，我们三个明明是在救一个人，却比害一个人都恐慌。这样的事情恐怕满世界都难找。

第四十一章　血案

差不多又到了午夜时分。天气很凉，再加上我们心里都很忐忑，所以，我们来到辛更老汉门口时，说话都有些不清晰。

老汉依旧睡得那么死，而且还打着呼噜。我们在外头叫了一阵子，而且把门板撞得山响，才勉强把他惊醒。

然而，他一听是我们几个的声音，一下就火了：“你们几个害得我还不够苦吗？先是说黑骡子跑了，害得我饭都没吃就去追骡子，结果连个屁都没追到。这会子我刚睡下你们又来敲我的门。你们再这样胡闹，明儿个我一定去告诉你们的大人，小心打断你们的腿！”

我说：“辛更爷爷，您误会了，我们亲您还亲不过来呢，怎么会害您呢？”

“说得好听，我看你们几个没一个是好东西。”老汉骂骂咧咧，就是不给我们开门。

我实在没辙儿，只好威胁他说：“不开是吧？那就别怪我们不客气了，这一夜你别想睡一分钟安稳觉。”

爱兵看我要翻脸，一下来了精神，使劲往手心里吐了一口唾沫，紧接着就一脚踹在了门板上。门闩险些被踹裂。

我正要批评爱兵不该这么莽撞，只见辛更老汉慌慌张张地把门打开，扬言要跟我们拼命。

爱兵却独当一面说：“这事儿跟他们两个没关系，是我把你的门板弄坏的。”

“好你个小兔崽子，有种，来，朝这儿踹，”老汉拍着自己的胸脯说，“我还不信了，枪林弹雨我都经历过了，还怕你这个小兔崽子。”

我急忙走上去扶了他一把：“率更爷爷，您先别激动，我们之所以这么莽撞，是因为不想眼睁睁地看着你往火坑里跳。”

“我看是你们几个不怀好心，硬逼着我往火坑里跳。”老汉虽然火药味十足，但毕竟面对的是我，十分的怒气至少减少了五分。

我紧紧抓住这个有利时机，继续跟他交涉：“我说了，我们这样做是不对的，可这也是事出有因啊！”

“有因个屁！我看你们几个就是吃饱了撑的。”

“我理解您的心情。您不妨换个角度想想，深更半夜的，我们把您打扰起来，肯定有重要的话要对您讲，您都这么大岁数了，怎么就这么沉不住气？难道您就不能听我们把话讲完吗？”

经我这么一说，老汉似乎也意识到了自己的不冷静，但依旧用那种冷冰冰的口气跟我说话：“那就赶快说。”

我笑道：“您看这大冷的天，您就不能让我们进屋去说？”

“别啦，就在这儿说。”

“率更爷爷，这就是您的不对了。好歹您也是个长辈，您见过哪个长辈像您这样，客人来了却不让进门的？”

一边说，我一边用胳膊肘捣了下爱兵：“还不给率更爷爷认个错。”

爱兵马上弯下腰去给老汉鞠了个躬，一边道歉说：“率更爷爷，刚才是我的不对，我向您赔礼了。”

有道是，举手不打笑脸人。面对爱兵如此毕恭毕敬的样子，老汉表面上也只能原谅了。

屋里没有点灯，黑咕隆咚的。一进门，我们就伸开两臂，一阵乱摸，生怕不小心撞到什么东西上。其实我们的担心纯属多余，因为屋里空荡得很，根本就碰不到什么东西。

老汉显然比我们适应这里的环境，他马上引领我们来到他的床头，随即把灯点上。

他让我们坐在床上，自己却站在地上。他这样做的目的无非就是要用自己的身体尽可能地遮挡住门后面的那个席桶，尽管这种做法是徒劳的。这让我一下就想起了那个流行了千年之久的典故：此地无银三百两。

然而，老汉的做法固然愚蠢，但这无形之中也给我们的救援工作增添了不小的难度。你想，他老站在那儿不动，我们怎么好下手？

不行，不管用什么办法，我也得让他离开现在的位置。

“牽更爷爷，您看您都这么大岁数了，却让我们坐下您自己站着，这多不像话，还是您坐下，我站着吧。”一边说，我一边走过去拉他。无奈随我怎么拉，他愣是一动都不动，就跟用钉子钉在那儿似的。我暗暗叫苦。

爱兵看我没拉动，便帮我去拉，却被老汉一个耳光打在了脸上。

爱兵疼得龇牙咧嘴，让我给个说法。

我能给他什么说法？再说这事儿本来他就不该掺和。这倒好，忙没帮上，反倒让老汉的警惕性更高了，真是添乱。我气得回到原来的地方坐下，却暗暗盘算着如何才能让老汉离开所站的位置。

“你们不是说有重要的话要对我说吗？说呀！还愣着干啥？”老汉开始叫阵了。

很显然，在这种氛围下说话，不可能有太多的废话。于是我开诚布公地告诉他：“牽更爷爷，明人不说暗话，我们三个来找你不为别的事儿，就为了这个西瓜。”

此言一出，不光老汉听了惊讶，就连爱兵和秀秀都有些惊慌失措。秀秀甚至还小声嘟囔了一句：“咋说话呢这是？”

惊讶过后，老汉显得特别激动：“这么说，席桶里面的东西你们都看到了？”

“没错！”

老汉听了，剧烈地咳嗽了一阵子，然后说：“晓军呀晓军，你把我的心伤透了，往日里咱爷俩多好哇，可是你……你啥时候学的这本事？你你你……你叫我说你啥好呢？”

“你啥都不消说，你只相信我一句话就行：你现在有危险。”

“笑话！”老汉不屑道，“我一日三餐吃得饱睡得香，干活又有力气，有啥危险？倒是我觉得你现在有点走火入魔。”

“我一点儿都没有走火入魔，而且我可以负责任地告诉你，如果你再这么执迷下去，过不了几天，咱们就得阴阳两隔。”

“说完了？”老汉冷笑道。

“说完了。”

“你们走吧。”

“走可以，但是你得答应我一个条件。”

“啥条件？”

“把西瓜杀了。”

“你说啥？”老汉本能地将两只胳膊伸展开来，尽可能地护住他身后的席桶，同时咬牙对我说道：“你真要把西瓜杀了，那就先杀了我。”

我料到他会这么做，便莞尔一笑：“率更爷爷，您错了，我们是来保护你的，怎么会杀你呢？”

“用不着你们保护，你们都给我滚，滚。”他声嘶力竭道，突然他从地上捡起一把剪刀，威胁我说，“再不滚，我就要杀人了。”

“晓军，”秀秀尖叫一声，紧紧把我护住，“你不能为了救他，把自己的命搭上。”

爱兵见秀秀这么说，也在给我泄气：“秀秀说得对，为了这种人，没必要搭上自己的命。”

然而，我并没有被他们的话所打动，并且就在他们劝我放弃的当儿，已经想好了一个主意。

我突然变得神秘起来。我对爱兵和秀秀说：“你们俩是不是看见有一个像猫一样的东西钻到床底下去了？”

爱兵一时没反应过来："管它猫呀狗的。"

我啐道："瞧你这猪脑筋！你知道那猫从哪儿过来的吗？就从那席桶子里跑出来的。我早就说过，那西瓜根本就不是好东西，说不定就是孤魂野鬼幻化出来的。你们还愣着干什么，还不快帮我捉住那怪物？"

秀秀脑筋转得很快，马上明白了我的意思，随即划了根火柴，往床底下照去，似乎当真发现了什么古怪的东西。

爱兵这时也反应过来，马上趴下身去，对着床底下就是一阵乱喊乱叫："里面的那东西，你给我出来，不然就别怪我不客气。"

架不住我们三个都在演戏，而且演得还挺像，老汉终于又上当了。他来到我们跟前，探下身去，居然还天真地问："在哪儿呢？我咋没看见？"

我看机会来了，一不做，二不休，一下抱住老汉，同时命令爱兵："快把那西瓜杀了，快。"

爱兵早做好了准备，随即拔出藏在腰间的切菜刀，就冲那席桶走去。

这边，老汉一看自己又上当了，自然是没死没活地要挣脱我的束缚，嘴里还不停地在叫骂。

毕竟我年轻力壮，对付一个七十多岁的老头子还绰绰有余。坏就坏在老汉手里有一把锋利无比的剪刀，就在他挣脱的当儿，剪刀蹭在了我的手臂上，让我流了不少的血。不过，我一点都不感到疼痛。

"血，血。"一时派不上用场的秀秀突然惊叫起来。

我哪顾得上这些，我只关心爱兵到底杀没杀那西瓜。然而让我头痛的是，爱兵也在叫嚷同一个字："血。"

此时我是背对着爱兵和秀秀的，由于老汉拼着老命儿要从我的身上挣脱出去，所以我一时难以回头，只能对着相反的方向责骂爱兵："别管这种鸡毛蒜皮的事儿好不好？老子流血那是老子的事儿，你把西瓜杀了就行。"

"血，血。"爱兵似乎除了这个字，再不会说别的。

我看爱兵这么没用，便指名道姓地让秀秀去杀西瓜。

谁知秀秀也跟爱兵一样，翻来覆去就一个字——“血”。

我实在搞不懂，我以受伤为代价阻止着老汉的粗暴干预，他们却像念戏文一样念着一个在我看来毫无意义的字，这也叫为朋友两肋插刀吗?

一气之下，我一把拽下老汉的床单。我要用床单把他绑起来，然后自己行动。不就是一个破西瓜吗？有那么难杀吗?

可就在这时，老汉的身体突然变得绵软起来，好像站都站不稳，看样子要出事。

我暗叫不好，却又想不出补救的办法，只能趁老汉还清醒的时候说几句宽慰他的话，兴许他心里一爽就不会进入鬼门关了。

然而，还没等我开口，老汉就先开口了。

让我想不到的是，老汉说的也是同一个字——“血”。

我安慰他说：“率更爷爷，误会，这都是误会。平日里您疼爱我胜过疼爱亲孙子，您怎么舍得拿剪刀割破我的手臂呀，这是您不小心蹭破的。没事儿，我不会怪您的，真的。”

让我疑惑的是，我说了这么多宽慰他的话，他居然还是只咬住一个“血”字不放。而且，我发现他根本就没有将目光放在我受伤的地方，甚至连我伤在哪儿都不一定知道。他只是眼睛一眨不眨地盯着西瓜所在的那个地方。

这么说他所关注的还是那个宝贝西瓜。

我不得不回过头看一眼后面究竟发生了什么。

这一看不打紧，我同样也说了那个字——“血”。

原来那西瓜早被砍成了两半。地上流了一大片血，还在流，是从西瓜里流出来的。我闻到了一股浓烈的血腥味。

从西瓜里怎么会流出血来呢？这太不可思议了。我就是听瞎子说书，也从没听说过这么离奇的案例。

只见那鲜红的血液转眼之间就把半间房子的地面染红了，却还在流淌，不知道流淌到什么时候才是尽头。

很显然，不光我，在场的每一个人都没见过这样的阵势。爱兵一向吹嘘自己的胆子天下无敌，而此时吓得浑身颤抖；秀秀已记不清多可怜了，反正若干年以后再回忆这件事的时候，还心有余悸呢；率更老汉虽然吃的面和盐比我们都多，但此时除了会说一个“血”字，再不会说别的。

这样的情景大概持续了半支烟的工夫，突然被率更老汉一阵天崩地裂的号叫所打破。

“你们三个孽障，我好好的一棵摇钱树让你们给毁了，还让它流了这么多血，我跟你们拼了。”他一边说，一边寻找家伙，当真要为西瓜索命。

慌得我赶紧又将他抱住，一边好生劝他冷静。

爱兵早就对老汉窝着一肚子的火了，此时也醒悟过来，便蹦着高地跟他叫板：“我看你是越老越糊涂了。明明这不是什么好东西，你却说它是棵摇钱树。那你说它摇出来的钱呢？拿出来让我看看？要不是看在你这么大年纪的分儿上，我不揍扁你才怪。”

老汉耍了一辈子的横，岂能被一个小毛孩子的几句歪话吓到？因此道：“你毁了我的摇钱树还说要揍我，你再说一遍。”

爱兵仗着我为他遮风挡雨，非但没有丝毫的收敛，反而火上浇油道：“别说再说一遍，就是再说十遍一百遍你又能咋样？你听好了：要不是看在你这么大年纪的分儿上，我非揍扁你不可。”

老汉气得哇哇怪叫，恨不得一口咬死他。

我一边劝老汉别跟他一般见识，一边又骂爱兵太不懂事，秀秀帮不上我任何忙。

正闹得不可开交，门突然开了，只见白如丽英姿飒爽地走来。

我又惊又喜，就跟见了救星似的：“婶儿，您可来了！”

她似乎没听到我在说什么，只冷冷地对我说了三个字："放开他。"

我怎么敢轻易放开他呢？我要是放开了他，他还不得把爱兵给吃了？

"放开他。"她再次命令我。

我只好把束缚老汉的两只手轻轻松开，但同时以高度的警惕性关注着他的一举一动，哪怕他有一丁点儿出格的迹象，我也得随时随地将他控制住。

说来也怪，老汉摆脱了我的束缚，反而变得规矩起来，就连刚才的那种高音喇叭似的叫骂也没了，有的只是蚊子一般的嘤嘤啜泣。当然，爱兵变得比他更规矩。

白如丽走到率更老汉跟前，满嘴带刺地说："多大岁数的人了，还哭？你就不怕这事儿传出去满大街的人都笑话你？"

率更老汉用长满老茧的手抹了一把鼻涕和眼泪，就像开忆苦思甜会那样哽咽道："他毁了我的摇钱树，还说要揍我，我能不哭吗？"

我觉得老汉此时的样子很滑稽，忍不住笑了一声，但随即就把嘴巴闭上。

白如丽使劲瞪了我一眼，接下来继续面对老汉："你能把你这棵摇钱树的来历说给我听听吗？"

老汉刚要说，却又犹豫起来。

白如丽于是问："有啥话不能明说？"

"天机不可泄露。"老汉吞吞吞吐道。

白如丽开怀地笑了，笑过之后满含嘲弄地说道："据我所知，你这辈子是不大信邪的，怎么年岁大了反倒信起邪来了？跟你正好相反，我这个人好多年来都在跟鬼呀神的打交道，偏偏我这个宣扬封建迷信的人都不在乎天机不可泄露，你倒在乎起来。说吧，天那边的事儿我给你罩着呢，泄露出去不会有人追究你的。"

老汉又犹豫了一阵子，还是不肯说。

白如丽不再勉强他，而是冲着老实得像个小绵羊似的爱兵命令道："挖。"

爱兵毫无思想准备，突然听到这么一句没头没脑的命令，自然是一头雾水：“挖啥呀？”

“顺着这棵西瓜秧的根一直往下挖！”白如丽说。

“不能挖呀！”老汉扑通一声跪倒在地上，双手抱住白如丽的腿哀求道。

“为啥不能挖？”白如丽不冷不热地问道。

“你们这是在挖我的命呀！”老汉号啕道。

“笑话。”白如丽冷笑道，把他推开，“你的命长在你身上，这棵西瓜长在土里，不信我们挖西瓜秧也能挖掉你的命。挖，就按我说的做。”

爱兵巴不得她这么说，马上从门外找来一把铁锹，往手心里吐了口唾沫，就二一添作五地挖了起来。

老汉叫天天不应、叫地地不灵，又不敢得罪白如丽，只有捶胸顿足哭个没完。然而我们谁都不理他，只一心关注着那西瓜秧下面到底隐藏着什么东西。

屋里毕竟不同于田野，那地面虽不是用混凝土浇灌而成的，但也使用了不少坚硬的东西，比如煤渣、石子，砖头块，等等。爱兵每挖下一锹土，都得花费相当大的代价，而且还不能把西瓜秧的根弄断——这是白如丽特别交代的。等挖到一米多深的时候，他已经累得筋疲力尽了。

我觉得我不能袖手旁观，得让爱兵休息一会儿。爱兵也不客气，把工具撂给我就站一边擦汗去了。

算我好运。我刚接过铁锹，土层就进入了松软的层面。我正干得起劲儿，突然铁锹被一个滑滑的硬硬的东西阻挡住了。

我下意识地停止手里的活计，看看白如丽有什么反应。

“挖呀，看我干啥？”白如丽嗔怪道。

我开始加倍地小心起来，把土一点一点地往上敛。那敛在铁锹里的土仿佛不是土，而是那神秘物件身上的衣服。我此时仿佛是在帮助那神秘物件脱掉身上一层一层的衣服。

而与此同时，其他几个人也都高度警惕起来。除了敛土的声音，我唯一能听到的就是身边的喘息声。

哦，对了，率更老汉捶胸顿足了一阵子，看没人劝他，也就消停下来。这阵子，他跟大伙一起看我敛土。

土一点一点地被挪到了地面上。很快，一个人头骨盖的轮廓呈现在众人面前。而那棵西瓜的根正是从人头骨盖里长出来的。

第四十二章 大结局

白如丽让我把土重新填上，之后她在动土的地方默默地念诵了一阵子，像是让逝者安息之类的话。

这时，率更老汉“扑通”跪倒在白如丽面前，惶恐不安道：“我没杀人，这人不是我杀的。我对天发誓！”

“谁说你杀人了？”白如丽冷冷地说道。

“我哪知道这地方埋着一个死人，要是知道打死我都不会在这儿盖房。”率更老汉极力表白自己的清白，却完全乱了章法。

“率更爷爷，您冷静点儿，没人会怀疑这人是您杀的。”我劝道。

白如丽却把我推到一边，追问率更老汉道：“当初你看到啥啦？”

率更老汉不敢再隐瞒，只好道出了一段埋藏已久的心事—

大约从十年前的某一天开始，老汉差不多每次夜里打这儿路过，都会恍惚看到地上堆着一大堆铜板。可是动手去捡，却又什么都捡不到。他于是想，也许是我想钱想疯了，一时看花了眼。架不住他每次看到的光景都一样，所以他不得不做出一个大胆的推测：这兴许是哪位神仙在指点我，这里是块风水宝地，住在这里，要发财的。他于是就把想法告诉了家人。可是家人没有一个赞成他的，还动不动就说他神经出了毛病。一气之下，他就自作主张在这里建起了房子，并且搬过来居住。没承想，刚住几日，门后面就长出一棵西瓜秧。他觉得这是好兆头，就经常给它浇水施肥。慢慢地，西瓜秧由小变大，结出了西瓜。

他非常高兴，觉得过不了多久，大把大把的银子就会从这西瓜里流出来……

说到这儿，他显得非常可怜："他婶儿，我说的句句是真，你得救救我呀。"说着，他跪在地上就给白如丽磕头。

白如丽让他起来，告诉他说："其实用不着我来救你。你只要把房子拆了，搬回去居住，就什么事都没了。"

"真的？"老汉眨巴着昏花的眼睛怀疑道。

"信不信由你。"

"我信，我信。"说着，又要跪下磕头。

我连忙拉了他一把："率更爷爷，您都这么大岁数了，别动不动就跪，白婶不喜欢这样。"

白如丽看他好像有什么话要问，就说："你是不是想知道下面的这个死人到底是咋回事？"

"就是，就是。"

白如丽没有先说死人的事，而是先讲了一番大道理："世间有很多怪事儿是由冤气滋生而成的。冤气的力量非常巨大，巨大到让人难以想象的程度。有时候它能够超越时空，甚至可以改变自然法则。你们大概都听说过窦娥冤吧。窦娥因为冤气太大，居然能使六月天下雪。这当然是文学家的虚构，但同时也说明，如果没有充分的事实做依据，文学家们也虚构不出这样的故事。"

说到这儿，她停顿了下，然后问率更老汉："你知道害死这人的凶手是谁吗？"

"谁？"

"你爷爷的爷爷。"

率更老汉禁不住"啊"了一声，接着怀疑道："他婶儿，你不会弄错吧？年轻时候我常听我爹说，我们老张家祖祖辈辈做人厚道，咋会出这事？"

白如丽解释说，当年，率更老汉的爷爷的爷爷也就是二十啷当岁，看上去也是挺绅士、挺贵族的一个人，只是暗地里都做了些什么，很少有人知晓。一百多年前的槐树村还不像今天这样人烟众多，而且村子也没有今天这么大。现在我们所站的这个位置，离村子是很远的。当时，这附近有一片西瓜地，西瓜地紧靠路口有一个瓜棚。一位瓜农坐在瓜棚里，一天到晚应付南来北往的过路人。瓜农是个厚道人，以为别人也像他一样厚道，于是就把卖瓜的钱堆在那儿，三天五天都不动它一下。这天傍晚，率更老汉爷爷的爷爷赌钱输了正好路过这里，一眼瞅见桌上的钱，顿生歹意，于是就佯装喝茶，偷偷在瓜农的碗里下了蒙汗药。事后他怕瓜农醒悟过来找他算账，就在夜深人静的时候把他拖到附近给掩埋了。

率更老汉战战兢兢地说：“冤有头，债有主。既然瓜农是被我爷爷的爷爷杀的，他的命还不是得由我们老张家来还了？”

“你爷爷的爷爷已经偿还过了。”白如丽说。

“是这样啊。”

“就在瓜农被害的一周年祭日的那天晚上，你爷爷的爷爷喝醉了酒，正好路过他杀人的地方——确切地说，就是咱们现在所站的地方——亲眼看到被他所杀的那个人就站在他的对面。他吓得屁滚尿流，没跑多远就掉进了前面的那条河里，等被打捞上来的时候，四肢都僵硬了。”

老汉回忆了下，点头道：“没错，听我爹说，我爷爷的爷爷就是掉到河里淹死的。”

第二天，老汉张罗了几个人把房子拆了。至此，有关这座房子的闹剧算是画上了一个圆满的句号。

时光荏苒，转眼又到了春暖花开的时节。

这期间，我向白如丽请教了许多阴阳方面的知识，她总是有问必答。这是我一生当中最难忘的一段时光。我对玄学的深入研究也正是从这个时候开始的。

这天夜里，我忽然想起一个问题，于是又来到了她的家里。

“婶儿，有关鬼道的事儿，我早就心知肚明了，只是有一点我搞不懂。社会在发展，人类在进步。说不定哪天咱们这一带被列入国家规划的范围而在一夜之间兴建起大工厂。那样的话，鬼道不就彻底被破坏掉了吗？那些安葬在海子凹的有名有姓的以及说不上名姓的阴司生命可咋办呢？它们会不会把国家这盘大棋也给搅乱？”

“当然不会。”

“那它们会咋办？”

“放弃现有的生活环境，迁到别的地方去。”

“要知道有相当一部分死者被埋葬以后无人祭奠，连安葬之地都成了谜团，比如那个瓜农。这些阴司的生命纵然能腾云驾雾迁走，可是它们的骨骸呢？谁去迁移？”

“骨骸只能代表它们生前的生命载体，不能或者不完全能代表它们死后的生命指向。几千万年来，那些死了的人的骨骸堆在一起，比地球都要大不知多少倍。要是将每个死者的遗骨都在地球上设定一个固定的位置，地球能装得下？道理很简单，人类的骸骨被埋葬以后短时间内可以有一个属于他的固定位置，但是时间久了，这个位置就不能专属于他（她）了，而应该属于更多的死者。你敢保证我们现在所站的土地不是由无数的骨骸腐朽后变化而成的？跟人类社会一样，阴司的那个社会也要求每一位生命体要服从大局，服从人类社会的发展规律。一旦人类社会发生重大变化，它们必须做出让步。”

我想了下，觉得有道理。不过我还得要问：“既然地球承载不下那么多的骸骨，那同样也承载不下那么多阴司的生命。那么，地球又怎样能为这些阴司生命提供必要的活动空间呢？”

“人类社会也好，阴司社会也好，甚至地球以外的无数个星球上的生命现象，包括有形的和无形的，有机的和无机的，都要遵循一个最基本的原理：任何生命现象都要经历一个从无到有、从小到大、从产生到灭亡的规律。阴司生命在其存活的时间里纵然能跟人类一样能够从事各种各样的活动，有的还可以兴风作浪，但随着时间的推移，它们也会死亡，就像人会死一样。它们死亡以后，又变成了另外一种生命体，跟人类死亡以后变成阴司的生命体又一样。就这样循环往复，生命永远都不会终结。”

“您讲的这个道理我能听懂，可是自古就有转世一说，记得一年前我遇到了麻烦，还是您帮着那个孤魂野鬼转世成为一只可爱的小动物的。既然阴司的生命终结以后要进入另一个层面，那么这跟转世之说不是矛盾了吗？”

“一点都不矛盾。咱们古代爱说‘阴阳’，生命中的阳代表着生命体的主题，阴代表它的反主题。以阴司生命体为例，它的阳的一面可以转世成为人，而阴的一面就进入了又阴的那个层面。以此类推，又阴的那个层面的生命体也同样分为阴和阳，也同样有转世一说。”

客观地讲，我读了不少哲学方面的书，也读过道家、儒家、释家的书，但关于鬼神的解释还从来没看到过像她这样淋漓尽致的。这的确让我大开眼界。

这时，我猛然醒悟了一个道理：所谓的鬼道，那不过是一个狭隘得不能再狭隘的词汇。白如丽真正要告诉我的鬼道，其实是关于人类之外的一切生命体共同遵循的法则。

一个女人，而且又是一个足不出户的农村女人，居然能够阐明如此深奥的道理，这不能不让我敬仰！

可是据我所知，她并没有读过太多的书，而且家里也没有藏书，充其量也就是个初中生而已。那么，如此高深的道理她是从哪儿学来的呢？

我认为，只有一种解释：她那双阴阳眼能揭示这些奥秘，这跟哈佛望远镜能揭示宇宙奥秘是一个道理。

记得她曾经对我说过，阴阳眼是能够培养出来的。既然如此，我现在就央求她对我进行培养。一旦我的眼睛也变成了阴阳眼，我就可以用手中的笔来揭示大千世界的种种神秘现象了。

对此，她只是浅浅一笑：“你现在还不行，要想走进这一行，还得再修炼几年。”

“怎么就不行了？”我不服道，“再说您培养我的同时不是我最好的修炼吗？”

“我说不行就不行。连我的话你都没听懂，还好意思提修炼，笑话。”

“谁说我听不懂？刚才您讲的道理我全懂，不信您考考我。”

“这倒不必，起码有一点你现在还放不下。”

“哪一点？”

“儿女情长。”

我笑了：“我还以为是什么大事儿呢，原来是这个。放心，我能放得下。”

“那你说说，什么是儿女情长？”

“不就是男女之间那点私情吗？这您还不知道吗？我打小见了女孩子就脸红，不会在这上面犯啥错误的。”

“亏你还是个知识分子。就冲你这句话，我就敢断言，你根本就不懂得啥是儿女情长，更放不下。”

“啥意思？”

“儿女情长不仅仅是指男女之间的那点私情，而是指所有的不宜明朗化的言语和行动。你为什么见了女孩子就脸红？是因为你的心胸太狭隘，不能将男女之间的那份情看得豁达，这也说明你不仅没有放下儿女情长，反而经常让它作怪。”

一席话说得我哑口无言。

白如丽继续阐述道：“放弃儿女情长，并不意味着这个人一下就变成了冷血动物。他（她）仍然可以去爱他（她）所爱的人，喜欢他（她）

所喜欢的事物，只是这种情感不会轻易被人和事物所左右，而且他（她）必须得爱得纯真、健康，绝对不能掺杂乱七八糟的成分。”

听了这话，我似乎一下子豁然开朗起来，这大概就是佛家所讲的顿悟吧。

有了这种顿悟，我自然更不会放过让她培养我的乞求。

一开始，她说什么都不肯答应现在就带我走进这一行，架不住我死缠烂打。她只好说：“好吧，我现在先带你周游周游，只是在周游前我有个条件。”

“您说。”

“把你的衣服全部脱下来，赤条条地坐在我面前。”

我一愣，但很快就镇定下来。因为我不止在一本书上看到过类似的记载，当某位大师要把自己的所学本领传授给他的弟子的时候，一定要让他的弟子做一件非同寻常的事情，这就是我们俗话所说的考验。

毋庸置疑，白如丽此时就是要对我进行考验，而一心想做她弟子的我必须得经受住这种考验。

想到此，我毫不犹豫地把衣服脱光，然后坐在床上与她对面的位置。

直到这时我才知道什么叫儿女情长，好在我学过素描，亲眼目睹过一个男人脱光了衣服坐在众人面前的情景，所以我觉得我咬一咬牙，还是能挺过去的。

我原以为我脱光了衣服，就算经受住考验了，然而这才仅仅是个开始，更大的考验还在后头呢。

紧接着，她把衣服也脱了，就像我一样，一丝不挂地坐在我的对面。

我不明白她为什么也这么做，只能揣测这是对我更大的考验。

我不知道我能不能经受住这种考验，心里未免滋生了不应该有的杂念。

这时，我忽然想起她刚刚说过的关于儿女情长的话，知道自己又想偏了，赶紧调整好身心，等待着她的点化。

她看上去是那么平静，仿佛面前没我这个人似的。她对我说："你可能不理解我为什么要求你把衣服脱了。对于初练者来说，衣服是很大的障碍。初练者进入境界前，不能有一丝一毫的私心杂念，不能对这尘世有一点一滴的牵挂，否则根本就进入不了境界。刚才我一再对你说你还没到修炼这门功夫的时候，可你就是不听。没办法，我只好手把手地带着你走一遭了。你一定要记住我的话，绝对不能有半点杂念，一切都得按照我的要求去做。再就是，进入境界之后，听到啥看到啥都不要太在意，如果你听到有人叫你的名字，千万不能答应，否则后果不堪设想。这些都记住了吗？"

"记住了。"

"好吧，学着我的样子，把两条腿做双盘式。"

双盘式看似简单，其实做起来非常不容易，当然这只是相对于初练者来说。我费了好大的劲儿才把两条腿盘好。紧跟着她让我把两只手都伸出来，她把她的两只手严丝合缝地跟我的两只手并拢在一起。

此时火红的烛光正好照在她的脸上。那脸庞就像这个时节的桃花一样鲜艳妩媚。

"你干吗这么看我？"她面无表情地问。

"我，我在想……"

"啥都不许想，不然再好的老师也引领不了你。"

我还想狡辩，但她马上告诉我，把眼睛微微闭上，轻轻叩齿三十六下，然后默默念诵这七个字（略），一直念下去，直到眼前的一切全部变为另外一种光景为止。

我不敢有丝毫大意，严格按照她说的去做。

大概念诵到第七遍的时候，奇迹出现了：我眼前的黑暗已不复存在，取而代之的是霞光万丈；我被双盘式折磨得痛苦不堪的肉体也忽然变得轻盈起来。

以前我不太相信咒语这种说法，认为那是子虚乌有。此番看来，咒语不仅存在，而且力量巨大，完全超乎人力所为。

这七个字的咒语我一直牢记在心，在其后的几十年里还经常用到它，并且受用无穷。这倒不是说我利用它去周游另一个世界，至少通过它可以达到片刻的逍遥。举个最简单的例子，我平常工作压力很大，差不多每天都会失眠。但是，我只要默默地念诵几遍咒语，就马上能进入睡眠状态。

我在写这部书的时候，曾试想着把这个咒语传授给大家，让更多的人受益。无奈我学疏才浅，无法将它书写出来。因为这七个字在汉语词典中根本不存在，就连它的发音都无法用拼音标注，只能靠口口相传。

当下我就像长了翅膀似的，随白如丽腾云驾雾飞出房屋，飞向高空。

我居高临下，把槐树村以及周边村的景象尽收眼底。鬼道跟人道一样繁华，一样熙熙攘攘。大家你来我往，相互打着招呼，相互道着平安；有抱孩子的，有挎菜篮子的，有挑担子的，有推独轮小车的，还有哼着小曲优哉游哉漫步行走的，好不让我羡慕。

鬼道旁边有一个瓜棚，瓜农五十多岁的样子，憨憨的，胖胖的，给人一种亲近的感觉。他看到老人和孩子打这里经过，就主动把切好的西瓜送给人家解渴。

瓜棚往西，就是海子凹。

海子凹在世人看来，是个令人望而却步的地方，而对于已故的人来讲，简直就是天堂。且不说这里民风淳朴、邻里和谐，单是整齐的建筑就令人流连忘返。村子清一色是用青砖绿瓦构建的两层小楼。街道四通八达、一尘不染。街道两旁垂柳依依、繁花似锦。毫不夸张地说，这样的村庄别说在当时的人世间找不到与之相匹配者，就算跟今天的社会主义新农村相比，也毫不逊色。

我清楚地看见那个曾经把兰花折腾得死去活来的年轻人正在交通路口摆摊给人家修理自行车，还看见何厂长搀扶着我同学的老爷爷在街上走动。最让我心动的是，我居然看到孟晓蓓和我的替身了。小两口正在家里收拾家务，还有说有笑的。他们已经有了孩子——是个男孩。小男孩好像还不会走路，正坐在童车里玩耍，时不时地看看他的父母，咯咯地笑几声。瞧他们一家人和和美美的样子，我真想走过去跟他们说说话，只是我不能违背白如丽的一再嘱咐。

正留恋着，忽听背后有人呼唤我的名字，像是秀秀在叫我。

我的心里不禁一动：秀秀怎么也来了？要知道这里是阴司，除了阴阳人，只有死去的人才会在这里出现，难道她死了？

一时间，无数个问号一股脑儿涌向我的心头。我禁不住回过头去看了一眼，却什么都没看见。

“晓军——”她看我不答应，就拼命地呼喊，而且声音越来越大。瞧那光景，只要我不回应，她就一直呼喊下去。

我一时忘了白如丽的再三嘱咐，便答应了她一声。

突然，我的身子奇迹般地变得沉重起来。

我想抓住白如丽的手臂，以免从几百米的高空掉落下来摔个粉身碎骨。可是晚了，我的身子就像一块巨石一样，从高空降落下来……

不过我并没有死，我的意识还很清楚，只是头晕得要命。

我不由得睁开眼睛，只见烛光摇曳，我和白如丽依旧赤身裸体地对坐着。

窗户外面有个黑影在晃动，把窗户敲打得一片山响，而且混杂着不干不净的话语：“晓军，你浑蛋，我跟你没完！”

那人正是秀秀。

我只觉得眼前一黑，随之吐了一口鲜血，接下来就什么都不知道了……